SASKIA
LOUIS

KRIMI

Mordsmäßig kaltgemacht

LOUISA MANUS
DRITTER FALL

Erstausgabe Oktober 2017

© 2017 dp DIGITAL PUBLISHERS GmbH

Made in Stuttgart with ♥
Alle Rechte vorbehalten

Mordsmäßig kaltgemacht

ISBN 978-3-96087-547-5
E-Book-ISBN 978-3-96087-126-2

Umschlaggestaltung:
Christin Peulecke
Unter Verwendung von Abbildungen von
© Artkot/shutterstock.com
Lektorat:
Janina Klinck

Das Werk darf – auch teilweise – nur mit Genehmigung des Verlages wiedergegeben werden.

Sämtliche Personen und Ereignisse dieses Werks sind frei erfunden. Etwaige Ähnlichkeiten mit real existierenden Personen, ob lebend oder tot, wären rein zufällig.

Über die Autorin

Saskia Louis kam 1993 in Herdecke mit einer Menge Fantasie zur Welt, die sie seit der vierten Klasse nutzt, um Geschichten zu schreiben. Zusammen mit ihren zwei älteren Brüdern wuchs sie in der Kleinstadt Hattingen auf, doch über die Jahre hat sie ihr Zuhause in unterhaltsamer Frauenliteratur und Fantasy gefunden.

Sie ist überzeugt davon, dass Kuchen zwar nicht alle, aber doch die meisten Probleme lösen kann und glaubt, dass Tagträumen eine unterschätzte Profession ist.

Heute studiert sie Medienmanagement in Köln, gestaltet Beiträge für den Bürgerfunk, schreibt Songs und wünscht sich, dass Menschen mehr singen als schimpfen würden. Ihr größter Traum ist es, den Soundtrack zur Verfilmung eines ihrer Bücher zu schreiben.

Für Werner, weil er genauso in mein Leben gehört wie Schokolade.

Kapitel 1

Die Musik dröhnte durch die Lautsprecher und hinterließ ein penetrantes Summen in meinen Ohren. Aber das war gut so, denn dann konnte ich die Worte meines Nebenmannes wenigstens nicht verstehen.

Ich hatte in meinem Leben schon eine Menge Mist gehört, das meiste davon aus meinem eigenen Mund, doch das, was mein Date hier gerade von sich gab, schoss den Vogel wirklich ab.

Ich schielte zur Seite und sah, dass die Lippen des braunhaarigen Typens sich immer noch bewegten, deswegen nickte ich weiterhin, während ich einen Schluck von meiner Cola nahm und über die Köpfe der vor uns sitzenden Menschen hinweg auf das Eis sah.

Er hatte so vielversprechend gut ausgesehen! Süße Grübchen, noch alle Haare auf dem Kopf, hochgewachsene Statur. Und dann hatte er den Mund aufgemacht und alles zerstört. Ohne Vorwarnung. Wie sollte eine Frau bitte mit so viel Dummheit auf einmal umgehen?

„... oder?", hörte ich ihn über die Musik hinweg schreien.

Ich stellte mir vor, dass er gerade „Ich bin langweilig, oder?" gesagt hatte und konnte daher mit einiger Inbrunst: „Ja, total!", zurückrufen.

Ariane schuldete mir etwas! Sie hatte mich mit diesem testosteronlosen Koch verkuppeln wollen.

Na gut, wenn ich ehrlich war, hatte ich nicht ganz zugehört, als sie ihn mir beschrieben hatte. Sie hatte damit angefangen, dass seine Lasagne himmlisch war, und ein weiteres Kaufargument hatte ich nicht gebraucht. Beim nächsten Mal würde ich es besser wissen – bevor ich noch einen meiner Freitagabende verschwendete.

„... immer wieder Basmatireis mit Jasminreis verwechselt wird, und ich finde es einfach nur frech, wie teuer der Sadrireis geworden ist! Ja, er mag der Beste sein, aber ..."

Oh Gott.

Konnte das Eishockeyspiel nicht endlich losgehen? Dann könnte mir jemand einen Puck zwischen die Augen schießen und ich hätte ein edles, dramatisches und innovatives Ende für diesen Abend gefunden.

Die guten Plätze, auf denen wir saßen, waren das Einzige, was mich hier noch hielt. Ich war relativ talentiert darin, nervige Stimmen auszublenden – ich hatte eine jüngere Schwester, die die faszinierend blödesten Dinge von sich gab, wenn sie einen Joint zu viel geraucht hatte – und irgendwann würde die Stimme meines Dates schon zu einem angenehmen Plätschern werden und mit den Umgebungsgeräuschen verschmelzen. Kostenlos den Kölner Haien dabei zuzusehen, wie sie die Düsseldorfer EG hoffentlich in Grund und Boden stampften, war die Begleitung wenigstens wert. Die Cola hatte ich auch ausgegeben bekommen, ich würde mich also auf die guten Seiten konzentrieren.

„... machen Sie so beruflich?"

Oh. Das war keine Ja-Nein-Frage. Auf diese würde ich tatsächlich antworten müssen. Was frau nicht alles für eine Cola und ein Eishockeyspiel tat.

„Ich bin Blumenladeninhaberin und freie Journalistin."

Das Letzte war ein wenig gelogen, ich hatte bis jetzt nur einen einzigen Artikel für das Kölner Blatt verfasst und der war von der Redaktion eigentlich auch grundlegend verändert worden. Theoretisch hatte ich mehr Erfahrung damit, mich fälschlich als Journalistin auszugeben, als tatsächlich eine zu sein. Was sollte es. Es machte mich interessanter.

Nur, Moment: Ich wollte für Prince Cooking ja gar nicht interessant sein.

„Na ja, die journalistische Seite lasse ich gerade etwas schleifen", fügte ich deswegen hastig hinzu. „Ich bin nämlich wirklich faul, müssen Sie wissen."

„Blumenladeninhaberin? Das hört sich aber interessant an. Vor allem, da ..."

Er fing an, einen Monolog darüber zu führen, warum ich mich glücklich schätzen konnte, den faszinierenden Beruf einer Floristin angenommen zu haben, und ich konzentrierte mich wieder auf das Geschehen vor mir.

Ich wusste, dass mein Job fantastisch war. Das brauchte mir niemand mehr zu erklären. Was mir jemand erklären sollte, war, warum das Spiel immer noch nicht losging.

Als hätte der Stadionsprecher meine Gedanken gehört, rief er in dem Moment durch die Lautsprecher: „Und nun, meine Damen und Herren, begrüßen sie *Shaaarkyyy*, das Maskottchen der Kölner Haie!"

Sofort setzte ich mich aufrechter in meinen Sitz hin. Sharky war der beste Teil des Abends! Der Hip-Hop und Breakdance tanzende Haifisch war seit Kindheitstagen meine Ikone. Für kurze Zeit hatte ich sogar den Berufswunsch geäußert, ihn zu ersetzen.

Da ich in Tierkostümen jedoch fürchterlich schwitzte und meine Breakdance-Künste sich darauf beschränkten, dass ich mich exzellent auf den Boden werfen konnte, hatte ich diesen Traum schnell wieder aufgegeben.

„Albern, oder?", rief mein Date. „Ein Haifisch, der tanzt?"

Also, wenn ich ihn nicht bereits abgeschrieben gehabt hätte, dann spätestens jetzt.

Ich verengte die Augen in seine Richtung und sagte trocken: „Das ist Kunst."

Ich konnte nur nicht ganz benennen, welche Art von Kunst. Moderne wahrscheinlich.

Ich wandte meinen Kopf ruckartig nach vorne, während Beyoncé durch die Lautsprecher anfing, den Single-Ladies zu empfehlen, ihre Hände in die Luft zu werfen – und wer war ich, den Rat der RnB-Queen zu missachten?

Mit den Armen schwenkend sah ich dabei zu, wie Sharky aufs Eis stürmte. Offenbar war er auch Single, denn er warf seine Arme ebenfalls in die Luft und vollführte kunstvolle Schwenker, bevor er mit der Breakdance-Einlage fortfuhr.

Mein Date konnte mir erzählen, was es wollte – der Hai war genial. Wie er die Flossen in die Luft hob, sich kurz auf dem Plüschkopf drehte, mehrfach um die eigene Achse wirbelte, auf die Knie fiel, sich den Plüschkopf vom Haupt riss ... oh, Moment.

Das sah nicht mehr normal aus.

Das Maskottchen kniete nun auf allen Vieren, der Menschenkopf guckte aus dem massigen grauen Körper heraus, bevor es schließlich mit der Stirn zuerst aufs Eis fiel, zuckte und reglos liegen blieb.

Ich schlug die Hand vor den Mund und zehntausend Zuschauer taten es mir gleich.

Entweder das gehörte zur dramatischen Vorstellung oder ... irgendetwas war da gehörig schiefgelaufen. Ich tendierte zu Letzterem, denn der Haifisch lag immer noch bewegungslos am Boden, während mehrere Menschen nun auf das Eis rannten und ihn auf den Rücken drehten.

Die Musik hörte auf zu spielen, die Halle wurde nur noch von lautem Stimmgewirr durchzogen, und wie gebannt starrte ich auf das Geschehen vor mir. Taktvoll wäre es gewesen, den Blick abzuwenden.

Gut, dass ich Taktgefühl nicht besonders viel abgewinnen konnte.

„Ich glaube ... er ist tot", stellte ich überrascht fest.

„Was?" Mein Date lachte nervös auf, während die umherstehenden Leute weiter nach vorne drängten, um eine bessere Sicht zu haben.

„Er ist tot", wiederholte ich und verrenkte meinen Hals, um neben einem zwei Meter breiten Mann hersehen zu können.

„Das können Sie doch nicht wissen", schnaubte der Koch. „Er könnte ohnmächtig geworden sein ... von der Hitze im Kostüm. Oder er könnte Epileptiker sein und er ist nur zu weit weg, als dass wir seine Zuckungen sehen ..."

„Ja, könnte er ..." Doch wenn man sich mein Leben genauer ansah, dann war die Wahrscheinlichkeit, dass der Stoffhaifisch so tot wie dieses Date war, unverhältnismäßig hoch. Es passte einfach zu mir, dass ich zu einem Eishockeyspiel ging und das Maskottchen vor meinen Augen starb. Ein abgetrennter Finger im Sperrmüll, eine Leiche, die von Stricknadeln durchbohrt worden war ... und ein Maskottchen, das soeben seinen letzten Tanz getanzt hatte. Ja, reihte sich doch wunderbar ein.

Außerdem zog sich eine Gänsehaut meinen Nacken hinunter – die ich nicht der Kälte des Eisstadions zuschreiben konnte.

Ich schämte mich dafür, aber ich war kurz davor, zu lachen.

Wer hätte das gedacht? Mit einem möglichen Toten nahm dieses Date doch noch eine skandalös gute Wendung. Eins war klar: Ich musste da runter aufs Eis.

Dort tummelten sich mittlerweile so viele Leute um den Toten, dass ich nichts mehr erkennen konnte, und seit ein paar Monaten war es quasi meine Aufgabe, auf mögliche Kriminalfälle zu achten ...

Ich musste mir selbst auf die Schulter klopfen. Ich war ungemein talentiert darin, Dinge schönzureden. Dennoch: Es ging hier schließlich um meine Karriere und die Zukunft des Blumenladens, der, seit mein Gesicht mehrfach in der Zeitung gewesen war, solide schwarze Zahlen schrieb.

„Wir bitten alle Zuschauer, die Tribüne zu verlassen und nach draußen zu gehen", schallte plötzlich eine emotionslose Stimme über die Ränge. „Das Spiel muss aus ... Gründen verschoben werden."

Aus *Gründen*! Dass ich nicht lachte. Als ob nicht allen hier klar war, warum das Spiel ausfiel.

Die Masse setzte sich in Bewegung, und immer wieder stellte ich mich auf die Zehenspitzen, um noch einen Blick auf das Geschehen auf dem Eis zu erhaschen.

„Was tun Sie da?", wollte der Koch schließlich wissen, als er mich beinahe umrannte, während ich gedankenverloren stehengeblieben war, um die aufs Eis schlitternden Sanitäter zu beobachten.

„Ich stille meine Neugierde", sagte ich langsam und legte den Kopf schief.

„Laufen Sie weiter! Wir wollen hier alle raus", blaffte ein bulliger Mann mit Schweinsaugen, der versuchte, sich an meiner Seite vorbeizudrängen. Ich verdrehte die Augen, setzte mich jedoch wieder in Bewegung. Die anderen wollten das Gebäude vielleicht verlassen, für mich galt das nicht.

Als wir gefühlte Stunden später die Tribüne endlich hinter uns gelassen hatten, stellte ich genervt fest, dass mein Date mir immer noch hinterherlief. Ich hatte gehofft, den Typen vielleicht in der Menge zu verlieren.

„Louisa!", rief er über das stetig ansteigende Gemurmel hinweg. „Wo wollen Sie denn hin? Dort drüben ist der Ausgang!"

„Ja, ich weiß. Ich will aber nicht zum Ausgang."

Ich kämpfte gegen den Strom der Masse an, der mich in Richtung Ausgang trieb. Auf den Zehenspitzen versuchte ich einen Überblick über das Geschehen zu behalten und nach den Türen zu suchen, die in den Servicebereich und somit in das Innere des Stadions führten. Jeder in diesem Raum schien jedoch größer zu sein als ich.

Ich schob mich seitwärts durch die Menschenkörper und versuchte nicht allzu viel von der verschwitzten Luft einzuatmen, bis ich endlich an einer der Wände ankam, an der ich mich zu einer Tür entlanghangeln konnte.

„Was haben Sie vor?"

Ich zuckte angesichts der Stimme an meinem Ohr zusammen. Der Koch war mir gefolgt. Ich dachte darüber nach, mir eine Ausrede zu überlegen, damit er mich allein ließ, war aber zu sehr in Eile, als dass ich mir die Mühe gemacht hätte. Wenn die Polizei erst eintraf und unten alles absperrte, hätte ich keine Chance mehr, mir ein Bild von der Leiche zu machen. Adrenalin pumpte durch meine Adern und da war wieder diese unbestimmte Aufregung, die ich jedes Mal verspürte, wenn ein Rätsel anfing, sich vor meinen Augen zu entfalten. Seit ich das indirekte Angebot des Kölner Blatts für kostenlose Publicity erhalten hatte, hatte ich auf eine Chance wie diese gewartet.

Alles, was ich tun sollte, war, mich wieder in einen Kriminalfall einzumischen und danach über meine Erfahrungen zu berichten. Auch wenn man bei meiner Vergangenheit das Gegenteil hätte behaupten können, fielen mir Tote nicht tagtäglich vor die Füße. Meine letzte Leiche hatte ich vor Monaten entdeckt und ich konnte diese hier nicht einfach unbeachtet an mir vorbeiziehen lassen. Ich brauchte die Werbung. Ich wollte die Werbung! Sie war das letzte Körnchen, das mir zum sicheren Erfolg als florierende Floristin fehlte.

„Kommen Sie einfach mit", seufzte ich schließlich und öffnete die Tür vor mir.

„Aber wohin?"

„Den toten Fisch sezieren."

Als ich endlich, mein Date im Schlepptau, den Eingang zum Eis gefunden hatte, war die Fläche gerappelt voll. Spieler, Männer in Anzügen, Sanitäter und Polizeibeamte tummelten sich, sodass es niemanden interessierte, dass ich mich ebenfalls über die rutschige Fläche hinweg zu dem Haifisch drängte, dessen bewegungslose Flosse ich zwischen mehreren Paar Füßen und Schlittschuhen erkennen konnte. Ich hoffte inständig, dass kein Blut zu sehen war. Blut und mein Magen waren keine erfolgreiche Kombination, und wäre ich ein Vampir gewesen, hätte ich ein ernsthaftes Problem gehabt.

Ich rutschte über das Eis und fiel des Öfteren über meine Füße, sodass ich mich an fremden Armen und Schultern festhalten musste, aber die Menge schien zu schockiert, als dass mir jemand Beachtung schenkte.

Vielmehr schien sich die allgemeine Aufmerksamkeit jetzt auf eine laute Stimme zu richten, die mir die Nackenhaare aufstellte.

„Allesamt runter vom Eis! Jeder, der keine Marke hat, verschwindet. Das hier ist kein verdammter Kindergeburtstag."

Welch ein Glück, dass ich zwei Briefmarken in meiner Handtasche herumtrug – und als ob der Eigentümer der Stimme wüsste, wie ein Kindergeburtstag aussah.

„Marvin, machen Sie verdammt nochmal Ihren Job und bringen Sie die Leute vom Eis. Sie zertrampeln mir meinen Tatort."

Die Gänsehaut zog sich von meinem Nacken aus nun auch über den Rest meines Körpers, und das hatte rein gar nichts mit der niedrigen Temperatur des Raumes zu tun. Es war Rispos Stimme. Die Stimme, die mir das letzte Mal, als wir miteinander gesprochen hatten, gesagt hatte, ich sei *zu viel. Kompliziert. Arbeit.*

Mir sprang mein Herz in den Hals, doch ich ignorierte das drückende Gefühl, das sich auf meinen Magen presste. Ich war darüber hinweg. Ja, er hatte mich verletzt, als er mich abgesägt hatte. Aber das war nun schon mehrere Monate her, und alles, was übrig geblieben war, war eine gesunde Wut.

Na ja, fast. Es schwebten möglicherweise noch ein paar andere, nichtige Gefühle durch meinen Körper, aber die beachtete ich nicht.

Mein Laden war wichtiger als meine dummen Emotionen, die sowieso nur andauernd Ärger machten. Ich reckte mein Kinn und schob mich weiter vor, auf eine schlaksige Gestalt mit blonden, wirren Haaren zu. Der

Mann trug einen Anzug, der ihn zu verschlucken schien, und ich erkannte ihn als Marvin, den selbsternannten Recherchisten der Kölner Wache. Ich mochte Marvin. Er hatte mir bei den letzten zwei Fällen mehrfach, wenn auch nicht immer ganz absichtlich, geholfen. Wie es aussah, war er tatsächlich von seinem Schreibtischjob zu Rispos Partner befördert worden. Ich wusste nicht, was ich davon halten sollte. Er verehrte Rispo wie die Inder die Kuh – und deren Ego war nun wahrlich schon groß genug. Außerdem fiel es mir schwer, mir vorzustellen, wie es wohl aussehen mochte, wenn der Mann, dessen Statur mich immer ein wenig an ein abgenagtes Brathähnchen erinnerte, eine Pistole zog.

Marvin drehte sich jetzt um und sah etwas hilflos in die Menge von Gaffern. Mindestens zehn davon waren Spieler der Kölner Haie, die dreimal so breit und doppelt so hoch wie er schienen.

„Ähm, ihr habt den Kommissar gehört. Ihr müsst gehen", stellte er lahm fest.

Er tat mir so leid, dass ich tatsächlich beinahe freiwillig wieder gegangen wäre, nur um ihm die Illusion zu lassen, dass er ein gewisses Maß an Autorität ausstrahlte. Leider hatte ich einen Job zu erledigen. Ich rutschte weiter nach rechts, um einen besseren Blick zu erhalten, während einige Uniformierte sich erbarmten und Marvin dabei halfen, den Großteil der Menge vom Spielfeld zu verbannen.

Ich hielt meinen Kopf gesenkt und ignorierte die Polizisten, meine Augen immer noch aufs Ziel gerichtet.

Zwischen zwei bulligen Oberkörpern hindurch konnte ich einen Blick auf das Gesicht des Opfers erhaschen. Die Haut war schneeweiß und hätte mit dem Eis verschmelzen können, wäre sie nicht von hellrosa Flecken unterbrochen worden. Der Tote sah aus wie eine Wachsfigur. Dunkle Haare, spitze Nase. Der Junge, der da lag, konnte keine fünfundzwanzig sein, und eine leichte Übelkeit sammelte sich in meinem Magen. Wieso hatte er sterben müssen?

Mein Blick glitt tiefer und die Kälte des Eises schien durch meine Schuhsohlen in meinen Körper zu wandern, während mein Atem in weißen Kondenswölkchen vor mir in der Luft hängen blieb. Das Kostüm war in der Mitte zerschnitten worden, sodass die Arme des Opfers nun auf dem frostigen Eis lagen und das blaue schlichte T-Shirt, das es trug, offenbarte. Ich hatte das Verlangen, seine Arme auf etwas Wärmeres zu betten, was absurd war, denn der Junge würde die Kälte ohnehin nicht mehr spüren. Das rot-schwarz-weiße Logo der Kölner Haie war direkt über einer goldenen, klobigen Uhr auf seinen rechten Unterarm tätowiert worden. Eine dünne Goldkette mit einem weißen Yang-Zeichen zierte seinen Hals und die rosa Flecken zogen sich über jedes sichtbare Stück Haut.

Ein breiter Rücken schob sich plötzlich in mein Blickfeld und ließ mich blinzeln. Die Kälte in meinen Gliedern wurde von einer Hitze vertrieben, die ich keiner bestimmten Emotion zuordnen konnte.

Gut. Es war Wut.

Und etwas anderes.

Ich erkannte Rispo sofort. Die Art, wie er über dem Opfer hockte, die sich langsam lichtende Menschenmasse um ihn herum vollkommen ausblendend, den

Rücken gerade, die großen Hände auf seine Knie gestützt.

Ich schluckte.

Ich hatte ihn in den vergangenen Monaten des Öfteren durch die Fensterfront meines Ladens gesehen, wenn er einen seiner Brüder abholte, die *Louisa's Flower Power* neuerdings zu ihrem Coolentreff gemacht hatten. Aber ein Rispo zum Anfassen war so viel gefährlicher als einer, den ich verstohlen durchs Glas beobachten konnte.

„Siehst du das?", sagte einer der vor mir stehenden Spieler. Auf seinem Rücken standen eine große 22 und der Name Brüllig. Sein Nebenmann trug die 11, war hellblond und hieß Weidemann. Ich kannte sie beide von den Durchsagen des Stadionsprechers. „Er benutzt einen Block. Hat die Polizei kein Geld für Elektronik oder glaubt der Kommissar nicht an Technik?"

„Vielleicht verbietet es ihm seine Religion", antwortete sein Nebenmann.

Ich musste unfreiwillig lachen und augenblicklich fuhr Rispos Kopf in die Höhe.

Ich schloss hastig meinen Mund. Er konnte mich unmöglich am Lachen erkannt haben.

„Marvin. Sagen Sie mir, dass das nicht Louisa Manu ist, die ich gerade unangemessen laut habe lachen hören."

Oh. Vielleicht ja doch.

Die beiden Eishockeyspieler vor mir drehten sich zu mir um und gaben dadurch dem nun wieder neben Rispo stehenden Marvin eine wunderbare Sicht auf meine Wenigkeit frei.

Ich hob die Hand zum Gruß und lächelte breit.

Marvin sah unsicher zwischen mir und Rispos Rücken hin und her.

„Ähm ... Und wenn sie es doch ist?"

„Dann wird es hier gleich sehr ungemütlich."

„Ungemütlicher als mit der Leiche hier vor uns, meinen Sie?

„Sehr viel ungemütlicher."

„Oh ..." Der Recherchist lief tomatenrot an, sein Blick starr auf mein Gesicht gerichtet. „Vielleicht solltest du besser gehen, Louisa."

Als ob.

Schnaubend schob ich mich zwischen den Kölner Haien hindurch, die mir bereitwillig Platz machten. Der gute Herr Grumpig könnte wenigstens den Anstand haben, mich anzusehen!

„Marvin, habe ich dir nicht das letzte Mal gesagt, dass du dich nicht von Rispo herumschubsen lassen sollst? Er braucht jemanden, der ihm ab und zu sagt, dass er ein Arschloch ist. Sonst vergisst er das immer."

„Öhm, das hast du. Doch, aber ... also Arschloch ist ein sehr negativ geladenes Wort und ..." In seinem Blick spiegelte sich die blanke Überforderung.

„Marvin, Sie sind Polizist", sagte Rispo bemüht ruhig, der nun seinen Block zurück in seine Jeanstasche steckte. „Ist eine Blumenverkäuferin eine Autoritätsperson, die dazu befugt ist, Ihnen irgendetwas vorzuschreiben?"

„Blumenladeninhaberin", korrigierte ich automatisch.

Rispo richtete sich auf und strich seine Hosenbeine glatt, bevor er sich ganz langsam und scheinbar gelassen zu mir umdrehte. Aber alles, von seinen fast schwarzen Augen bis zu seinem verhärteten Kiefer, ließ mich wissen, dass das ein Trugbild war.

Kommissar Joshua Rispo war eine fast ein Meter neunzig große, dunkelhaarige schlechte Laune auf zwei Beinen, und dennoch war er ... wie war noch gleich der Fachterminus? Ach ja. Heiß.

Egal, auf wie dickem Eis er sich befand, egal, wie sehr ich ihn hassen wollte. Dieser Umstand war einfach nicht zu leugnen, und den Versuch, das zu tun, hatte mein Körper schon vor Ewigkeiten aufgegeben. Selbst in schwarzem T-Shirt und Jeans machte er eine bessere Figur als so manches nackte Unterwäschemodel. Er brauchte mich nur anzusehen und mein Magen fing an zu flattern, aber ich würde einen Teufel tun, ihm das zu zeigen. Deswegen lächelte ich nur, die Arme vor meinem Körper verschränkt. Ich hatte das Gefühl, dass ich demnächst in die Defensive würde gehen müssen. Unsere Beziehung, wenn man sie so nennen durfte, war nicht auf dem besten Nenner geendet.

„Louisa", sagte er trocken. „Welch eine Überraschung, dich hier zu sehen. Man sollte dich als Leichenspürhund einsetzen."

„Meine Bewerbung ist gestern raus."

„Ich werde zusehen, dass du eine nette Anstellung in der Arktis bekommst. Aber so schön es auch ist, mit dir zu plaudern: Du hast hier verdammt nochmal nichts verloren. Schade, dass du jetzt also wieder gehen musst."

„Schade, dass du immer noch denkst, ich würde mich für deine Anordnungen interessieren. Du könntest dir so viel Leid ersparen, wenn du dich nicht mehr diesem Irrglauben hingeben würdest", sagte ich leicht abwesend, während ich den Kopf schräg hielt, um noch einen Blick auf die wieder freigelegte Leiche zu erhaschen. Die Haare klatschten dem toten Mann am Kopf. So als hätte er unnatürlich viel geschwitzt.

„Puh, ich bin ja echt froh", murmelte ich.

Ich konnte Rispo mit seinen Zähnen knirschen hören. „Du bist froh, dass dieser Mann tot ist? Soll ich dich auf die Verdächtigenliste setzen?"

„Verschwende deine Zeit, wie du willst. Ich meinte eigentlich nur, dass ich froh bin, dass er offensichtlich vergiftet wurde. Ich kann Blut wirklich nicht ausstehen. Das hier ist viel ... hygienischer."

„Wir haben noch kein Urteil über die Todesursache gefällt", warf Marvin ein. „Es könnte immer noch ein natürlicher Tod gewesen sein."

Ich blickte zu Rispo und war mir sicher, dass er nicht so dachte. Ich ebenso wenig.

„Marvin, es wäre nett, wenn Sie keine vertraulichen Informationen an diese bestimmte Zivilistin geben würden", sagte Rispo und an mich gewandt fügte er hinzu: „Aber schön, dass das Mordopfer wenigstens dir eine Freude machen konnte – soll ich das so an die Verwandten weitergeben?"

„Nein, das wäre wirklich sehr taktlos von dir", bemerkte ich unschuldig. „Wie stündest du denn dann da?"

„Na, die Taktlosigkeit überlasse ich dann lieber dir – und jetzt raus aus meinem Tatort! Ihr alle!"

Sein zweiter Blick galt den zwei Spielern, die nun hinter mir standen, meinem Date, das ich vollkommen vergessen hatte, aber das immer noch da war, und einem rothaarigen Anzugträger mit dick umrandeter Brille, den ich bis eben nicht bemerkt hatte. Er starrte wie versteinert auf den Toten, die Faust auf seinen Mund gepresst.

Absolut niemand bewegte sich, bis eine Stimme von meiner Rechten kam: „Sie kennen den Kommissar, Louisa?"

Der Koch hatte gesprochen, und abrupt wandten sich alle ihm zu.

Ich machte eine wegwerfende Handbewegung. „Nein, nicht wirklich. Er ist mir ab und zu mal in die Quere gekommen. Ich hab seinen Namen aber auch schon wieder vergessen. Wie war der noch gleich? Risotto?"

„*Kommissar* Risotto, wenn ich bitten darf", sagte Rispo knapp und sah sich nach zwei Uniformierten um. „Würden Sie Frau Manu bitte vom Eis begleiten. Ich möchte nicht, dass sie wieder falsche Ideen bekommt und diesen Fall plötzlich zur persönlichen Angelegenheit erklärt. Und könnten Sie den Schönling neben ihr gleich mitnehmen?"

„Was denn? Eifersüchtig, dass mein Partner hübscher ist als deiner, Risotto? Nichts für ungut, Marvin", setzte ich in Richtung des Recherchisten hinzu. „Sie sind auch sehr attraktiv."

Rispo hob eine abschätzige Augenbraue, die ich ihm gerne aus dem Gesicht geschlagen hätte. „Ich kann mich vor Eifersucht kaum halten, aber geweint wird in meiner Freizeit."

Ich biss mir auf die Unterlippe und hasste es, dass er wirklich vollkommen ungerührt aussah, als die zwei Uniformierten mich erreichten und eine ausladende

Handbewegung zum Ausgang hin machten. Schnaubend trat ich einen Schritt zurück, und möglicherweise hätte ich etwas gesagt, dass als Beamtenbeleidigung hätte bezeichnet werden können, wäre mir Rispo nicht zuvorgekommen.

„Was zum Teufel denken Sie, das Sie da tun? Treten Sie von der Leiche weg!"

Abrupt wandten sich alle wieder um. Die Nummer 22, Brüllig, hatte sich neben den Toten gekniet und sich interessiert über die Leiche gebeugt.

Hastig hob er beide Hände und richte sich wieder auf. „Oh, Entschuldigung. Ich war neugierig. Ich habe noch nie einen Toten gesehen."

„Warten Sie noch ein paar Minuten. Wenn Frau Manu hier nicht verschwunden ist, sehen sie gleich zwei."

Frau Manu. War das sein Ernst? Nach all den Dingen, die er mit mir angestellt hatte?

Ich presste meine Lippen schmerzhaft fest aufeinander. „Kommissar Risotto wurde heute offenbar mit zu heißem Wasser gekocht, nehmen Sie ihn nicht ernst."

Brüllig starrte mich an und legte schließlich den Kopf schief. „Habe ich richtig gehört? Sie sind Louisa Manu? Die Detektivin?"

Rispo stieß einen scheinbar schmerzerfüllten Seufzer aus. „Um Gottes willen ..."

„Ja, bin ich", stellte ich fest, Rispo ignorierend. Damit fuhr man bei ihm ohnehin am besten. „Sie haben von mir gehört?"

„Ja, natürlich!" Der Spieler schien beeindruckt. „Das Kölner Blatt war ja voll von Ihnen. Sie sind eine sehr interessante Persönlichkeit."

Ich warf Rispo ein zuckersüßes Lächeln zu. Der hatte derweil Daumen und Zeigefinger auf seine Augenlider gepresst, offenbar auf der Suche nach Geduld. Er sollte einfach aufgeben. Er war seit Jahren auf der Suche und würde sie ja doch nicht finden.

„Schön, wenn das Leute wertzuschätzen wissen", sagte ich freundlich an den Spieler gewandt, der wirklich süß war. Er hatte dunkelblaue Augen, hellbraune Haare und eine Narbe zierte seine Augenbraue. „Wissen Sie, manchen Leuten ist meine interessante Persönlichkeit einfach *zu viel*."

„Aber warum denn?", fragte Brüllig perplex, bevor er mit einem Augenzwinkern hinzufügte: „Ist doch nur eine Herausforderung."

„Ja, nicht jeder ist der Herausforderung gewachsen."

Der Spieler nickte, so als verstünde er. „Manche sind einfach nicht Manns genug."

„Ich bin wirklich sehr froh, dass Sie das so ausgedrückt haben."

Er grinste und reichte mir die Hand. „Ich bin Felix – und Sie haben nicht zufällig Lust, morgen mit mir essen zu gehen?"

Überrascht blinzelte ich ihn an, während ich Rispo leise: „Das kann doch nicht wahr sein", murmeln hörte.

„Ähm ... okay?"

Er war süß. Und Sportler. Wie viel verdienten Eishockeyspieler eigentlich in Deutschland? Reines Interesse.

„Was ist denn jetzt los?", wollte der Koch neben mir wissen. „Sind *wir* nicht gerade auf einem Date?"

Oh, richtig. Das war schon etwas unangenehm. Aber wenn ich genauer darüber nachdachte ...

„Ach, kommen Sie schon", sagte ich an den Reisliebhaber gewandt. „Es wäre ohnehin nicht zu einem zweiten gekommen. Sie finden mich zu laut und ich Sie zu langweilig. Sie hätten versucht, mir aus Höflichkeit einen Gute-Nacht-Kuss zu geben, ich hätte mein Gesicht abgewandt, es wäre äußerst peinlich geworden und Sie hätten sich nie wieder gemeldet. In zwanzig Jahren hätten Sie dann auf genau diesen Abend zurückgesehen und Ihnen wäre immer noch die Schamesröte ins Gesicht gestiegen, obwohl Sie sich längst nicht mehr an meinen Namen erinnern würden. Ist es nicht einfacher, diese Schritte einfach zu überspringen?"

„Oh mein Gott, das hier ist ein Tatort und keine Louisa-Manu-Privatparty! Könntest du dein desaströses Privatleben womöglich woanders sortieren!?"

Es schien, als habe Rispo nun doch aufgegeben, seine Stimme auf eine normale Lautstärke zu reduzieren.

„Wenigstens *habe* ich ein Privatleben", fauchte ich zurück. „Felix, Sie finden mich im Telefonbuch, rufen Sie mich morgen früh einfach an, um Genaueres abzusprechen."

„Frau Manu, Sie sollten jetzt wirklich besser gehen", sagte Marvin, der aus ungeahnten Tiefen den Mut dazu hervorgezaubert hatte, mich leicht am Arm zu packen und mich Richtung Ausgang zu dirigieren.

Aber er hatte sich genau den falschen Moment dazu ausgesucht, denn jetzt war ich ernsthaft wütend. Rispo hatte nicht das Recht, mein Privatleben als desaströs zu bezeichnen – denn bevor *er* auf der Bildfläche aufgetaucht war, war es mehr als in Ordnung gewesen! Überhaupt war es nicht fair, dass ich ihn nur ansehen musste und mein Herz mir in den Magen fiel, während er mich betrachtete, als wäre nie etwas zwischen uns geschehen. Und verdammt nochmal, wenn mein Privatleben schon desaströs war, dann konnte ich wenigstens meine Karriere auf Vordermann bringen. Und das würde ich tun, indem ich mich wieder Hals über Kopf in einen Mordfall stürzte, der mich absolut nichts anging, mir aber die beste Publicity einbringen würde, die es gab.

All diese Gedanken führten dazu, dass ich mich etwas zu enthusiastisch von Marvin losriss. Meine profillosen Turnschuhe verloren ihren Halt auf dem Eis, ich fuchtelte wild mit meinen Armen herum, um das Gleichgewicht nicht zu verlieren – aber das hatte mich noch nie davor bewahrt, hinzufallen. Dieses Mal war keine Ausnahme.

Ich stürzte nach vorne, fiel auf die Knie und schlug mit dem Kopf auf der Schulter des Toten auf. Ich quietschte laut und richtete mich hastig auf alle Viere auf, sodass meine Nase nun direkt über dem Gesicht des Opfers hing. So nah stand ich dem Maskottchen dann auch wieder nicht.

Ich starrte in die leeren Augen des jungen Mannes und sog erschrocken Luft ein. Mir schlug ein merkwürdiger Geruch entgegen. Nach Mandeln. Bitteren Mandeln.

Mein Mund öffnete sich leicht, ich sah auf die rosa Flecke, sah auf den Mund ... „Oh mein Gott, ich weiß, was ihn getötet hat!"

„Nein." Zwei Arme packten mich und zogen mich unsanft wieder auf die Füße. „Ganz sicher nicht."

Ich hob meinen Blick und starrte in Rispos dunkle Schokoaugen. Seine Fußspitzen berührten meine.

„Du weißt überhaupt nichts, Louisa. Du hast nichts zu wissen." Sein Blick war nun beinahe flehentlich geworden, denn er wusste genau, was auf eine solche Ankündigung meinerseits folgte.

„Doch. Weiß ich. Aber ich werde es dir nicht sagen. Die Information behalte ich für meine eigenen Ermittlungen."

Rispo schloss seine Augen und als er sie wieder öffnete, stand eine Warnung darin, die mich zurückweichen lassen wollte. Doch seine Hände hatten sich fest um meine Schultern gelegt.

„Lou." Rispos Stimme war eindringlich und angespannt. Wie ein Bogen, der sich spannte. Bereit zum Schuss. „Ich weiß, du wirst das hier jetzt persönlich nehmen, wegen dem, was zwischen uns passiert ist."

„Was soll denn schon zwischen uns passiert sein?"

Rispos Mundwinkel zuckten kurz, bevor er die Augen verengte. „Ich habe da drei wunderbare Voice-Nachrichten auf meiner Mailbox, die das genauer erläutern …"

Blut schoss in meine Wangen. Oh mein Gott. Die Nachrichten hatte ich komplett verdrängt.

„Ich weiß nicht, wovon du redest", hustete ich.

„Natürlich nicht. Du warst anscheinend so betrunken, dass es mich wundern würde, wenn du dich auch nur an ein Wort erinnerst."

„Ich war überhaupt nicht-"

„Darum geht es jetzt auch gar nicht, Lou."

„Du warst es, der es zur Sprache gebracht hat!"

„Ja und ich bin es, der wieder zum wichtigen Teil zurückkehrt: Wir werden das letzte Mal nicht wiederholen. Du wirst nicht wieder dein Leben riskieren, nur weil du deine scheiß Neugier nicht kontrolliert bekommst. Du hast hier verdammt nochmal nichts verloren, und ich schwöre dir, Lou, wenn du nicht sofort verschwindest und die Sache fallen lässt, lass ich dich wegen Behinderung der Justiz verhaften."

Ich schnaubte und verdrehte die Augen. „Als ob du mich verhaften würdest!"

„Fordere es nicht heraus, Lou."

„Ich bitte dich, Josh. Weißt du, wie oft du mir schon damit gedroht hast, mich festzunehmen?"

„Ich meine es ernst, Lou."

Ich musste lachen. „Okay. Dann mach doch. Steck mich ins Gefängnis."

***

„Jannis?"

„Schwesterherz, was kann ich für dich tun?"

Ich lehnte meinen Kopf gegen die Steinwand neben mir. „Du musst mir einen Gefallen tun und mich abholen."

„Von wo?"

„... aus dem Gefängnis." Ich seufzte. „Rispo hat mich verhaftet."

Kapitel 2

Es dauerte geschlagene zwei Minuten, bis mein Bruder aufhörte zu lachen. Ich hätte diese ganze Situation ja auch sehr amüsant gefunden, hätte ich nicht selbst in ihr gesteckt und dringend aufs Klo gemusst. Die Gewahrsamszellen-Toilette war eine Zumutung und erinnerte an ein Dixi-Klo, dem schlecht geworden war.

„Jannis!", ermahnte ich ihn schließlich laut. „Reiß dich zusammen, das ist nicht lustig."

„Doch, ist es Loubalou", japste er. „Wirklich: Ich ziehe den Hut vor dem Kerl."

„Sag mal, auf welcher Seite stehst du eigentlich?"

„Tu nicht so unschuldig. Ich bin mir sicher, du hast es herausgefordert."

Dazu wollte ich mich ehrlich gesagt lieber nicht äußern.

Ich seufzte schwer und ließ auch meinen Rücken gegen die kalte Steinwand sacken. „Kannst du mich bitte einfach abholen?"

„Natürlich. Lass mich nur eben noch meine Kamera suchen."

„Jannis!"

„Ach, ich freu mich auf Mamas Gesicht. Bin in zwanzig Minuten bei dir! Soll ich dir einen orangenen Overall mitbringen?"

„Mir wäre eine Flasche Wodka lieber."

„Aber Schwesterherz, ich kann dein falsches Verhalten doch nicht auch noch belohnen."

Ich schnappte automatisch nach Luft. „Ich hab mich nicht falsch verhalten! Ich habe lediglich … Interesse an dem Tod einer mir sehr wichtigen kölschen Ikone bekundet und schon steckt er mich in eine Gewahrsamszelle."

„Kölsche Ikone? Ist Lukas Podolski umgebracht worden?"

Na ja. Fast. „Es geht um Sharky! Poldi hat uns verlassen, deswegen ist Sharky noch wichtiger für Köln geworden."

„Das Maskottchen der Kölner Haie ist umgebracht worden?"

„Ja, aber der ausschlaggebende Punkt ist eigentlich, dass Rispo total überreagiert hat, nur weil ich den Toten zu lang angesehen habe."

„Schon klar, Lou. Er ist heute Morgen wahrscheinlich aufgewacht und dachte sich: Hey, verhafte ich doch meine Ex-Freundin. Das wird lustig, da sie ja so ein liebevoll ruhiges Temperament hat."

Das Wort *Ex*-Freundin ließ mich bitter aufstoßen, und es wurde Zeit, härtere Geschütze aufzufahren. „Jannis, weißt du eigentlich, wie viele Dinge ich über dich weiß, die wirklich niemand anderes wissen sollte?"

Er lachte leise. „Frauen werden immer so grumpig, wenn sie im Gefängnis sitzen."

„Hol mich endlich hier raus."
„Bin unterwegs."

Zwanzig Minuten später stand ich vor dem grauen Betonklotz, der sich Polizeipräsidium nannte, meiner Meinung nach aber eher als trostloses Denkmal der Trostlosigkeit geschimpft hätte werden sollen. Es war bereits dunkel, doch die Frühlingstemperaturen waren immer noch warm genug, um mich in meinem knielangen Rock und dem Kölner–Haie-Trikot nicht zittern zu lassen. Die großen Laternen, die den Parkplatz erleuchteten, schienen allesamt wie Scheinwerferlichtkegel auf mich gerichtet zu sein.

Seht sie an, sie hat sich eines desaströsen Privatlebens schuldig gemacht.

Bis auf den Mord war dieser Abend wirklich eine herbe Enttäuschung gewesen. Angefangen bei dem Koch, der sich als totaler Reinfall entpuppt hatte, bis zu dem Wiedersehen mit Josh. Ich hatte mir mehrfach ausgemalt, unter welchen Umständen ich Rispo wieder begegnen wollte – komischerweise war ich in keinem dieser Szenarien mit dem Kopf auf eine Leiche gefallen. Vielmehr hatte ich mich am Arm eines etablierten Schauspielers gesehen, mit meinen perfekten neugeborenen Zwillingen auf dem Arm, während Rispo mir sehnsuchtsvoll nachstarrte und bereute, dass er mich je aufgegeben hatte. Aber wie immer hatte er keinerlei Emotionen preisgegeben, und ich verachtete mich selbst dafür, dass mich das so wurmte. Bestimmt hatte er schon eine neue Freundin, die nicht *zu viel* für ihn war – und in der Lage dazu, für mehr als eine halbe Stunde ihr Gleichgewicht zu halten. Das war ja anscheinend, was er sich wünschte.

„Hast du mich gerade Mistkerl genannt?"

Mein Kopf schreckte hoch und ich sah Jannis an.

Mein Bruder war, bis auf eine leicht diabolische Ader, eine bessere, sieben Jahre ältere Version meiner selbst. Wir hatten dieselben grünen Augen und dieselbe Ambition, nicht den Zorn unserer Mutter auf uns zu ziehen. Wobei er dabei sehr viel bessere Karten hatte. Er war verheiratet und hatte ihr bereits zwei wunderschöne Enkeltöchter geschenkt, während ich bisher nur unterhaltsame Geschichten über Leichen und einen leeren Uterus vorzuweisen hatte. Das waren enttäuschenderweise keine Eigenschaften, die meine Mutter wertzuschätzen wusste.

„Ich habe mich nur gefragt, ob ich jetzt im System bin und wegen Behinderung der Justiz angeklagt werde", sagte ich düster, während ich auf seinen Wagen zulief.

„Behinderung der Justiz gibt es im deutschen Strafrecht nicht, Lou", bemerkte mein Bruder grinsend und hielt mir die Tür auf. „Ich schätze, dir dürfte nichts weiter passieren. Rispo wollte dich wohl einfach nur aus dem Weg haben."

Na großartig. Jetzt fühlte ich mich noch dümmer als ohnehin schon. Rispo hatte mich nicht nur eingebuchtet – er hatte mich für etwas eingebuchtet, für das man sich in diesem Land gar nicht strafbar machen konnte!

„Was genau hast du eigentlich getan, um ihn so aufzuregen? Dich auf die Leiche geschmissen?"

„Zu laut geatmet", bemerkte ich und ließ mich auf dem warmen Beifahrersitz nieder. Ich würde Jannis nicht wissen lassen, wie nah seine Vermutung der Wahrheit kam.

Nachdem mein Bruder mich vor meiner Haustür abgesetzt und ich ihm das Versprechen abgenommen hatte, dass er unserer Mutter nichts von den heutigen Vorkommnissen erzählen würde, war es kurz nach zehn. Ich war so erschöpft, dass ich einfach nur noch ins Bett wollte. Wut war sehr anstrengend – und von der hatte ich in den letzten zwei Stunden mehr als genug angestaut.

Ich wollte Rispo wehtun. Dabei war ich sonst ein sehr sanfter Mensch. Na gut, *sanft* war vielleicht doch etwas zu viel des Guten, aber ich hatte noch nie jemandem absichtlich Schmerzen zufügen wollen. Abgesehen von Lord Voldemort.

Gott, ich war so wütend auf Rispo, dass ich meine Hände eine Stunde lang in Blumenerde würde stecken müssen, um mich wieder zu beruhigen.

Die Wahrheit war, dass er recht hatte. Was vielleicht auch der Grund meiner Wut war.

Mein Privatleben *war* desaströs.

Ich war siebenundzwanzig Jahre alt und es gab nur zwei Männer, die es mir je wirklich angetan hatten. Der erste war Chris – der verheiratet gewesen war und mich ausgelacht hatte, als ich ihm meine Gefühle gestanden hatte. Der zweite Mann war Rispo, der mich mehr wahnsinnig als glücklich gemacht hatte – und dem ich dennoch drei betrunkene Voice Nachrichten auf der Mailbox hinterlassen hatte, nachdem er mich abgesägt hatte.

Beide Männer waren emotional kompliziert und nicht offen für eine Beziehung gewesen. Der erste, weil er bereits in einer steckte, der zweite, weil er ein sehr enges Verhältnis mit seiner Arbeit führte und Frauen ohnehin nicht sehr vertrauensvoll zugeneigt war, seit seine Verlobte ihn betrogen hatte.

Es blieb also die Frage: Warum suchte ich mir nicht einen Mann, der keine Probleme hatte? Oder holte mir noch eine zweite Katze?

Ich musste endlich aufhören, mir vorzumachen, dass ich emotional unerreichbare Männer schon mit ein bisschen Liebe für eine ernste Beziehung öffnen konnte. Ich konnte sie nicht vor sich selbst retten. So viel Macht hatte ich nicht – und Geduld schon gar nicht.

Nein, das hörte jetzt auf. Der Eishockeyspieler, den ich morgen treffen würde, war ein guter Anfang. Er hatte nett gewirkt und fiel sicherlich nicht in Ohnmacht, wenn ich ihm erzählte, dass ich keine Lust mehr auf lockere Beziehungen und One-Night-Stands hatte.

Wenigstens lief in meinem Job alles bestens, sonst wäre ich wahrscheinlich mehr als deprimiert gewesen. Der Blumenladen schrieb beständig schwarze Zahlen, und in ein paar Monaten würde ich endlich anfangen, Gewinn zu machen, da meine Schulden getilgt worden wären. Ich hatte letzte Woche sogar angefangen, mit einem größeren Van zu liebäugeln, der meinen Passat als Lieferwagen ersetzen könnte. Alles, was mein Laden noch brauchte, war ein kleiner Schubs in die richtige Richtung. Und den würde er bekommen.

Ich öffnete die Haustür des Mehrfamilienhauses, in dem ich wohnte, und zog mein Handy aus der Tasche. Mit der einen Hand tippte ich eine Nachricht an meinen Kontakt des Kölner Blatts, um ihm zu erzählen, dass ich bald einen neuen Artikel für die Zeitung hätte, während ich mit der anderen meinen Briefkasten öffnete.

Ich griff mir den entgegenstürzenden Schwall an Papier und überwand die letzten Stufen bis zu meiner Wohnungstür.

Das Miauen von Twinky, meines verhaltensgestörten Katers, dessen größter Wunsch es war, endlich der Hund sein zu dürfen, als der er geboren worden war, begrüßte mich.

„Hey Süßer", murmelte ich, ließ mein Handy und den Schlüssel auf die Küchenanrichte gleiten und legte die Post daneben.

Twinky umkreiste zweimal meine Beine, gab ein kurzes zufriedenes Schnurren von sich und verzog sich dann zurück auf die Couch. Zu tieferen Liebesbekundungen war er nicht imstande. Er war keinen Deut besser als die emotional unerreichbaren Männer, in die ich mich verliebte. Aber zumindest ihn konnte ich einsperren und mit Kaffee dazu zwingen, mich zurückzulieben. Bis jetzt funktionierte diese Art von Beziehung besser als jede zuvor.

Ich blickte meine Post durch, legte die Rechnungen auf einen Stapel, pinnte die Pizza-Flyer an meinen Kühlschrank und runzelte die Stirn über die zwei übrig gebliebenen Werbezettel. Der eine versprach mir dreißig Prozent Rabatt auf eine Thai-Massage, die mein Leben verändern und mich zu den Pforten einer neuen Dimension von Entspannung bringen würde. Eine andere Dimension – möglichst eine ohne Rispo – klang vielversprechend, deswegen legte ich den Coupon zu meinen Schlüsseln auf die Anrichte. Das zweite Blatt Papier wies auf einen am Dienstag stattfindenden Selbstverteidigungskurs für Frauen hin, der von der hiesigen Polizei angeboten wurde. Mhm. Wenn ich mich schon wieder in einen Mordfall stürzte, dann sollte ich mich dieses Mal vielleicht besser vorbereiten. Auch diesen Zettel ließ ich auf der Anrichte liegen. Ich würde meine beste Freundin Ariane fragen, ob sie nicht Lust hätte, mitzukommen. Seit sie mit ihrem Gärtner zusammen war, sahen wir uns nicht mehr ganz so oft wie früher. Ich machte ihr keinen Vorwurf, sie war so glücklich wie schon lange nicht mehr, und ich gönnte es ihr. Dennoch hatte ich das Gefühl, in den letzten Monaten etwas einsamer als sonst gewesen zu sein. Ich sollte mich nicht beschweren, ich hatte ein tolles Leben. Eine liebevolle, wenn auch verrückte Familie, loyale Freunde und einen Beruf, der mir Spaß machte. Nicht zu vergessen eine frische Leiche, die meine Aufmerksamkeit verlangte. Mehr brauchte ich nicht. Nur noch eine Sache.

Grimmig griff ich nach meinem Handy und wählte die Nummer, die ich aus meinen Kontakten gelöscht hatte, aber immer noch auswendig kannte.

„Hier ist Joshua Rispo, hinterlasst mir eine Nachricht, vielleicht rufe ich zurück."

„Es war eine Blausäurevergiftung, Mistkerl. Das Maskottchen ist an einer Blausäurevergiftung gestorben. Oder von mir aus auch Cyanidvergiftung, wenn du mehr wie James Bond klingen willst. Und rate mal, wer genau weiß, wie man an Blausäure rankommt? Das bin ich. Also pass auf, was du demnächst trinkst."

Ich legte auf und starrte auf das Telefon in meinen Händen. War es eine Straftat, einem Polizisten damit zu drohen, ihn umzubringen?

Ach, egal. So schlimm war das Gefängnis jetzt auch nicht gewesen.

„Was meinst du damit, er war ein dummer Reiskopf?"

„Genau das, was ich sage, Ari! Er war dumm und hatte nur Reis im Kopf." Ich schloss mein Auto ab und erklomm die Stufen zu *Louisa's Flower Power*, während ich das Handy zwischen Ohr und Schulter klemmte, um die Tür öffnen zu können. „Ich fasse es nicht, dass du mich mit ihm verkuppeln wolltest. Du weißt doch, was ich für Männer mag."

„Ja, dieser Problematik bin ich mir vollkommen bewusst. Ich dachte, es wäre vielleicht gut, wenn du mal etwas über den Tellerrand sehen würdest", beharrte meine beste Freundin. „Der Koch ist selbstständig, wünscht sich eine Familie und …"

„… besitzt keinerlei Humor", schloss ich für sie.

„Nun, man darf halt nicht zu wählerisch sein."

„Er hat seiner Lieblingspfanne einen Namen gegeben, Ari. Sie heißt Annabelle und ist seine engste Vertraute."

Ein unterdrücktes Kichern war zu hören, bevor sie sagte: „Ich weiß gar nicht, was du hast. Für mich hört es sich so an, als wäre er ein sehr lustiger Typ."

Ja, leider nur unabsichtlich. „Es war auf jeden Fall ein Reinfall", seufzte ich und ließ die Glastür fallen, die das mir vertraute Klingeln von sich gab.

„Du ziehst aber auch immer die merkwürdigsten Gestalten an."

„*Du* hast ihn mir angedreht!"

„Ja, weil ich wollte, dass du mal wieder ausgehst. Was du ja auch getan hast. Ich war also erfolgreich."

Darüber konnte man streiten, aber ich hatte keine Lust, dieses deprimierende Thema fortzuführen. „Ist auch egal", stellte ich fest und fing an, die Stielrosen aus den Kühlfächern zu holen und im Verkaufsraum zu platzieren. „Wie geht es dir und Alejandro?"

„Besser als meinem Garten, seitdem er aufgehört hat, sich um ihn zu kümmern", sagte sie lachend. „Lou, er ist fast perfekt. Er hat mich wirklich und wahrhaftig gern. Und das, obwohl ich jeden Abend mit zwei Kilo Schokolade an meiner Kleidung zurückkomme."

Ich musste lächeln. „Vielleicht hat er dich auch gerade deswegen gern. Weil er so auf Schokolade steht."

Ariane gehörte die *Maisonette du Chocolat*, in der sie Pralinen und andere schokoladige Köstlichkeiten verkaufte. Das wäre mir als Mann zumindest Grund genug, sie auf der Stelle zu heiraten.

„Vielleicht auch das." Sie kicherte. Ein verliebtes Kichern, das mich eifersüchtig werden ließ. Ich verdrehte über mich selbst die Augen. Ich sollte mich zusammenreißen.

„Sag mal, Ari, hast du Dienstagabend schon was vor?"

Zehn Minuten später hatten wir verabredet, uns Dienstag für den Selbstverteidigungskurs zu treffen.

Sobald ich das Handy in meiner Hosentasche verstaut hatte, trat meine Angestellte Trudi durch die Tür. Sie trug ein skandalös kurzes Sommerkleid, das seine grellen Farben aus dem Teletubbie-Land geklaut zu haben schien, hatte eine schwarz-goldene Paillettenjacke um ihre Hüften geschlungen und eine große runde Sonnenbrille auf der Nase, die ihr Gesicht verschluckte. Es sollte vielleicht erwähnt werden, dass Trudi siebzig Jahre alt war und manche Dinge im gewissen Alter nicht mehr ganz so ansehnlich waren, wie vielleicht vierzig Jahre zuvor. Oberschenkel, zum Beispiel. Dass ihre Stützstrümpfe kurz unter dem Saum des Kleides endeten, half der Ästhetik auch nicht gerade. Aber gutes Aussehen war ja auch nicht, wofür ich sie bezahlte. Geld bekam sie wegen dem frischen Zimtgebäck in ihren Armen.

Trudis Backkünste waren der Grund, warum ich sie nicht längst gefeuert hatte und ich meinen Gürtel eine Lasche weiter hatte stellen müssen. Sie konnte Gänseblümchen nicht von Hyazinthen unterscheiden, aber wenn man ihre Erdnuss-Karamell-Kekse aß, vergaß man sehr schnell, warum diese Fähigkeiten als Blumenverkäuferin überhaupt wichtig sein sollten.

„Guten Morgen, Louisa. Du siehst heute Morgen aber sehr hübsch aus."

Ich trug Jeans und mein *Louisa's Flower Power* T-Shirt. Allerdings hatte ich mir heute Morgen die Haare gewaschen; ich nahm das Kompliment also dankend an.

„Danke, Trudi. Dir würde man heute auf der Straße auch hinterhergucken", sagte ich wahrheitsgemäß.

„Oh, ich weiß", bemerkte sie stolz. „Ich habe mich dazu entschlossen, mir ein neues Hobby zuzulegen, und das bedarf aufwendiger Kostümierung."

Ich konnte nicht umhin, bei dieser Ankündigung einen leisen Schwall von Panik zu verspüren. Seitdem Trudis Mann gestorben war, hatte sie neue Methoden entwickelt, sich die Zeit zu vertreiben. Eine beängstigender als die andere.

„Was für ein Hobby?", fragte ich vorsichtig und zog mich langsam hinter den Verkaufstresen zurück, falls es mit giftigen Tieren, Wasser oder Feuer zu tun hatte. Trudi stellte die Kekse vor mir ab, bevor sie bedeutungsvoll die Hände in die Luft reckte.

„Ich werde zaubern lernen", sagte sie und formte mit ihren Händen einen weiten Halbkreis, der womöglich einen unsichtbaren Regenbogen darstellen sollte.

„Zaubern?", wiederholte ich.

Sie nickte freudig und zog sich plötzlich die Jacke, die sie um ihre Hüften gebunden hatte, vom Körper, um sie überzuwerfen. „Alles, was ich noch brauche, ist ein Name. Und natürlich ein Talent. Aber mein Günter hat immer gesagt, dass ich eine Magierin in der Küche bin. Es sollte doch nicht allzu schwer sein, den Raum meiner Expertise zu erweitern."

Ich gab einen unbestimmten „Mhm"-Laut von mir. Ich wusste noch nicht, in welche Richtung ihre Zauberkünste gehen sollten, deswegen wollte ich sie weder bestärken noch ihrem Eifer einen Dämpfer versetzen.

„Ich habe mir sogar schon den ersten Trick beigebracht. Ich glaube, gerade dir könnte er gefallen. Möchtest du mal sehen?"

Ich machte einen weiteren Schritt von ihr weg, bevor ich nickte. „Klar, zeig her."

Sie verbeugte sich kurz – nun, es war vielmehr ein Nicken, denn wir beide wussten, dass sie aus einer Verbeugung so schnell nicht mehr hochkommen würde – und fing dann an, mit ihren Fingern zu wackeln. Ihre grauen Locken folgten ihrem Beispiel und erbebten.

„Ich werde nun aus völlig leerer Luft", sie fuchtelte durch den Raum, um die Leere zu verdeutlichen, „ein paar Blumen herzaubern."

Sie ließ ihre eine Hand weitere Schlangenlinien durch die Luft zeichnen, während die andere in einen ihrer schwarzen Ärmel fuhr und sichtlich angestrengt etwas daraus hervorzuzerren versuchte.

„So wunderschöne Blumen", fuhr sie ächzend fort, „dass die Sonne matt neben ihnen ... ihnen ...", es gab einen letzten Ruck und ein Schwall Plastikblumen löste sich endlich aus ihrem Ärmel, „... erscheint!"

Ich besah mir die zerknitterten Rosen in ihrer Hand, deren Plastikblätter nun teilweise auf dem Boden lagen, und dann glitt mein Blick zu den Keksen vor mir. Den wirklich leckeren Keksen.

Ich fing an zu klatschen.

Trudi lächelte und nickte dankbar. „Ich muss noch etwas an den Handbewegungen arbeiten, aber mit ein bisschen Feinschliff kann das was werden, oder?"

„Mit Sicherheit", sagte ich bestimmt, froh darüber, dass sie das *was* nicht spezifiziert hatte.

„Danke. Morgen lerne ich Kartentricks. Das wird lustig. Vielleicht kann ich bald eine Show machen und dir damit neue Kunden bescheren."

„Darüber können wir dann reden, wenn du deine Zauberkünste perfektioniert hast", versprach ich und nahm mir einen Keks. Allein darüber nachzudenken, stresste mich.

Trudi nickte zufrieden und stellte die Plastikblumen, die sie soeben hervorgezaubert hatte, zu ein paar Rosen in eine mit Wasser gefüllte Vase.

„Und was hast du gestern so getrieben?", fragte sie dann an mich gewandt, während bei jedem ihrer Schritte Pailletten auf den Boden fielen und sich zu den Plastikblütenblättern gesellten.

„Ich hatte ein Date", erklärte ich.

„Oh, mit einem reichen Mann?"

Trudis Ehemann war sehr wohlhabend gewesen und deshalb versuchte sie jedem einzureden, dass die einzig richtige Wahl einer Frau, die auch nur ein wenig Verstand besaß, ein Mann mit Schotter war. Grundsätzlich hatte ich dagegen nichts einzuwenden. Nur kannte ich leider keine reichen Männer.

„Nein, mit einem Koch. Aber er war nichts für mich. Nicht mein Typ."

Trudi nickte nachdenklich. „Ich mochte den Polizisten. Was ist nochmal mit dem passiert?"

Ich öffnete den Mund, um ihr genau zu sagen, was noch mit ihm passieren würde, sollte er mich jemals wieder in den Knast stecken, doch ich kam nicht dazu. Die Tür ging auf und drei Gestalten traten herein. Zwei davon hochgewachsen, dunkelhaarig, mit einem charmanten Lächeln auf den Zügen, die dritte rothaarig und mein zweites, schlampigeres, jüngeres und aufregenderes Ich.

„Guck mal, dein Fanclub ist hier", sagte Trudi fröhlich und nahm hastig die Kekse vom Tresen, um sie den Neuzugängen anzubieten.

Ich schnaubte, musste aber lächeln. Tatsächlich waren Jonas und Finn Rispo, Joshs jüngere Brüder, verdächtig oft hier. Was einerseits an Trudis Keksen, andererseits an meiner Schwester Emily lag, die eine Gang mit den Rispo-Jungs gegründet hatte.

„Hey, Lou", grüßte mich Emmi und griff sich zwei Zimtsterne. „Ich bin pünktlich, oder?"

Jonas nickte mir zu, den Mund schon mit Trudis Backkünsten vollgestopft, und Finn fragte: „Wie war's im Knast, Lou?"

Ich starrte ihn mit offenem Mund an, während Emmi sich an ihrem Keks verschluckte. „Oh mein Gott, du wurdest eingebuchtet? Was hast du getan? Fremde Vorgärten gewässert?"

Ich ignorierte sie. „Woher zum Teufel weißt du das?", fragte ich perplex an Finn gewandt, der breit grinste.

„Ich bin allwissend."

„Hat Josh es dir gesagt?"

„Ich würde lieber dabei bleiben, dass ich allwissend bin."

„Ich fasse es nicht, dass Josh es dir gesagt hat!"

Finn hob abwehrend beide Hände in die Höhe. „Er hat es nur getan, damit deine Schmach größer ist und du dich diesmal aus seinen Angelegenheiten heraushälst."

Das machte die Sache natürlich bei weitem besser.

„Lou, ich bekomme neuen Respekt vor dir", sagte meine Schwester beeindruckt und zog Trudis Plastikblumen aus der Vase neben sich, um sie zwischen ihren Fingern zu zerfriemeln. „Hat dich jemand im Knast zu seiner Bitch gemacht?"

Ich verdrehte die Augen und stützte mich mit den Händen auf die Tischplatte. „Du kannst Josh ausrichten, dass er mich mal kann und das Ganze noch bereuen wird – und was macht ihr beide überhaupt so früh hier?" Ich fixierte erst Jonas, dann Finn. „Es ist Samstag und kurz nach neun. Solltet ihr nicht schlafen?"

„Ich kann Joshi im Moment leider nicht drohen, weil ich mir demnächst sein Auto leihen will", sagte Finn entschuldigend, und er sah wirklich aus, als würde es ihm leidtun. „Und wir sind noch gar nicht schlafen gegangen, sondern wollten uns schon mal unser Kater-Frühstück holen." Er nickte zu Trudis Keksen, die er angefangen hatte, sich in seine Hosentaschen zu stopfen.

Sie waren noch nicht schlafen gewesen?

Meine Güte. Auf einmal fühlte ich mich alt. Mein Blick wanderte zu meiner Schwester, die genervt die Augen verdrehte. „Guck mich nicht so an! Ich hab geschlafen. Ich weiß doch, dass du es nicht magst, wenn ich bei der Arbeit einpenne."

Ich verengte meine Augen. „Wie viele Stunden hast du geschlafen?"

Sie dachte kurz darüber nach. „Drei mindestens."

Na prima.

„Was ist mit dir?", wollte ich von Jonas wissen. Er war mit neunzehn der jüngste Rispo und steckte gerade in einer Ausbildung zum Bürokaufmann. „Warst du auch mit den beiden feiern? Du schreibst nächste Woche Klausur in technischem Betriebswesen."

Ich wusste das, weil ich ihm derzeit Nachhilfe in diesem Fach gab. Er war vor ein paar Wochen mit dem süßesten, schüchternsten Gesicht der Weltgeschichte, das mir fast das Herz gebrochen hatte, und mit der Bitte auf mich zugekommen, ihm unter die Arme zu greifen. Mit abgeschlossenem BWL-Studium war ich mehr als qualifiziert dafür, ihm zu helfen – was hätte ich also tun sollen? Nein sagen? Ich hatte schließlich schon mehrfach bewiesen, dass ich eine Schwäche für Rispos hatte.

Jonas zog eine Grimasse und kratzte sich im Nacken. Wenigstens sah er schuldig aus. Das war mehr, als ich bei seinem ältesten Bruder je zu Gesicht bekommen hatte. „Wir lernen doch morgen noch zusammen. Das reicht doch, oder?"

„Ich gebe dir Nachhilfe, kein neues Gehirn", bemerkte ich kopfschüttelnd.

Er machte eine abwinkende Handbewegung. „Ich lerne heute Nacht noch. Das klappt schon." Er nahm sich noch drei weitere Kekse, hob die Hand und verschwand aus der Tür.

„Ich geh mich dann auch mal umziehen", sagte E-mily, die heute zum Arbeiten eingeteilt war. „Siehst du, ich hab sogar dein hässliches T-Shirt mitgebracht." Sie wedelte mit dem hellgrünen Stoff, den sie mehr als einmal als „menschenverachtend" bezeichnet hatte, vor meinem Gesicht herum. „Wenn ich keine Vorzeigemitarbeiterin bin, dann weiß ich auch nicht."

Ich freute mich über die Uniform. Noch schöner wäre es allerdings gewesen, wenn ihr Atem nicht nach Alkohol gerochen hätte.

Sie drückte Finn kurz an sich, flüsterte ihm etwas ins Ohr, was ihn grinsen ließ, und verschwand dann in meinem Arbeitszimmer.

Trudi glitt hinter den Tresen, um die restlichen Kekse in eine Schale zu packen, während Finn mich erwartungsvoll ansah.

Misstrauisch hob ich die Augenbrauen. „Was?"

„Louisa …", begann er langsam. „Du willst doch immer allen Menschen helfen, oder?"

„Bei deinem Gesichtsausdruck würde ich sagen: Nein."

„Du lügst. Also: Ich habe da ein Anliegen, bei dem nur du mir helfen kannst."

„Ich werde nichts für dich unterschreiben!"

„Nein, nein. Es geht um etwas anderes. Etwas, wo nur du, dein blendendes Aussehen und dein hoher IQ helfen können."

Ich verdrehte die Augen. Finn war sehr talentiert darin, auf subtile Art und Weise dick aufzutragen. „Wow, ich fühle mich geehrt."

„Das solltest du. Also, die Sache ist die: Wie ich ja bereits sagte, würde ich mir gerne Joshis Auto leihen. Aus unerfindlichen Gründen ist er die letzten Wochen aber noch mieser gelaunt als ohnehin schon, und damit mein Wunsch erfüllt wird, muss er erst wieder etwas … fröhlicher werden."

Mir gefiel der vielsagende Blick nicht, den Finn mir zuwarf. „Und was könnte ich dagegen tun? Falls es dir noch nicht aufgefallen ist: Meine Anwesenheit macht deinen Bruder nicht glücklich. Meine Anwesenheit sorgt dafür, dass er unschuldige Frauen in Gewahrsam steckt."

„Na ja, aber das liegt sicherlich wieder nur an seiner allgemein schlechten Stimmung. Wenn sich das ändern würde ..."

„Wie stellst du dir das vor?"

„Ich dachte, wenn du vielleicht mit ihm schlafen würdest ... nur ein, zwei Mal ..."

Starr sah ich ihn an. „Habe ich das richtig verstanden? Du willst, dass ich mich prostituiere, damit dein Bruder dir gut gesinnt ist?"

„Nicht direkt. Du würdest kein Geld dafür bekommen."

„Das wird ja immer besser. Ich soll also einfach so mit ihm schlafen, damit du sein Auto haben kannst?"

„Ja, genau! Wie passt dir Montagabend?"

„Raus, Finn."

„Ist Dienstag besser?"

„Raus! Bevor ich dir in deinen betrunkenen Hintern trete."

„Eigentlich ist der Wochentag auch wirklich egal, es reicht, wenn du es nächste Woche einrichten könntest ..."

Ich nahm die Plastikblume vom Boden, dort wo Emmi sie hatte fallen lassen, und schlug ihm damit mehrfach gegen den Kopf.

Finn grinste weiter. „Ich frag dich Montag nochmal", versprach er, schnappte sich die Plastikblume aus meiner Hand, roch genüsslich daran und schritt aus der Tür.

Ungläubig starrte ich ihm nach. Egomane müsste man sein.

„Die jungen Leute von heute haben so viel Energie", sagte Trudi hinter mir bewundernd. „Wenn wir uns betrinken und die Nacht durchmachen würden, könnten wir sicherlich nicht mehr so gerade stehen."

„Ich *bin* jung!", beschwerte ich mich. „Und wenn ich wollte, könnte auch ich die Nacht durchfeiern."

„Natürlich", sagte Trudi mit tröstlichem Blick und kam um den Tresen herum, um meinen Rücken zu tätscheln.

Na prima. Meine siebzigjährige Angestellte dachte, dass wir uns körperlich auf einer Ebene befanden.

Mein Handy vibrierte mit einer Nachricht. Froh darum, nicht darüber nachdenken zu müssen, wie langweilig mein Leben offensichtlich von außen aussah, sah ich auf den Bildschirm. Ich hatte eine einfache, aber deutliche SMS von meinem Kontaktmann beim Kölner Blatt bekommen.

Heute um zehn gibt es eine Pressekonferenz bezüglich des Haifischfalls. Der leitende Ermittler erklärt die Sachlage. Schauen Sie als Reporterin vorbei.

Oh, eine Pressekonferenz!

Ein Laut der Begeisterung glitt über meine Lippen. Ich hatte schon immer zu einer Pressekonferenz gehen wollen.

Es sah so aus, als würden sich heute gleich zwei meiner Träume erfüllen. Denn mein zweiter war es, die Chance zu bekommen, Rispo so richtig schön ins Schwitzen zu bringen. Und darin war ich bewiesenermaßen talentiert.

Ach, heute würde ein schöner Tag werden.

Kapitel 3

„Haben Sie das von der Papaver-Rhoeas-Analyse gehört? Dass sich die Polizei anhand dieser neuen Methode ein viel genaueres Bild vom Profil des Mörders machen kann als noch vor einem Jahr? Einfach unglaublich, dass sie versuchen, diese Informationen geheim zu halten. Nur damit die Presse und das Volk weiterhin im Dunkeln tappen und sie nicht dauernd nach genaueren Details fragen."

Der Reporter von der Bild neben mir bekam große Augen. „Woher haben Sie denn diese Informationen?"

Ich runzelte die Stirn und tat so, als wäre ich überrascht von seiner Unwissenheit. „Haben Sie etwa nicht von der Papaver-Analyse gehört? Die Gerüchte darum häufen sich doch! Die können unmöglich an Ihnen vorbeigegangen sein."

„Oh, doch, doch. Natürlich." Hastig nickte der Reporter, dessen Ego offensichtlich genauso dick war wie sein Bauch. „Ich kannte sie nur noch nicht unter dem kompletten Namen. Papaver-Analyse sagt mir natürlich etwas."

Ich nickte verständnisvoll und strich mir meinen Bleistiftrock glatt. Ich sah gerade so unglaublich seriös aus, dass selbst meine Mutter zufrieden gewesen wäre. „Natürlich. Papaver-Rhoeas-Analyse ist auch etwas kompliziert. Es wundert mich nicht, dass der Name für den Alltag verkürzt wurde. Ich für meinen Teil werde den Kommissar heute genau danach fragen. Es kann nicht sein, dass die Rechtsinstitutionen weiter mit ihrer Geheimnistuerei durchkommen. Wozu die Technik heutzutage alles fähig ist ..."

Der Reporter nickte eifrig und schrieb etwas auf seinen Block. Höchstwahrscheinlich das Wort Papaver-Rhoeas-Analyse.

Ich wandte meinen Kopf ab, um mein Lächeln zu verbergen, und stieß mich weiter durch die Gruppe von Kameramännern und Journalisten, deren Stimmengewirr den engen, grauen Raum mit einem durchdringenden Summen erfüllte. Ich besah mir die Gesichter und die Namensschilder der Umherstehenden und suchte meine nächsten Opfer.

Eine Gruppe Anzugträger mit zurückgelegten Haaren oder wahlweise dramatischen Fönfrisuren tat sich vor mir auf. Sorgfältig positionierte ich mich neben ihnen, bevor ich laut eine Frau im schwarzen Hosenanzug fragte: „Meinen Sie, dass die Papaver-Analyse bei diesem Fall zu einem schnelleren Durchbruch führt?"

Ich brauchte eine Viertelstunde, bis mich eine blonde Frau mit schwarz umrandeter Brille fragte, ob ich auch so interessiert an der neuen Geheimmethode der Polizei wäre und ob die Papaver-Rhoeas-Analyse wohl die Zukunft der deutschen Kriminalpolizei sei und den Markt revolutionieren würde.

Rispo würde sich wünschen, er hätte mich in einer dunklen Teergrube versenkt anstatt mich in eine Gewahrsamszelle zu werfen.

Es dauerte eine weitere Viertelstunde, bis die Reporter – also auch ich – dazu aufgefordert wurden, sich bitte einen Platz zu suchen.

Vier Stuhlreihen bestehend aus harten Bürostühlen, die wohl dafür verantwortlich waren, warum Polizisten oft so schlecht gelaunt waren, standen mir zur Wahl. Ich setzte mich in die erste Reihe auf den mittleren Stuhl. Einfach weil ich das Erste sein wollte, das Rispo sah.

Ich hätte mich nie für eine rachsüchtige Person gehalten, aber Rispo brachte nun einmal die schlechtesten Seiten in mir hervor. Vielleicht war ich tief in meinem Inneren auch schon immer etwas gemein gewesen. Ich war nun mal die Tochter meiner Mutter, und die hatte Frauen schon dafür aus ihrer Organisation geworfen, dass sie Perlenohrringe mit Modeschmuck aus Plastik kombiniert hatten. So erzählte man es sich zumindest. Na schön, so erzählte *ich* es allen. Aber ich traute es meiner Mutter auf jeden Fall zu!

Die Tür hinter uns ging auf und drei Männer, allesamt in Anzug und Krawatte, traten herein und liefen zum einzigen vor mir stehenden Tisch, auf dem drei Mikrofone positioniert worden waren.

Rispo ließ sich in der Mitte nieder, den Mund zu einer flachen Linie gepresst. Er zog den Stuhl heran, blickte auf – und seine Kinnlade klappte herunter. Na ja, eigentlich zuckte nur ein Muskel in seiner Wange und seine Augenbrauen zogen sich zusammen. Aber bei Rispo kam das einem geöffnetem Mund und einem Panikanfall gleich.

Sein Blick bohrte sich in meinen, die Augen schwarz wie Kohle, während ich mich genüsslich im Stuhl zurücklehnte, die Beine überschlug und ihm fröhlich lächelnd mit meinem Notizblock zuwinkte.

Er senkte das Kinn und murmelte etwas. Wäre ich ausgebildete Lippenleserin des Bundesnachrichtendienstes gewesen, hätte ich wohl gesagt, dass es: „Ach, du Scheiße", war. Da ich aber nur unwissende Zivilistin war, ging ich davon aus, dass er: „Schön, dich zu sehen, Lou", sagte.

Der braunhaarige, leicht untersetzte Mann links neben Rispo, der sich dank eines Schildchens vor ihm auf dem Tisch als Polizeichef outete, räusperte sich vernehmlich. Oh, erst jetzt erkannte ich ihn! Es war Sven Leodrik, ein ehemaliger Mitschüler von Jannis. Außerdem der Mann, den ich indirekt schon einmal erpresst hatte. Zufälle gab's.

„Vielen Dank für Ihr Kommen", setzte er an.

Mein Blick glitt zu Rispo, der mich unaufhörlich anstarrte. Er sah ganz und gar nicht dankbar aus. Eher so, als ob er sich fragte, warum die Welt ihn hasste. Also, das war wirklich nicht schmeichelhaft. *Er* hatte schließlich angefangen! Was hatte er erwartet? Ich zwang mich dazu, meinen Blick abzuwenden.

Der Polizeichef redete weiter. „Timo B., Maskottchen der Kölner Haie, ist gestern um 19 Uhr 21 verstorben. Jede medizinische Hilfe kam zu spät. Todesursache ist eine Blausäurevergiftung, die wenige Stunden zuvor oral in das System des Opfers gelangt sein muss."

Mensch, wer hätte das gedacht. Eine Blausäurevergiftung.

„Wir gehen derzeit von gezieltem Mord aus. Es ist noch unklar, wie genau das Opfer vergiftet wurde. Es sind keinerlei Rückstände des Giftes in seiner Trinkflasche oder an persönlichen Gegenständen gefunden worden. Auch Motiv oder Tatverdächtige sind noch nicht bekannt. Kommissar Rispo ist leitender Ermittler im Fall Timo B. und wird Ihnen gerne weitere Fragen beantworten, soweit es ihm möglich ist."

Der dritte Mann fing an, Reporter dranzunehmen, die hektisch ihre Arme in die Höhe streckten. Ich ließ meine Hände, wo sie waren. Meine Saat des Wahnsinns war bereits gesät worden. Ich würde mich einfach zurücklehnen und genießen.

Ein Journalist, der für irgendeine Sportzeitschrift unterwegs war, wollte wissen, ob sich der Mord auf die nächsten Spiele der Kölner Haie auswirken würde. Ein anderer, ob ein Terroranschlag vermutet wurde.

Rispo fertigte die erste Frage mit zwei Sätzen ab und alles, was er zur zweiten sagte, war: „Sobald wir Nachricht von der Anti-Eishockey-Maskottchen-Organisation erhalten, die einen weltweiten Komplott gegen überdimensionale Stofftiere plant, rufe ich Sie persönlich an."

Der Polizeichef sah daraufhin nicht sehr glücklich aus, aber wie immer interessierte Rispo sich nicht für das Glück anderer. Er war da sehr simpel gestrickt: Dumme Fragen bedurften dummer Antworten.

Die dritte Frage ließ mich aufhorchen.

„Sind Sie sicher, dass sie noch keinen genauen Tatverdächtigen haben?", ertönte eine Stimme hinter mir. Es war der dicke Mann von der Bild.

Rispo hob eine Augenbraue. „Ja."

„Nun, das ist schwer zu glauben. Ebenso wenig wie die Aussage, dass Sie keine Rückstände gefunden haben wollen – wo wir doch alle wissen, dass Ihnen dank der Papaver-Rhoeas-Analyse viele neue Türen offenstehen."

„Der was?", fragte Rispo perplex.

„Papaver-Rhoeas-Analyse", meinte der Reporter wichtigtuerisch und beugte sich im Stuhl nach vorne, sodass die Vorderbeine bedrohlich ächzten. „Sie wissen genau, wovon ich rede."

Rispo sah aus, als hätte man ihm einen verdorbenen Fisch ins Gesicht geschlagen. Sven Leodrik blickte ihn verwirrt an. „Wovon redet er?", wollte er wissen.

„Jetzt tun Sie doch nicht so!", fuhr die blonde Frau mit der Brille dazwischen, die genau neben mir saß. „Sie stecken doch alle unter einer Decke."

„Einer sehr großen und dunklen Decke", bestärkte ich sie nickend. „Wir alle hier wissen, dass durch die Papaver-Analyse die kleinsten DNA-Partikel innerhalb von Sekunden gefunden werden können – und das sollte die Menschheit erfahren."

Zustimmendes Gemurmel von meinen Fast-Kollegen.

Rispos Blick fuhr zu mir und ich erhaschte den Moment, in dem er erkannte, was hier vor sich ging. Er war dabei gewesen, als ich die Papaver-Rhoeas-Analyse das erste Mal benutzt hatte, um mir Zutritt zu einem Haus zu verschaffen. Für mehrere Sekunden stand ihm doch tatsächlich der Mund offen, und hätte ich es nicht besser gewusst, hätte ich gesagt, dass er beeindruckt wirkte. Doch der Moment verstrich und der Ausdruck in seinem Gesicht wurde von seinen Augenbrauen verschluckt, die sich über seinen dunklen Augen zu einer Linie verschlossen.

„Die Papaver-Analyse existiert nicht", sagte er verkniffen.

„Nun, sie mag zwar noch experimentell sein", warf ich ein, „aber das heißt noch lange nicht, dass man sie unter den Teppich kehren kann."

Ich hätte schwören können, dass Rispo Dampf aus den Ohren stieb. Aber die Kameras liefen, und er konnte es sich nicht leisten, in der Öffentlichkeit auszurasten. Er war schon einmal suspendiert worden, weil er jemanden zusammengeschlagen hatte. Wie würde es aussehen, wenn er das vor laufender Kamera wiederholte – bei einer Frau.

„Ich versichere Ihnen, dass diese Methode nicht existiert. Sie war mal im Gespräch ...", sein Blick brannte sich in meine Haut, „aber hat sich als zu verrückt, anstrengend und, sagen wir, vollkommen dumm herausgestellt."

Ich musste mir fest auf die Lippen beißen, um ihm nicht zu erklären, wer hier dumm war.

Der Polizeichef neben ihm sah mehr als perplex drein. „Von was zum Teufel reden die denn alle hier", konnte ich ihn zischen hören.

„Und das sollen wir Ihnen glauben?", fragte der Bild-Typ.

Rispo lehnte sich im Stuhl zurück, verschränkte die Hände im Nacken und zuckte die Achseln. „Das werden Sie wohl müssen."

Niemand der Journalisten sah überzeugt aus, und ein vorwurfsvolles Tuscheln setzte ein, bevor der dritte Polizeivertreter sie aufforderte, weitere Fragen zu stellen.

Ich machte mir ein paar Notizen, so richtig helfen tat mir aber keine der Informationen, die Rispo preisgab, und als die Pressekonferenz für beendet erklärt wurde, war ich die erste, die von meinem Platz aufsprang. Es war Zeit, zu gehen. Bevor Rispo mich abfangen und doch noch verprügeln konnte. Aber alle Journalisten hatten es anscheinend eilig, und da ich so weit vorne gesessen hatte, war ich eine der letzten, die sich in die vor der Tür gebildete Menschentraube drängen konnte.

Ich kam bis zur Mitte des Ganges, von dem ich dachte, dass er zum Ausgang führte, als sich eine große, warme und sehr entschlossene Hand um meinen Oberarm legte.

„Frau Papaver-Rhoeas, auf ein Wort", flüsterte es in mein Ohr.

Ich zuckte zusammen und stieß einen Schwall Luft aus, bevor ich hastig sagte: „Sie müssen mich verwechseln. Mein Name ist Manu, nicht ..."

„Mhm, schon klar." Rispos Kinn kratzte über meine Wange, während er mich an den Schultern in einen rechts von uns gelegenen Korridor bugsierte.

Ich bekam eine Gänsehaut, während mein Herz stolperte, und ... nein. Das reichte. Ich war kein verdammter Teenager! Einmal Pubertät war schlimm genug gewesen.

„Hör auf damit", zischte ich und versuchte mich loszumachen. „Ich bin nicht dein Hund."

„Nein, richtig. Ein Hund würde gehorchen."

„Ja, es tut mir wirklich sehr leid, dass du mich nicht wie jeden anderen Aspekt deines Lebens kontrollieren kannst. Sieh mich als Herausforderung für deine Zwangsstörung an – und jetzt lass mich los!"

„Das werde ich", versprach er, bevor er eine Tür zu meiner Linken öffnete, mich hineinschubste, mir folgte und sie wieder zuzog.

Ich war gegen etwas gestolpert, das über den Boden schrapte, und als Josh das Licht anmachte, bemerkte ich, dass es ein Plastikeimer gewesen war.

Ich sah mich um, betrachtete die mit Toilettenpapier und Putzzeug bepackten Regale, den Mopp zu meinen Füßen und den Besenstiel, der mir in die Seite drückte. Wir standen in einer zwei Quadratmeter großen Putzkammer.

„Gemütlich", stellte ich fest. „Ist das dein Büro?"

Rispo schnaubte. Er war mir nun so nah, dass ich den Luftzug auf meinem Gesicht spüren konnte. Seine Zehen berührten meine. Ich konnte sein Aftershave riechen. Vanille, Wald und … Rispo. Ich wollte einen Schritt zurückmachen, doch der Raum ließ nicht viel Bewegungsfreiheit zu, und erneut stolperte ich fast über den Putzeimer.

„Man sollte meinen, dass ein Kommissar einen etwas geräumigeren Raum zur Verfügung gestellt bekommt", sagte ich nervös und flocht meine Finger ineinander. „Aber ich schätze, sie gehen wohl einfach nach Fähigkeit und ..."

„Louisa, hast du schon einmal darüber nachgedacht, einfach die Klappe zu halten?"

Ich wünschte, ich könnte. Aber ich war nervös und er stand viel zu nah und ... ich räusperte mich und riss mich zusammen.

„Okay. Hören wir auf mit dem Blödsinn. Dein autoritäres Verhalten geht mir ehrlich gesagt ziemlich auf die Nerven und ist völlig unbegründet. Ich bin absolut dazu berechtigt, hier zu sein. Ich bin Reporterin, Josh."

Rispo stützte sich mit einem Arm gegen die geschlossene Tür, legte den Kopf schräg und sah unbeeindruckt zu mir herab. „Machst du es jetzt wie beim letzten Mal? Erzählst allen, du würdest für die Zeitung arbeiten?"

„Ja, nur dass es dieses Mal wahr ist." Ich drückte ihm meinen Presseausweis ins Gesicht. „Ich bin freie Mitarbeiterin fürs Kölner Blatt."

„Was haben die denn geraucht!? Du bist so objektiv wie ein Sektenmitglied!"

„Ich würde aufpassen, was du sagst, sonst schreib ich noch schlecht über dich."

Unglaublich aber wahr: Rispo verdrehte die Augen. „Wie könnte mein Ruf als Teddybär vom Dienst das nur aushalten?"

Meine Mundwinkel zuckten, aber ich kämpfte erfolgreich gegen ein Lächeln an. „Frauen könnten aufhören, dir Muffins zu backen. Ist dir das denn gar nichts wert?"

„Bis auf meine Mutter hat mir noch nie eine Frau irgendetwas gebacken."

Das wunderte mich nicht. Mit Rispo hielt man Konferenzen und Krisensitzungen, keine Kaffeekränzchen.

„So, da wir nun geklärt hätten, dass meine Anwesenheit bei der Pressekonferenz legitim war, könnte ich dann wieder gehen?"

Rispos Arm, der die Tür geschlossen hielt, war auch eine Antwort.

„Nur so aus Neugierde", sagte er im Plauderton. „Setzt du deine neugewonnene Macht als Möchtegern-Journalistin nur dafür ein, mich zu nerven und meinen Job zu erschweren, oder hast du damit auch vor, den Mordfall zu untersuchen?"

Ich hob entschuldigend die Achseln. „Tut mir leid. Diese Informationen fallen leider unter meine Schweigepflicht."

„Journalisten haben keine Schweigepflicht", sagte er leise, während er seinen Kopf vorbeugte und seine Lippen meine Schläfe streiften, bevor er mir ins Ohr murmelte: „Und ich weiß aus eigener Erfahrung, dass du ganz sicher kein Priester bist."

Verärgert – darüber, dass er immer noch einen Effekt auf mich hatte und darüber, dass er so ein Mistkerl war – schubste ich ihn weg.

„Behalt deinen Mund bei dir, Casablödmann. Eine anonyme Quelle hat mir verraten, was meine Aufgaben als Journalistin abdeckt, und meine journalistische Integrität verbietet es mir, sie dir zu verraten. Ich bin schließlich seriös."

„Das würde ich nie in Frage stellen. Es zeugt definitiv von Seriosität, den Reportern eine nicht existierende

Methode der DNA-Analyse einzureden, nur um mich anzupissen."

„Du hast mich verhaftet!", fuhr ich ihn an.

Er hob eine Schulter. „Du hast meine Ermittlungen behindert. Und könntest du bitte deine Stimme senken? Ich stehe direkt vor dir."

Ungläubig sah ich ihn an. Mister Schrei-mich-tot wollte mir etwas zu angemessener Stimmlautstärke erzählen?

„Mich ins Gefängnis zu stecken war unprofessionell von dir, Josh! Du hast deine Macht ausgenutzt, um ..."

„Erzähl du mir nichts von Professionalität", unterbrach er mich. Seine Stimme war nun auch lauter geworden und eine steile Falte hatte sich zwischen seinen Brauen gebildet. „Alles, was du tust, hat persönliche Hintergründe!"

„Ich weiß!", schrie ich, presste meinen Zeigefinger auf seine Brust und stellte mich auf die Zehenspitzen. In solchen Situationen hasste ich es, dass er so viel größer war. „Ich habe auch nie etwas anderes behauptet! Aber du tust so, als seist du der perfekte kleine Polizist und ich diejenige, die impulsiv handelt. Realitätscheck, Josh: Mich ins Gefängnis zu stecken hat nichts mit deinem Job zu tun, sondern damit, dass du immer noch wütend bist, weil ich beim letzten Fall nicht auf dich gehört und ... unüberlegt gehandelt habe!"

„Nein, es hat damit zu tun, dass ich dich davor bewahren will, *umgebracht zu werden!*"

„Hey, du hast doch bereits festgestellt, dass ich *zu viel Arbeit* bin", sagte ich bitter. „Warum zum Teufel bist du noch überrascht?"

Verwirrt ließ er den Arm sinken, der am Holz der Tür verweilt hatte. „Geht es immer noch darum?", fragte er ernüchtert. „Um das, was ich gesagt habe, als ich ..."

„Es geht darum, dass du mich in den Knast gesteckt hast, obwohl ich überhaupt nichts gemacht habe", unterbrach ich ihn und bohrte ihm meinen hoffentlich schmerzhaften zweiten Zeigefinger in die Brust.

„Du hattest den Blick, Lou! Den Blick, der mir die Zehennägel hochrollt, weil ich um mein und dein Leben fürchten muss. Was hätte ich denn tun sollen?"

„Es ist nicht deine Aufgabe, dich um mein Leben zu sorgen. Diese Verantwortung hast du mehr als deutlich von dir geschoben. Also hör auf, dir darüber Gedanken zu machen!"

„Ich kann nicht", fuhr er mich an und umschloss abrupt meine Finger auf seiner Brust mit den Händen. „Ich wünschte, ich könnte, aber du und dieser Blick ... ihr infiltriert mein Gehirn und raubt mir den Schlaf. Ich kann mich nicht konzentrieren, wenn ich im Kopf habe, dass du draußen herumrennst und laut: ‚Wer ist der Mörder?', schreist."

Ich starrte auf meine Hände, die Rispo immer noch umschlossen hielt, und meine Knöchel begannen zu kribbeln.

Ich war ihm nicht egal. Aber er wollte trotzdem nicht mit mir zusammen sein.

Sollte ich deswegen jetzt lächeln oder weinen?

„Das hat wirklich keinen Sinn", bemerkte ich und entzog ihm mit sanfter Gewalt meine Zeigefinger. „Das funktioniert so nicht. Wir können nicht kommunizieren. Es ist zu viel passiert. Vielleicht sollten wir zwei nur noch auf professioneller Ebene miteinander verkehren."

Rispo griff sich mit der rechten Hand an die Stirn. „Wir *haben* keine professionelle Ebene! *Denn wir haben nicht dieselbe Profession!*"

„Hör auf zu schreien. Ich bin mir sicher, irgendwo in China wollen Kinder schlafen."

Er stöhnte, und ein dumpfer Laut entstand, als er seinen Hinterkopf gegen das Metallregal sinken ließ.

„Es ist egal, was ich sage, oder?", stellte er schließlich ernüchtert fest. „Du wirst deine Nase wieder in fremde Angelegenheiten stecken. So oft ich dich auch verhaften lassen würde ... du würdest doch wieder versuchen, den Mörder zu finden."

„Ich werde nicht deine Polizeiangelegenheiten behindern, wenn es das ist, was du fragst. Aber was kann ich denn dafür, dass ich heute Abend ein Date mit einem der Eishockeyspieler habe und er wahrscheinlich von den gestrigen Vorfällen so emotional belastet ist, dass er mit irgendwem über den Vorfall wird reden müssen? Und ich bin nun einmal eine verdammt gute Zuhörerin. Und wenn ich ihm damit helfen kann, mit einer Menge feinfühliger Fragen bezüglich Timo B.'s Tod sein Seelenheil wiederherzustellen, wäre es da nicht selbstsüchtig von mir, wenn ich ihm diese Hilfe verwehre?"

Tanzte gerade ein Einhorn in meinem Ohr oder hatte Rispo tatsächlich angefangen, leise zu lachen?

„Du bist unglaublich. Wie kannst du mich zum Lachen bringen und mir gleichzeitig den letzten Nerv rauben?"

In meinem Kopf strich ich ‚letzten Nerv' und ersetzte es mit ‚Atem'. So. Jetzt raubte ich seinen Atem. Viel besser!

„Ich fördere das emotionale Multitasking anderer Menschen", meinte ich lächelnd. „Wissenschaftler arbeiten schon daran, meine Fähigkeiten für das Herbeiführen des Weltfriedens zu verwenden. Aber bis jetzt bin ich ihnen noch zu komplex und mein Gehirn ein anatomisches Wunder."

„So komplex bist du gar nicht", flüsterte Josh und strich abwesend eine meiner braunen Haarsträhnen, die sich aus meinem Haarknoten gestohlen hatte, hinter mein Ohr. „Soweit ich mich erinnern kann, bist du in den wichtigen Bereichen doch sehr einfach gestrickt. Nur was deine Anatomie betrifft ..." Ein träges Lächeln zog sich über sein Gesicht. „Da muss ich wohl zustimmen."

Ich schloss meine Augen für einen kurzen Moment, und als ich sie wieder öffnete, wusste ich, dass es besser gewesen war, als ich Josh noch aus dem Weg gegangen war. Wenn ich keinen Strich unter unsere Nicht-Beziehung zog, würde ich wieder Jahre brauchen, bevor ich für einen neuen Mann bereit war. Und ich hatte keine Jahre.

„Hör auf, mit mir zu flirten, Josh", bat ich ihn leise. „Du warst es, der mich nicht wollte, und ehrlich gesagt ... war es nicht wirklich einfach, über dich hinwegzukommen. Jetzt mit mir zu flirten, ist einfach nur unfair."

Er ließ langsam seine Hand sinken und betrachtete mich nachdenklich. „Du hast recht", sagte er langsam, fast überrascht. „Alte Gewohnheit, schätze ich." Sein

Blick glitt über meine Augen, meine Wangen, blieb an meinen Lippen hängen.

Hastig wandte ich den Kopf ab und öffnete die Tür des Besenschranks.

„So schön es auch war, zusammen mit dir in einem stickigen Schrank zu stehen, ich habe einen Laden zu führen. Wir sehen uns ... möglicherweise."

„Möglicherweise." Unzufriedenheit schwang in Rispos Stimme mit, und ich konnte nicht ganz zuordnen, welchen Ursprung sie hatte. War es die Tatsache, dass er mich nicht davon abhalten konnte, mich wieder an einem Mordfall zu beteiligen, oder dass ich ihm gerade verboten hatte, mit mir zu flirten?

„Eine Sache noch", sagte er und riss mich aus meinen Gedanken. „Woher wusstest du das mit der Blausäurevergiftung?"

Ich grinste breit. „Du wirst es nie erfahren."

Kapitel 4

Einhundertfünfzigtausend.

Einhundertfünfzigtausend Euro betrug ungefähr das durchschnittliche Jahreseinkommen eines deutschen Eishockeyspielers. Zumindest hatte Google mir das ausgespuckt. Das war nicht hollywoodreich, aber schon ordentlich. Besser als ein Kriminalkommissar auf jeden Fall.

Ich schwang die Beine aus meinem Passat, zog mir die Turnschuhe von den Füßen und ersetzte sie durch ein Paar goldener Riemchenstilettos, die ich aus dem Schrank meiner Schwester hatte. Abgesehen von einer stolzen Sammlung an Gummistiefeln war ich Schuhen nicht sonderlich zugetan. Dennoch hatte ich mich dazu entschlossen, heute Abend härtere Geschütze aufzufahren. Die Konfrontation mit Rispo heute Morgen hatte mir gezeigt, dass ich einen neuen Mann in meinem Leben brauchte. Sei es nur dafür, den blöden Herrn Grumpig endlich zu vergessen. Außerdem hatte ich ein gutes Gefühl bei Felix dem Eishockeyspieler, was damit zusammenhängen konnte, dass ich den

Großteil meines Nachmittags damit verbracht hatte, ihn im Internet zu stalken.

Felix Brüllig war seit fast fünf Jahren bei den Kölner Haien, kam ursprünglich aus Frankfurt und aß gerne Schokolade. Er mochte Kinder, kochte gerne und zog Kuscheln mit der richtigen Frau einer Affäre mit der falschen vor. Das hatte er den Lesern eines Frauenmagazins verraten. Negativschlagzeilen über ihn hatte es fast keine gegeben. Er hatte in den letzten Jahren unter mehrfachem Dopingverdacht und dem des Anabolikamissbrauchs gestanden, doch diese Anschuldigungen waren jedes Mal durch einen negativen Drogen-Urintest abgewiesen worden – ein richtiger Traummann also!

Außerdem hatte er sich heute Vormittag am Telefon bei mir erkundigt, was ich gerne essen würde, anstatt mir vorzuschreiben, wohin wir gingen. Das wusste ich zu schätzen.

Wir hatten uns schließlich für einen Koreaner in Nippes entschieden, der direkt neben der Pferderennbahn lag. Die Sonne ging gerade unter, als ich mir den Cardigan, den ich über einem dunkelblauen Sommerkleid mit optimistisch großem Ausschnitt trug, enger um den Körper zog. Felix wartete bereits auf mich, seine rechte Gesichtshälfte von einer Straßenlaterne orange erleuchtet, und ich erwischte mich dabei, wie ich die Breite seiner Schultern mit denen Rispos verglich.

Ich schlug mir genervt mit der flachen Hand gegen die Stirn.

Felix sah an sich selbst herunter. „Hätte ich lieber nicht Rosa tragen sollen?"

Ich ließ hastig die Hand sinken und wurde rot. „Nein, nein. Das Rosa steht dir ausgezeichnet."

Tatsächlich ließ ihn das fast pinke Hemd nicht im Mindesten unmännlich wirken. Eher das Gegenteil war der Fall. Es lag so eng an, dass ich jeden einzelnen beeindruckenden Muskelstrang erkennen konnte. Meine Güte, dieser Mann musste ernsthaft viel Zeit auf der Stemmbank verbringen. Und im Gegensatz zu mir schien er nach seinem Work-out nicht zum Bäcker zu gehen, um sich mit einem oder auch drei Schokocroissants zu belohnen. Insgesamt, fiel mir auf, sah er wirklich unglaublich gut aus. Dunkelblonde, kurzgeschorene Haare. Einen Zwei-Wochen-Bart, der sein kantiges Kinn betonte. Mich wunderte es ehrlich gesagt ein bisschen, dass so ein Mann überhaupt an mir interessiert war. Ich war an guten Haartagen höchstens als hübsch zu bezeichnen – und selbst dann schien Trudi die Einzige zu sein, die das je bemerkte.

„Es saß eine Mücke auf meiner Stirn", erklärte ich hastig und tat so, als wische ich die Überreste des nicht vorhandenen Insekts an meinem Kleid ab. „Ich kann die Viecher echt nicht ausstehen."

„Verstehe." Felix lächelte milde. „Hatte mich schon gewundert. Ich habe im Allgemeinen nichts gegen Schläge, aber erst, wenn man sich schon ein wenig kennt und beide Parteien damit einverstanden sind." Er machte eine ausladende Bewegung zum Restauranteingang hin. „Sollen wir?"

Ich lachte nervös, nicht ganz sicher, ob er gerade einen Witz oder eine Ankündigung gemacht hatte, und schlüpfte vor ihm durch die Tür.

Mir schlug der Geruch von heißem Öl, gebratenem Fleisch und einem verschwendeten Abend entgegen.

Vielleicht hätte ich nicht so schnell urteilen und ihm eine echte Chance geben sollen, aber ... Ich fühlte nichts. Kein Prickeln, kein flaues Gefühl im Magen, kein Verlangen, Felix mit meiner schillernden Persönlichkeit zu beeindrucken. Was war nur los mit mir? Ich hatte noch keine zwei Minuten mit diesem heißen Eishockeyspieler verbracht, und schon wusste ich, dass er nichts für mich war? War ich denn total bescheuert? Es war, als *wollte* ich einfach nicht glücklich werden. Das einzig Gute an diesem Treffen war, dass es für mich sowieso kein normales Date hatte werden sollen. Ich war hier, um so viele Informationen über den Verstorbenen aus Felix herauszuquetschen wie nur möglich.

„Du führst also deinen eigenen Blumenladen?", fragte der Eishockeyspieler, sobald man uns zu einem Tisch geleitet hatte, über den ein schwerer roter Stoff drapiert worden war.

„Ja, das war schon immer mein Traum", erklärte ich und legte die Serviette auf meinen Schoß. „Ich habe nach meinem BWL-Studium eine Weile die Finanzen und den Einkauf eines anderen Blumenladens geregelt, ein bisschen Erfahrung im Binden von Kränzen und Sträußen gesammelt, aber sobald ich das Geld zusammen und einen Kredit in der Tasche hatte, bin ich ins kalte Wasser gesprungen und habe den Laden eröffnet."

Felix nickte und schien beeindruckt. „Hast du es je bereut?"

„Nie. Es ist schön, sein eigener Boss zu sein."

„Das verstehe ich. Dennoch muss auch viel Druck auf einem lasten, weil man ein mögliches Versagen auf niemand anderen außer sich selbst schieben kann, nicht?"

Ganz schön tiefsinnig für ein Gespräch mit einem Mann, der wahrscheinlich schon mehr Pucks als Regentropfen gegen den Kopf bekommen hatte. Ich bemerkte, wie ich anfing, Felix zu mögen. Nicht als ein potentieller Freund, aber als Menschen. Er schien intelligent und tatsächlich daran interessiert, was ich sagte.

„Ähm, ich schätze schon", sagte ich langsam. „Aber im Moment läuft es zumindest beruflich ganz gut."

„Privat also nicht?"

Mir schoss automatisch das Blut in die Wangen. „Nun, ich ... also, nein. Ich weiß nicht."

Felix sah mich geduldig an, so als könne er es kaum erwarten, die komplette Geschichte zu hören.

„Ich habe mich vor nicht allzu langer Zeit von jemandem getrennt", brachte ich schließlich hervor.

Langsam nickend legte Felix den Kopf schief, und für einen kurzen Moment flog ein Lächeln über sein Gesicht. Aber es war so schnell verschwunden, dass ich es mir auch hätte einbilden können.

„Der Kommissar?", wollte er wissen.

Mein Ellenbogen rutschte vom Tisch, und nur mit Mühe konnte ich mein Kinn davor bewahren, eine Delle in den Tisch zu rammen. „Woher ...?"

Er hob eine Schulter. „Ah, nur so ein Gefühl. Die Art, wie ihr miteinander umgegangen seid."

Und dabei hatte ich gedacht, wir hätten uns beeindruckend subtil angegiftet.

„Ich habe mich auch gerade erst getrennt", eröffnete mir Felix, vielleicht, damit mir das Ganze nicht so peinlich war. „Und meine Freundin war ... sagen wir ... besonders." Er beschrieb mit seinem Zeigefinger ausdrucksstarke Kreise neben seiner Schläfe, während er das letzte Wort sagte.

Ich lachte. „Ich wünschte, ich könnte das Gleiche über Rispo sagen. Er ist leider nicht verrückt, sondern nur sehr gut in seinem Job – alles andere ist unwichtig für ihn."

„Ach, tatsächlich?" Felix hob einen Mundwinkel an, so als wüsste er es besser.

Ich nickte nur und zog mir die Ärmel meines Cardigans über die Hände. Mir war es unangenehm, weiter über mich zu reden, deswegen wechselte ich das Thema.

„Lastet eigentlich viel Druck auf einem Sportler? Immer topfit zu sein?"

„Nicht, wenn man realistisch ist", sagte mein Gegenüber leichthin. „Ich kann nicht ewig Eishockey spielen. Das ist mir bewusst. Mein Vertrag bei den Haien läuft nächstes Jahr aus, die jetzige Saison ist quasi vorbei und ich bin über dreißig ... ich werde wahrscheinlich nächstes Jahr in Rente gehen. Egal, was mein Agent sagt: Aufhören, wenn's am schönsten ist, oder? Ich werde den Vertrag mit ihm so oder so bald auflösen. Er ist etwas schludrig in letzter Zeit. Bernie soll sich mal um seine eigenen Schulden kümmern, bevor er sich um meine Sorgen macht."

„Du hast Schulden?", rutschte es mir heraus.

„Ich hab mir ein Haus gekauft." Er tat es mit einem Schulterzucken ab und griff sich die Essenskarte. „Also, was nehmen wir denn heute ..."

Die nächsten zehn Minuten verbrachten wir damit, die Karte zu studieren, bis die Kellnerin kam und nach unserer Bestellung fragte.

Ich bat um gefüllte Teigtaschen und gebratene Rindfleischstreifen, während mein Gegenüber eine der kompliziertesten Bestellungen von sich gab, die ich je gehört hatte. Die Hälfte davon stand nicht einmal auf der Karte. Dennoch schien die Kellnerin mehr als nur glücklich, ihm seine Wünsche zu erfüllen. Er hätte wahrscheinlich nach Elfenbein fragen können und sie wäre persönlich nach Afrika geflogen, um ihm einen Elefanten zu erlegen.

„Wow", sagte ich und lehnte mich im Stuhl zurück. „Das war beeindruckend. Kann man das lernen?"

Felix lächelte breit und zog anzüglich eine Augenbraue hoch. „Nein, dafür braucht man ein natürliches Talent. Ich bin vielleicht etwas verwöhnt ... aber ich kriege immer, was ich will. Egal mit welchen Mitteln."

Ich lachte. Er war wirklich unterhaltsam. Im Bett landen würden wir dennoch nicht. Trotz seiner Empathie, trotz des aufmerksamen Zuhörens ... ich fühlte mich nicht im Mindesten zu ihm hingezogen, und es wurde Zeit, das Gespräch auf das tote Maskottchen zu lenken. Dafür galt es wie immer, mit äußerstem Feingefühl vorzugehen. Eine meiner Spezialitäten.

„Hatte euer Maskottchen eigentlich irgendwelche Totfeinde?"

Beide Augenbrauen meines Gegenübers flogen in die Höhe. „Bitte, was?"

Mhm. In meinem Kopf hatte das Ganze irgendwie lässiger geklungen.

„Sorry, meine Gedanken sind manchmal etwas sprunghaft." Ich hustete mir verärgert in die Hand. Ich sollte wirklich Unterricht in Verhörtechniken nehmen. Wurde das auf der Volkshochschule angeboten? „Ich habe nur gerade an Timo gedacht. Du weißt schon, das Opfer. Ich habe mich gefragt, ob es jemanden gab, der ihm etwas hätte antun wollen. Er muss noch sehr jung gewesen sein – was kann er sich schon zuschulden kommen lassen haben?"

Es war eine dämliche Frage, denn dank meiner fünfundzwanzigjährigen Schwester wusste ich nur zu genau, was sich im jungen Alter schon alles an Sünden angesammelt haben konnten. Aber ich konnte mir nicht vorstellen, dass Timo B. ebenfalls mit fünf verheirateten Männern geschlafen und einen Pfarrer davon überzeugt hatte, mit ihm im Beichtstuhl herumzumachen, weil Gott ja auch etwas Unterhaltung brauchte. Ebenso wenig glaubte ich, dass er regelmäßig Süßigkeiten klaute und sie an Grundschulkinder verkaufte – aber was wusste ich schon?

„Ist das jetzt der Part, in dem du mich wegen des Mordes verhörst?", fragte Felix neugierig. „In dem du von der Blumenladeninhaberin zur Detektivin wirst?"

Er war offensichtlich zu intelligent, um auf meine gewitzte Scharade hereinzufallen.

Das Blut, das meine Wangen verätzte, ignorierend hob ich eine Schulter. „Nur, wenn du möchtest natürlich."

„Warum nicht? Ich vertraue sowieso nicht darauf, dass die Polizei einen guten Job macht. Was möchtest du wissen?"

„Na ja, was war Timo so für ein Typ? Hatte er irgendwelche Feinde?"

Felix legte sich eine seiner massiven Hände in den Nacken und schien darüber nachzudenken. „Ich kann dir nur sagen, was ich schon den Bullen gesagt habe: Ehrlich gesagt hat keiner ihn so wirklich gemocht."

„Warum nicht?"

„Der Junge kannte keine Grenzen. Saß bei Trainingseinheiten dabei, die nichts mit ihm zu tun hatten. Hat sich selbst auf Partys eingeladen. Hat Leute belauscht, seine Nase in lauter fremde Angelegenheiten gesteckt. Hat sich immer an allem bedient, als wäre es seins. Das konnte einen wahnsinnig machen. Noch vorm Spiel gestern habe ich ihn dabei erwischt, wie er meinen Proteinshake ausgetrunken hat. Dabei wusste er, dass ich das Eiweiß brauche, um hundert Prozent fit zu sein."

Ich blinzelte mehrmals und ein flaues Gefühl setzte in meinem Magen ein. „Er ... er hat deinen Shake getrunken?"

„Jap. Hat nicht mal aufgehört, als er mich gesehen hat. Hat mich quasi dabei zusehen lassen", schnaubte Felix verärgert, während die Kellnerin kam und unser Essen brachte. Der Blick des Eishockeyspielers lag begierig auf den Speisen, doch meine Augen waren immer noch auf sein Gesicht gepinnt. Das flaue Gefühl war zu einem faustgroßen Knoten in meiner Brust herangewachsen. „Hast du auch davon getrunken? Von dem Shake?", fragte ich hastig.

„Wie denn? Er war leer!"

Es sind keinerlei Rückstände des Giftes in seiner Trinkflasche oder an persönlichen Gegenständen gefunden worden.

Die Stimme des Polizeichefs hallte in meinem Ohr wider, während Felix eine Teigtasche auf seine Gabel spießte und zum Mund führte.

Aber ... aber das könnte ja heißen ... das könnte bedeuten, dass ...

Meine Hand fuhr nach vorne und ich schlug Felix die Gabel aus der Hand. Klirrend fiel sie zu Boden, während die Teigware in seinem Schoß landete und Soße auf Shirt und Tischdecke spritzte.

Verwundert sah er mich an. „Ich weiß, Kohlenhydrate sind schlecht für den Körper, aber du musst doch nicht gleich so drastisch werden."

Ich lachte nervös auf und suchte nach meinem Handy in meiner Handtasche. „Hast du den Shake noch irgendwo?", fragte ich, während ich eine Nummer eintippte. „Den Becher meine ich?"

Mein Gegenüber schien nun mehr als verwirrt. „Vielleicht in meinem Spind – keine Ahnung. Ist das wichtig?"

„Es ist wichtig", sagte ich mit Nachdruck und zog ihm den Teller weg, den er immer noch hungrig betrachtete.

„Aber warum?"

„Weil Timo vergiftet wurde und der Täter es vielleicht gar nicht auf ihn, sondern auf dich abgesehen hat", informierte ich ihn und hielt mir das Telefon ans Ohr.

Felix fing an zu lachen. „Wer sollte mich umbringen wollen? Sieh mich an." Er deutete mit seinen Händen auf seinen Oberkörper und dann auf sein Gesicht. „Niemand würde es wagen, diese Perfektion von der Erdoberfläche zu wischen."

Da war ich anderer Meinung, auch wenn ich beeindruckt von Felix' Selbstvertrauen war.

Nach dem dritten Tuten hob jemand ab. „Habe ich dir eigentlich schon gesagt, dass ich mittlerweile Angst habe, wenn ich sehe, dass du anrufst?" Da war aber jemand fröhlich. „Denn du rufst mich nur an, wenn jemand tot ist, du umgebracht werden sollst oder betrunken bist."

„Was willst du mir damit sagen? Dass ich öfter anrufen soll? Zum Beispiel, wenn ich gerade an Blumen rieche oder mit Hundewelpen spiele?"

„Sag einfach, was los ist, Lou. Bevor ich mein Handy mit der Hand zerquetsche."

„Vielleicht rufe ich dich ja auch an, weil ich nicht aufhören kann, an dich zu denken und dich sofort in meinem Bett haben will – für eine Runde unkomplizierten Sex ohne Verpflichtungen", schlug ich vor.

„Wenn du unkomplizierten Sex willst: Ich sitze dir genau gegenüber", informierte mich Felix räuspernd.

Auf der anderen Seite des Telefons hingegen entstand eine kurze Pause. „Und? Ist das der Grund, warum du anrufst?"

Hatte die Stimme des Bastards etwa hoffnungsvoll geklungen!? „Nein, du Blödmann! Ich werde nie wieder mit dir schlafen!"

„Das lassen wir mal offen zur Diskussion – weswegen rufst du wirklich an?"

Ich ignorierte seinen ersten Kommentar geflissentlich, wie auch Felix' interessierte Miene. „Weil ich womöglich weiß, wie Timo B. vergiftet wurde. Und es könnte gut sein, dass er nicht das Opfer sein sollte."

„Das ist Schwachsinn", schnaubte Felix sofort. „Niemand will mich umbringen, alle lieben mich!"

„Wer ist das da im Hintergrund?", fragte Rispo irritiert.

„Mein Date ... und ziemlich sicher derjenige, der eigentlich hat sterben sollen."

Wieder folgte ein kurzer Moment der Stille, bevor Rispo murmelte: „Du musst dir nicht einmal sonderlich viel Mühe geben, um dich in beschissene Lagen zu bringen, oder?"

Wem sagte er das. Ich war wohl einfach ein Naturtalent.

Zwei Stunden später saß ich in meinem zweiten Zuhause – dem Eingangsbereich des Polizeipräsidiums. Die Sekretärin, von der ich mir langsam wirklich mal den Namen merken sollte, hatte mir einen Tee und ein Kissen gebracht und mir gesagt, ich solle es mir gemütlich machen. Das sah ich als kein gutes Zeichen, aber ich gehorchte. Eines war auf jeden Fall sicher: Dieses Date war noch schlechter als mein gestriges gewesen. Der Koch war wenigstens nicht nach zwanzig Minuten von der Polizei zur näheren Befragung eingesammelt worden. Felix hatte darauf bestanden, dass die Idee, jemand habe es auf ihn abgesehen, blödsinnig sei. Rispo hatte darauf bestanden, ihn dennoch mitzunehmen. Ich hatte darauf bestanden, bei der Befragung dabei zu sein.

Der Einzige, der bekam, was er wollte, war Rispo.

Ich nutzte die Wartezeit, um die grauen PVC-Fliesen, mit denen der Raum ausgelegt war, zu zählen und mir schon einmal erste Notizen für den Zeitungsartikel zu machen. Mir war gesagt worden, ich solle die Geschichte persönlich halten, denn je privater eine Story schien, desto interessierter seien die Leser.

Die Polizei ist gemein und sollte dringend mal wieder ihren Bart rasieren, war meine bisherige Überschrift. Irgendwie noch nicht ganz eingängig. Und dann vielleicht doch nicht die Art von persönlich, die das Kölner Blatt erwartete. Ich strich die Zeile durch und ersetzte sie mit: *Verwechslungsskandal: Kölsche Plüschikone versehentlich ermordet?*

Mhm. Das war dann doch etwas zu dramatisierend. Aber die Überschrift konnte ich mir ja noch überlegen, sobald der Artikel fertig war. Ich schrieb: *schlechtes Date nimmt grandiose Wendung durch Mord*, und: *Mittelmäßiges Date wird zu Verhör*, und: *Deutsche Eishockeyspieler sind nicht reich*, auf. Gleich dahinter schrieb ich: *Warum musste Sharky gehen*, mit einer Menge Fragezeichen dahinter.

Ich fragte mich, ob das Kölner Blatt wohl ganze Sätze erwartete, denn zum jetzigen Zeitpunkt sah ich da eher schwarz. Ein ganzes Blatt mit Worten zu füllen, war anstrengend. Das letzte Mal hatte ich einem Journalisten ein paar Aufzeichnungen gegeben, ihm erzählt, was passiert war, und plötzlich war daraus ein Artikel entstanden. Ich packte das Blatt Papier weg – ich würde es später noch mal versuchen – und als ich aufblickte, kam gerade Kommissar Grumpig aus einem der Gänge.

Ich sprang auf und riss dabei das Kissen, auf dem ich gesessen hatte, zu Boden. „Und?", wollte ich wissen. „Wurden Rückstände des Giftes in dem Becher gefunden?"

Rispo überwand die letzten Meter zu mir, die Miene nichtssagend, die Hände in den Hosentaschen. Er trug eine ausgewaschene Jeans und ein dunkelrotes T-Shirt, dessen Schriftzug so ausgeblichen war, dass ich ihn nicht mehr erkennen konnte. Er war unrasiert und seine Haare standen ihm von allen Seiten ab. Ich bekam das Gefühl, dass er einen entspannten Abend auf der Couch verbracht hatte, bevor ich ihn angerufen hatte, und eine dringliche Frage bildete sich in meinem Kopf: War er dabei allein gewesen?

„Wir kümmern uns, Lou", meinte er schließlich. „Du kannst nach Hause gehen."

Was? „Das ist nicht dein Ernst."

„Das ist mein voller Ernst."

Ich stemmte meine Hände in die Seiten. „Ich habe eine Stunde gewartet. Ich will Informationen", presste ich zwischen meinen Zähnen hervor.

„Ich will einen Ferrari und einen einzigen ruhigen Samstagabend alle paar Wochen – wenn ich mit der Enttäuschung der Realität leben kann, kannst du das auch."

„Ich hatte recht, oder?", fragte ich scharf nach, jeden von Rispos Gesichtszügen analysierend. „Das Gift war für ihn bestimmt. Sonst hättet ihr schon längst aufgehört, ihn zu befragen."

„Die Wege der Polizei sind unergründlich."

Mhm, die Wege meiner Faust auch.

„Du bist ein Arsch, Josh", stellte ich sachlich fest und zwang mich dazu, die Hände von meinen Hüften sinken zu lassen. Die Pose erinnerte mich zu sehr an meine Mutter.

Rispo gähnte und nickte. „Ich habe gelernt, mich mit dieser Tatsache zu arrangieren."

„Ohne mich hättet ihr vergeblich nach den Überresten des Giftes gesucht. Ohne mich wäre Felix wahrscheinlich auch umgebracht worden und ihr hättet jetzt zwei Leichen."

„Und sobald du die Polizeischule abgeschlossen und zum Kommissar ausgebildet worden bist, Lou, bin ich mehr als glücklich, dich in die Polizeiarbeit zu integrieren, aber bis dahin: Steck deine Nase in ein Buch oder in deine Blumen, aber nicht in meinen Fall."

Und damit drehte er sich um und ging, und ich bekam auf einmal große Lust, einen Waffenschein zu machen.

Kapitel 5

In meiner Familie waren Sonntage nicht zum Ausschlafen da. Sonntage wurden zur Erinnerung an Familienverpflichtungen, zum Austausch wichtiger Lebensereignisse, für umfangreiche Kritik an seinem Charakter und zum Analysieren von Unzulänglichkeiten in seinem – meistens aber meinem – Verhalten genutzt. In anderen Worten: Brunch mit meiner Mutter.

Es war eine Tradition, die ihr näher am Herzen lag als ihre eigenen Rippen, und wir alle wären nicht auf die Idee gekommen, anzuzweifeln, dass wir uns jeden Sonntag trafen. Größtenteils weil Mamas Kopf ampelrot angelaufen und kurz vorm Explodieren gewesen war, als Emmi das letzte Mal bemerkt hatte, das wir doch allmählich zu alt für ein wöchentliches gemeinsames Frühstück wären.

Deswegen verließ ich also am Sonntagmorgen um zwanzig nach zehn meine Wohnung. Der bewölkte Himmel spiegelte meine Laune wider. Ich ärgerte mich über mein übereifriges Selbst. Warum hatte ich Rispo direkt anrufen müssen? Warum hatte ich Felix nicht erst selbst ein paar Fragen stellen können, bevor ich mein neugewonnenes Wissen mit der Polizei teilte?

Jetzt hatte Rispo Felix sicherlich in irgendeinem fensterlosen Raum eingesperrt und es mir somit unmöglich gemacht, mir mein eigenes Bild von der Situation zu machen und meine eigene Spur zu verfolgen. Was er zweifelsohne so geplant hatte.

Die Wahrheit war, dass mir mittlerweile die Mittel und Wege ausgingen, an Polizeimaterial heranzukommen. Ich konnte weder den Polizeichef noch meinen Bruder erpressen, und eine Polizeiakte stehlen konnte ich auch nicht. Einerseits wäre das nämlich unoriginell, weil ich das alles schon einmal getan hatte, und andererseits würde Rispo endgültig dafür sorgen, dass keine neuen oder alten Lücken entstanden, durch die ich mich durchquetschen konnte. Klar, ich war Pseudo-Journalistin und mit der Masche könnte ich Leute befragen – nur wusste ich nicht, wen ich befragen sollte. Ich konnte schlecht hinter dem ganzen Team der Kölner Haie herrennen, und die Ex-Freundin, die Felix erwähnt hatte, war bei Google auch nicht aufzufinden gewesen. Zu viele Leute hatten Zugriff zu den Katakomben der Lanxess Arena, es war somit unmöglich, den Verdächtigenkreis auf eine gehirnfreundliche Größe einzuschränken.

Wenn nicht ein kleines Wunder passierte, würde ich nie meinen Zeitungsartikel schreiben können. Niemand wollte von meinen zwei desaströsen Dates hören, solange sie nicht mit einem aufgeklärten Mordfall endeten. Adieu, Blumenvan. Trotz der schlechten Aussichten, an brauchbare Infos zu kommen, würde ich heute Mittag vor meiner Nachhilfestunde mit Jonas beim Stadion vorbeischauen. Ich hatte keine Ahnung, ob die Haie auch sonntags trainierten, aber das würde ich dann ja herausfinden.

Ich lief zu meinem Auto und warf das Paar Gummistiefel, das ich in der Hand gehalten hatte, in den Kofferraum. Meine Mutter hatte mich gebeten, mich um ihre Rosen im Vorgarten zu kümmern und Oleander zu pflanzen, und zu der Möglichkeit, in frischem Dreck rumzuwühlen, sagte ich nicht Nein.

Ich hatte mich gerade hinters Steuer gesetzt, als ich einen weißen Zettel bemerkte, der hinter meiner Windschutzscheibe klemmte.

Stöhnend stieg ich wieder aus und zog ihn hervor. Ich durfte hier parken. Ich hatte schon immer hier geparkt. Hatte die ganze Kölner Polizei es jetzt auf mich abgesehen?

Doch als ich das Papier auseinanderfaltete, sah ich, dass es nicht von der Kölner Polizei kam.

Ich beobachte dich. Behalt deine Finger, wo sie sind.

Ich starrte die zwei Zeilen an und sackte in mich zusammen.

Och, nö.

Nicht schon wieder!

Wieso mussten Leute mich immer bedrohen? Wenn ich ein zwei Meter großer Karatekämpfer gewesen wäre – okay. Aber ich war doch nun wirklich nicht angsteinflößend.

Stöhnend kramte ich mein Handy aus der Tasche, während ich verstohlene Blicke zu allen Seiten warf. Doch auf dem Gehsteig tummelten sich nur wenig verdächtig aussehende Fußgänger, und keiner von

ihnen grinste mich an und rief: „Ja, richtig: Ich war's."
Ein Neonpfeil mit der Betitelung *schuldig* tat sich auch nicht vor mir auf.

Warum auch? Mir wurde im Leben ja nie etwas einfach gemacht!

Das Freizeichen ertönte einmal an meinem Ohr, bevor mir Rispos Mailboxansage erklärte, dass er gerade Besseres zu tun hatte, als für mich das Telefon in die Hand zu nehmen. Schließlich piepte es laut in meinem Ohr. Mein Zeichen.

„Josh, hier ist Louisa. Du weißt schon, die Frau, mit der du mal geschlafen, die du dann jedoch sitzen gelassen und schließlich ins Gefängnis verfrachtet hast. Davon gibt es hoffentlich nur eine. Jedenfalls dachte ich, nachdem du dich letztes Mal so unnötig aufgeregt hast, ich mache es diesmal besser und sage dir lieber sofort, wenn ich Drohnachrichten bekomme. Fühle dich also informiert: Ich habe soeben einen nicht sehr netten Zettel von meiner Windschutzscheibe gefischt. Wenn du Näheres wissen willst, ruf mich zurück. Vielleicht erzähle ich es dir dann." Ich erhob meine Stimme. *„Vielleicht lasse ich dich aber auch nur eine Stunde warten, bevor ich dich nach Hause schicke, ohne irgendetwas Interessantes von mir gegeben zu haben!"*

Ich legte auf und fühlte mich plötzlich um einiges ausgeglichener. Es fing an, mir zu dämmern, warum Josh so viel rumbrüllte. Man fühlte sich danach so viel freier!

„Tante Lou, was ist besser: Ein Pferd oder eine Ärztin?"

Ich ließ meine fünfjährige Nichte auf meinen Beinen auf- und abhüpfen, während ich darüber nachdachte. Anhand Isabells Anime-Augen und den leicht geöffneten Lippen erkannte ich, dass die Beantwortung dieser Frage von äußerster Wichtigkeit war. Ich fragte mich, ob sie etwas mit ihrem Berufswunsch, Pferd zu werden, zu tun haben könnte.

„Das kommt darauf an", sagte ich schließlich, während ich sie unter ihren Achseln festhielt, damit sie nicht von meinem Schoß fiel und sich ihren Kopf aufschlug. Oder meine Knie. „Wenn es darum geht, wer schneller rennen kann, dann ist das Pferd besser. Wenn es darum geht, wer besser Pflaster aufkleben kann, dann die Ärztin."

Isa zupfte mit Zeigefinger und Daumen an ihrer Unterlippe herum. „Stimmt. Weil das Pferd nicht stundiliert hat."

Ich lächelte. „Genau." Oder weil es Hufe hatte. „Wieso fragst du?"

Sie seufzte schwer, so als müsse sie zwischen einer Grippe und der Tollwut wählen, bevor sie aufhörte zu wippen und mich ernst ansah. „Weil, ich möchte jetzt glaub ich doch kein Pferd mehr werden."

Ich war ein wenig enttäuscht. Ich hätte gerne ein Pferd in der Familie gehabt.

„Warum hast du dich umentschieden?"

„Weil Mama sagt, dass in der heutigen Windschaft ... da ist es sehr schwer, als Pferd Geld zu machen."

Da könnte Steffi etwas auf der Spur sein. Ich nickte.

„Ja, die Windschaft heutzutage ist hart."

„Deswegen möchte ich jetzt Ärztin werden ... oder Traktorrennfahrerin."

„Beides gleichwertig wichtige Berufe", sagte ich schmunzelnd. „Du hast ja noch etwas Zeit, bis du dich entscheiden musst."

„Mhm ... weil, Ärztinnen müssen auch Pipi untersuchen und das will ich nicht", erklärte sie und fing wieder an zu hopsen. Also von meinem jetzigen Standpunkt aus würde ich ihr eine Karriere als Trampolinspringerin empfehlen. „Was wolltest du denn früher werden?"

„Nutellatesterin", sagte ich wahrheitsgemäß. Meinen geheimen Maskottchenwunsch ließ ich unerwähnt. Manche Träume waren nur für einen selbst bestimmt.

„Oh." Isas Gesicht erhellte sich. „Warum bist du das nicht geworden?"

„Wegen der furchtbaren Windschaft", sagte ich und drückte ihr einen feuchten Kuss auf die Wange. Weil ich sie so sehr liebte – und weil sie bitte sofort aufhören musste, meine Beine umzubringen!

„Und weil sie das Nutella immer zu schnell gegessen hat, als dass sie überhaupt was hätte schmecken können", meldete sich Jannis zu Wort, der im Halbschlaf am Tisch saß.

„Weißt du eigentlich, was dein Papa werden wollte, als er klein war?", flüsterte ich leise, meinen Bruder ignorierend. „Ballerina. Oder Prinzessin. Er konnte sich nicht entscheiden."

Steffi, Jannis' Frau, fing laut an zu lachen.

Mein Bruder öffnete ein skeptisches Auge. „Warum lachst du darüber?"

„Weil es wahr ist", prustete sie und legte ihrem Ehemann eine Hand in den Nacken. Die beiden kannten sich noch aus der Schule und hatten keine Geheimnisse voreinander. Das hatte viele positive Seiten. Für mich.

„Das Essen ist fertig", rief in dem Moment meine zweite Nichte Lara, die aus der Küche gefegt kam. „Und Omi sagt, dass ihr alle das Rührei essen müsst, auch wenn ich reingeniest habe."

„Das stärkt nur eure Abwehrkräfte", sagte meine Mutter, die mit Pfanne und Brötchenkorb bewaffnet ihrer Enkelin ins Esszimmer folgte.

„Und wenn nicht, dann mach ich ein Pflaster drauf", sagte Isa stolz. „Ich kann das, ich bin kein Pferd mehr."

„Das ist toll, Liebes", sagte meine Mutter lächelnd und stellte das Essen ab, bevor sie sich zu mir wandte. „Wo ist deine Schwester, Lou?"

Was denn? Kaum war Emily zu spät, war sie *meine* Schwester und nicht mehr die von Jannis? Oder gar ihr Kind?

Ich stand auf und setzte mich an den Tisch. „Ich habe keine Ahnung. Aber ich bin sicher, sie verspätet sich aufgrund meines schlechten Einflusses. Wahrscheinlich hat sie eine Leiche gefunden."

Keiner widersprach.

Emily klingelte zehn Minuten nach elf an der Tür und ihre geröteten Augen ließen mich vermuten, dass es womöglich doch Alkohol war, der sie daran behindert hatte, pünktlich zu kommen – nicht etwa ich oder eine Leiche.

Das Gute an ihrer Verspätung war, dass Mama ihr allsonntägliches Kreuzverhör an ihr vornahm und nicht an mir. Innerhalb von fünf Minuten hatte sie

Emily so sehr ins Schwitzen gebracht, dass sie einen Wet-T-Shirt-Contest hätte gewinnen können.

„... und was willst du tun, wenn du dein Studium beendet hast? Wann ist es überhaupt endlich soweit? Und was für Jobmöglichkeiten gibt es im Feld Ethnologie?"

Emmi sah aus, als könnte sie sich nicht entscheiden, ob sie sich übergeben oder weinen sollte.

„Nun ja", sagte sie schließlich, als Mama keine Anstalten machte, weiterzureden, bevor sie es nicht tat. „Ich hatte gestern eine brillante Geschäftsidee."

„Aber du bist weder brillant, noch hast du einen Geschäftssinn", bemerkte Jannis skeptisch. „Sieht noch jemand ein Problem darin?"

Steffi schlug ihm gegen den Hinterkopf. „Hör auf, deine Schwester zu ärgern und sei ein gutes Beispiel für deine Kinder."

„Sagt die Frau, die ihren Mann schlägt", grummelte er.

Isabell, Lara und ich kicherten.

„Und zwar habe ich mir überlegt, in die Internet-Branche einzusteigen", referierte Emmi weiter, das Kinn in die Höhe gereckt. „Dort gibt es einen breiten Markt für junge, hübsche Frauen wie mich."

„Tatsächlich?", fragte meine Mutter, die zwar hervorragend E-Mails beantworten und Google bedienen konnte, aber das Internet sonst als Zeitverschwendung betrachtete. „Was für ein Markt?"

„Er nennt sich YouTube", sagte sie und schmierte sich Nutella auf ihr Brötchen. „Damit kann man Millionen machen. Man braucht nur die richtige Art von Videos."

Eine steile Falte bildete sich auf der Stirn meiner Mutter, gemischt mit einem unterschwelligen Ausdruck von Entsetzen, und ich hätte schwören können, dass sie das Wort ‚Nacktvideos' mit ihren Lippen formte.

„Mir ist sehr wohl klar, was *YouTube* ist, Emily", stellte meine Mutter klar und spuckte das Wort aus wie eine verfaulte Auster. „YouTube ist die legitimierte Niveaulosigkeit!"

„Das ist nicht wahr", versuchte ich sie zu beschwichtigen. „Es gibt auch gute Dinge auf YouTube. Geschichtsdokumentationen, lustige Tiervideos und Kochtipps zum Beispiel."

Meine Mutter sah zu Emily. „Emmi, Schatz, willst du Geschichtsdokumentationen, lustige Tiervideos oder Kochtipps drehen?"

„Um Gottes willen, nein! Ich möchte in die niveaulose Sparte, die du gerade angesprochen hast."

„Emily", sagte mein Vater und räusperte sich, der wohl mitbekommen hatte, dass seine Frau gerade eine Panikattacke erlitt. „Videos zu drehen ist wirklich kein ernstzunehmender Job."

„Sag das mal Gronkh oder dem Mädel von Bibis Beauty Palace", schnaubte Emily. „Wirklich: Ich muss nur noch ein gutes Thema finden und ich bin im Geschäft. Und sorry, Mama, aber mit lustigen Tiervideos macht man kein Geld."

„Außer, man macht eines dieser Videos, in denen die Katzen Angst vor Gurken haben", erinnerte sie Steffi.

„Oh richtig, das war lustig! Aber wie gesagt", Emily räusperte sich, „um richtig erfolgreich zu sein, brauche ich ein Thema, dass alle interessiert und nicht langweilt. Aber das kriege ich schon hin."

Man musste es meiner Schwester lassen: Ihr Optimismus war unbrechbar.

Etwas, das meine Mutter nicht von sich behaupten konnte. „Du wirst dich nicht vor der Kamera zum Affen machen!", sagte sie aufgebracht. „Das ist wirklich nicht das, was eine junge Dame zu ihrem Beruf machen sollte! Ich ..."

Sie fuhr mit ihrer Tirade darüber fort, dass Emily doch eigentlich so intelligent wäre und sie endlich aufwachen müsse, doch ich nahm nur die Hälfte davon wahr, denn meine Schwester hatte mich mit ihrem Ellenbogen angestoßen und sah mich flehentlich an.

„Was?", wollte ich leise wissen.

„Hilf mir!", zischte sie.

„Wie denn?", antwortete ich und versuchte meinen Mund nicht allzu sehr zu bewegen. „Ich werfe mich ganz sicher nicht selbst in die Schusslinie."

Emmi verengte die Augen. Schließlich seufzte sie schwer, ließ ihren Blick erneut zu unserer Mutter flackern und murmelte in meine Richtung: „Sorry, ich hab dich lieb, aber ich kann nicht mehr", bevor sie laut verkündete: „Lou war vorgestern Abend im Gefängnis."

Abrupte Stille senkte sich über den Tisch, während ich ungläubig den Mund öffnete. Mir fielen spontan einige Worte ein, die ich Emily an den Kopf werfen wollte, aber es waren Kinder anwesend.

Ausnahmslos alle starrten mich an, Jannis und Emily beide breit grinsend, und ich wusste mir nicht besser zu helfen, als Emily ihr Nutellabrötchen wegzunehmen, Salz draufzustreuen und es ihr bestimmt wieder in die Hand zu drücken.

„Du wirst das essen, und wenn ich es dir den Rachen hinunterstopfen muss", zischte ich.

„Louisa Josephine Manu, ist das wahr?" Meine Mutter war ganz blass geworden.

„Hast du jemanden umgebracht?", wollte Lara mit offenem Mund wissen.

„Nein, aber was noch nicht ist, kann ja noch werden", grummelte ich und warf Emily einen giftigen Blick zu.

Mein Vater hatte amüsiert eine Augenbraue gehoben und tätschelte seiner Frau die durchgestreckten Schultern. „Ich bin mir sicher, es war ein Missverständnis, Gitti", sagte er und versuchte die Wogen zu glätten. „Oder?" Erwartungsvoll sah er mich an.

„Na ja, also ... ähm ... ich würde mal sagen ... ja?"

Und auch der letzte Tropfen Blut floss aus dem Gesicht meiner Mutter.

Wäre ich doch nur Nutellatesterin in Südamerika geworden. Dann hätte ich mich jetzt nicht mit dem Scheiß hier herumschlagen müssen.

Vierundfünfzig Minuten später hatte ich meine Mutter davon überzeugen können, dass ich keine Drogen nahm und Freitagnacht auch nicht der Anfang meiner kriminellen Karriere sein würde. Ich wollte ihr nicht erzählen, dass ich wieder eine Leiche gefunden hatte – auch wenn ich diesmal wirklich nicht allein damit gewesen war – deswegen beließ ich es bei der Aussage, dass ich die falsche Tür genommen und mir somit wider meines Wissens ungebeten Zutritt zu einem Privatbesitz verschafft hatte. Jannis prustete so oft während meiner Geschichte, dass ich Angst hatte, meine Mutter würde die Lüge sofort durchschauen. Doch ihr Blutdruck war offenbar so hoch, dass ihr Gehirn langsamer arbeitete.

Sobald sie sich beruhigt hatte, entschuldigte ich mich, zog meine Gummistiefel über und setzte mich in den Vorgarten. Ich trug meine ältesten Jeans und ein hässliches braunes T-Shirt und konnte somit ohne schlechtes Gewissen meine Hände tief in die Erde vergraben, um den Oleander zu pflanzen. Die Sonne hatte die Wolken verdrängt und schien warm auf mein Gesicht. Drei Setzlinge später hatte ich mich beruhigt und plante nicht mehr Emilys baldige Hinrichtung. Ich wischte mir mit dem Handrücken den Schweiß von der Stirn und stellte beunruhigt fest, dass ich in letzter Zeit wirklich außergewöhnlich oft darüber nachgedacht hatte, andere Leute umzubringen, als ein Schatten über mich fiel.

Ich blickte automatisch auf und ließ vor Schreck meine Gartenschaufel fallen.

„Na, schaufelst du dir gerade dein eigenes Grab?"

Fahrig strich ich mir die Haarsträhnen, die sich aus meinem lockeren Knoten gelöst hatten, aus dem Gesicht und versuchte abwesend meine dreckigen Hände an meiner Jeans abzuwischen.

„Was ... was tust du hier?", fragte ich perplex.

Es war eine Sache, wenn Josh an meine Wohnungstür klopfte – was er zugegebenermaßen schon seit Längerem nicht mehr getan hatte – etwas ganz anderes jedoch, wenn er im Vorgarten meines Elternhauses stand. Es hatte etwas merkwürdig Intimes, dass er hier stand und meine Mutter keine drei Meter entfernt in der Küche hantierte.

Rispos Blick glitt an meiner Erscheinung hinab. Sein Blick blieb an meiner Stirn, meinen Wangen, meinem dreckigen T-Shirt hängen, bevor er leicht den Kopf schüttelte.

„Ich hätte mir denken können, dass du Erde gerne mit deinen Händen umgräbst – wo du doch so gerne im Dreck anderer Leute wühlst."

Das war unnötig feindselig, fand ich.

„Bist du wütend auf mich?", fragte ich irritiert und rappelte mich vom Boden auf.

Alles, was er tat, war, mich wortlos anzustarren.

Das interpretierte ich als stummes Ja.

„Was habe ich getan?", fragte ich verblüfft.

Rispo ignorierte meine Frage, sein Blick immer noch von diversen Bereichen meines Gesichts abgelenkt.

„Du hast überall Dreck im Gesicht", sagte er unzufrieden, so als wäre die Blumenerde auf meinem Körper ein persönlicher Angriff auf ihn.

„Und?"

Sein Blick flackerte zu meinen Lippen, während er die Hand hob, so als wolle er mir den Dreck vom Gesicht wischen. Auf halbem Weg ließ er seinen Arm jedoch wieder fallen, bevor er den Kopf in den Nacken legte und laut seufzte. „Nichts", meinte er und steckte seine Hände in die Hosentaschen.

„Josh, ich glaube, das hörst du von deinem Therapeuten öfter, aber du verhältst dich sehr merkwürdig", schnaubte ich. „Wenn es keinen Grund für dein Erscheinen gibt, dann kannst du auch wieder gehen."

„Es gibt einen Grund", presste er zwischen den Zähnen hervor.

So langsam wurde ich neugierig. Ihm fiel es doch sonst nicht so schwer, seinen Mund aufzumachen.

„Ist es wegen der Drohnachricht?"

„Nein, aber dazu kommen wir später noch. Es ist ... also, ich weiß nicht, was für einer Gehirnwäsche du Felix Brüllig gestern unterzogen hast, aber er möchte nicht mit der Polizei kooperieren. Er will, dass du als Vertrauensperson hinzugezogen wirst, sonst würde er uns überhaupt nichts erzählen."

Mir fiel der Mund auf. „Er ... was?"

„Wir ... brauchen deine Hilfe." Rispo schien unter körperlichen Schmerzen zu leiden, während er das sagte. „Herr Brüllig will dich beim Fall dabeihaben und weigert sich, uns zu helfen."

Ich hätte beinahe angefangen zu lachen und konnte nicht umhin, ihn selbstgerecht anzugrinsen. „Interessant ... Er möchte also meine Dienste als Blumendetektivin in Anspruch nehmen. Ich muss ihn gestern wirklich mit meiner Persönlichkeit beeindruckt haben. Vielleicht sollte ich meine eigene Agentur eröffnen ..."

„Ja, wow", knirschte mein Gegenüber. „Du solltest dir Visitenkarten drucken lassen: *Louisa Manu – Ich weiß nicht, was ich tu.*"

Ich lachte lauter. Es war tatsächlich ein Wunder passiert. „Ja, vielleicht mach ich das. *Louisa Manu – Ich weiß nicht, was ich tu, aber die Polizei braucht mich trotzdem.*"

„Hör mal, ja?", sagte Rispo ungeduldig, die Hand nun in seinem Nacken. „Es würde uns allen sehr helfen, wenn du ihm einfach sagen könntest, dass er mir vertrauen kann."

Ich wiegte den Kopf dramatisch hin und her. „Mhm, also ich weiß nicht. Ich möchte ihn nicht anlügen ... dir vertrauen ... also ein Mann, der alles hinwirft, sobald es auch nur annähernd kompliziert wird ... ich weiß nicht, ob das unter die Definition *vertrauenswürdig* fällt."

„Louisa, das Ganze ist nicht persönlich, es ..."

„Ich fürchte, alles, was dich betrifft, ist persönlich, Josh. Und ich will beim Fall dabei sein."

„Es geht aber nicht um das, was du willst!"

„Das sehe ich anders. Im Moment sieht es so aus, als würde es um nichts anderes gehen, als um das, was ich möchte."

Rispo schloss die Augen und atmete tief durch. Dann wurde sein Gesicht so ernst, dass ich beinahe einen Schritt zurück gemacht hätte. „Was muss ich tun, damit du den Fall in Ruhe lässt?", fragte er leise.

„Ich will ehrlich zu dir sein, Rispo", sagte ich sachlich. „Diese Blumendetektiv-Sache beim Kölner Blatt ist die beste Publicity, die ich je hatte. Und das schließt das nuttige T-Shirt mit ein, das meine Schwester die letzten Wochen getragen hat. Die Leute lesen von mir in der Zeitung und wollen plötzlich meine Blumen kaufen. Also: Wenn du willst, dass der Eishockeyprinz dir vertraut, dann wirst du das nur erreichen, indem du mich einen Artikel über den Fall schreiben lässt – und das kann ich nur, wenn ich an den Ermittlungen teilhabe."

Seine Augen hatten sich zu schwarzen Schlitzen verengt. „Sag mal, versuchst du mich gerade zu erpressen?"

Darüber musste ich einige Sekunden nachdenken. „Hmh. Ich glaube schon. Funktioniert es?"

„Habe ich eine Wahl?", fragte er bitter.

„Nein. Nicht wirklich."

Er hatte wohl eingesehen, dass es ein verlorener Kampf war, denn er nickte kurz und presste ein knappes „Schön" zwischen den Zähnen hervor. „Unter einer Bedingung. Keine Kamikaze-Recherchen alleine. Keine Geheimnisse. Und wir halten Persönliches aus der ganzen Sache heraus."

„Das sind drei Bedingungen. Und du warst derjenige, der mich in den Knast gesteckt und in eine dunkle Abstellkammer geschubst hat und …"

„Ja und es tut mir leid, du hattest recht: Es war unprofessionell von mir. Du … machst mich nur wahnsinnig! Aber das wird jetzt aufhören, verstanden?"

Also, ich wusste wirklich nicht, ob ich damit aufhören konnte. Das war mehr wie ein Reflex als ein bewusstes Verhalten.

„Ich meine das unprofessionelle Verhalten, Lou", setzte er hinzu, als er mir offenbar die Verwirrung von der Miene las.

„Kein Problem, ich kann professionell sein. Ich bin über dich hinweg", sagte ich leichthin und verschränkte die Arme vor der Brust.

Rispo scannte mein Gesicht, als könne er darin erkennen, ob das die Wahrheit war. „Dann ist ja … gut", sagte er schließlich, als er nicht fündig zu werden schien. „Was das mit den Geheimnissen angeht …"

„Ich habe dich diesmal angerufen, als ich eine Drohnachricht bekommen habe, oder?", verteidigte ich mich sofort.

„Das hast du", bestätigte er und rieb sich mit der flachen Hand über den Hinterkopf.

„Na also. Ich weiß, ich gebe eine mystische Ausstrahlung von mir, aber so geheimnisvoll wie alle denken, bin ich nicht."

Rispos Mundwinkel zuckten. „Das ist wohl wahr. Du trägst deine Emotionen auf der Zunge."

„Ich weiß, solltest du auch mal probieren."

„Ich schreibe es mir in mein Tagebuch und werde versuchen, daran zu denken. Schön, dann hätten wir ja alles geklärt, und ich kann anfangen, dem Wahnsinn zu verfallen: Kommst du?"

Verdattert sah ich ihn an. „Wohin?"

„Wir werden Felix Brülligs Ex-Freundin befragen und danach ihn selbst."

„Aber ... es ist Sonntag."

„Mörder handeln auch am Sonntag. Und gib mir deinen Drohzettel. Ich hoffe, du hast ihn nicht vollkommen mit deinen Fingerabdrücken besudelt."

„Hätte ich mir damit nicht den Ketchup vom Mund wischen sollen?", fragte ich scheinheilig.

Wieder zuckten Rispos Mundwinkel, und ich war wirklich froh, dass er nicht komplett lächelte. Sein Lächeln hatte eine Macht über mich, die ich nicht näher ergründen wollte. „Gib ihn mir einfach und kommt mit. Wir fahren mit meinem Auto."

„Kann ich wenigstens noch meiner Mutter sagen, warum ich ihren Garten im verwüsteten Zustand zurücklasse? Und mir andere Schuhe anziehen?"

Rispos Blick glitt zu meinen Gummistiefeln und er hob eine Schulter. „Wenn ich du wäre, würde ich die Schuhe anlassen. Ich bin mir sicher, dass du heute noch in irgendein Fettnäpfchen trittst. Da ist das richtige Schuhwerk wichtig."

Mhm. Er hatte vielleicht recht.

Kapitel 6

„Wird das lange dauern? Die Befragung?"

Ich sah auf den Rhein, während wir die Severinsbrücke überquerten, und puhlte an einem Erdfleck an meiner Jeans.

„Du warst es, die unbedingt am Fall teilhaben wollte", erinnerte er mich und deutete mit dem Pappbecher, den er in der Hand hielt, auf mein Gesicht. Er trug eine Ray-Ban-Sonnenbrille, die ihn zusammen mit dem Dreitagebart ein wenig wie einen heißen Mafiaboss aussehen ließ, der kleine blonde Frauen entführte, damit sie Diamanten für ihn schmuggelten. Dennoch glaubte ich zu wissen, dass er mich anfunkelte.

Ich hob die Achseln. „Ich weiß, aber ich habe noch eine Verabredung und möchte mich nicht verspäten."

„Eine Verabredung mit wem?"

Mit deinem Bruder, dem ich Nachhilfe gebe.

Ich sah wieder aus dem Fenster. „Geht dich nichts an."

Stille. Dann: „Es dauert so lange wie es dauert. Und wenn das Ganze auf professioneller Ebene funktionieren soll, dann darf dein Privatleben die Ermittlungen nicht beeinflussen."

„Ich werde es versuchen, aber es ist so *desaströs*, dass ich fast keine Kontrolle mehr darüber habe."

„Wirst du mir jetzt jedes falsche Wort, das ich je in deiner Gegenwart benutzt habe, zurück an den Kopf werfen?"

Es war, als hätte er wirklich gar keine Ahnung von Frauen. „So gut ich kann, ja."

Er seufzte schwer. „Es tut mir leid, dass ich dein Privatleben als desaströs bezeichnet habe. Um ehrlich zu sein, bin ich in keiner Position, Kritik zu äußern."

Das erregte meine Aufmerksamkeit. „Warum?"

Er grinste. „Geht dich nichts an."

Na, prima. Das würde klasse werden, nur auf einer professionellen Ebene zu verweilen – vor allem, da ich gerne *alles* über sein Privatleben gewusst hätte. Vielleicht sollte ich Finn mal ausfragen.

Nein! Schluss. Weg mit Rispo, her mit einem neuen Mann. So lautete die Devise.

Könnte er also bitte aufhören zu lächeln und anfangen, fett zu werden? Ich sollte Trudi auf ihn ansetzen. Bei mir klappte das doch auch.

Abrupt wandte ich meinen Kopf ab. „Was weiß die Polizei denn bis jetzt?", fragte ich in dem Versuch, das Gespräch wieder in etwas seichtere Gefilde zu lenken.

„Nicht viel. Aber ... du hattest recht. Die Rückstände des Giftes wurden in besagtem Becher gefunden und wir können annehmen, dass Brüllig das Opfer sein sollte. Wir haben ihn nach Feinden befragt, aber er hat gemeint, wir hätten sie nicht mehr alle, und ohne dich würde er gar nichts sagen."

Ich gab mir nicht einmal Mühe dabei, mein Lächeln zu verbergen.

Rispo beschloss, es zu ignorieren. „Brüllig hat Schulden, weil er sich ein Haus gekauft hat. Er hat kein Geld, hinter dem jemand her sein könnte. Das Motiv wird also nicht Habgier gewesen sein."

Ich nickte. Das wusste ich bereits.

„Er hat keine Drohbriefe in der Fanpost bekommen und ist nicht in zwielichtigen Geschäften tätig."

„Und außerdem ist er nett und sieht gut aus", fügte ich hinzu.

„Und das ist inwiefern wichtig?", wollte Rispo stirnrunzelnd wissen, während wir am Ubierring vorbeifuhren, weiter in Richtung Bayenthal.

„Gar nicht. Ich hielt es nur für erwähnenswert."

Ein Schnauben war die Antwort. Mein Lächeln wurde gleich noch ein wenig breiter.

„Habt ihr Fingerabdrücke an dem Becher gefunden? Irgendetwas im oder am Spind?", wollte ich wissen.

„Nur die von Brüllig und die von dem Opfer. Er sagt, er hat den Shake selbst gemacht, es muss sich also jemand daran vergriffen haben, als er schon im Spind stand. Es sieht allerdings nicht so aus, als habe ihn jemand aufgebrochen, aber Brüllig meint, es könne gut sein, dass er ihn nicht abgeschlossen habe. Drin waren nur ein Paar Schlittschuhe und ein Pipibecher."

„Ein Pipibecher?", fragte ich perplex. Ich hatte mit einem Pornoheft gerechnet, aber ein Pipibecher?

„Jap. Er meint, das erinnere ihn daran, dass die – ich zitiere – ‚Wichser von der Dopingstelle keine Ahnung haben, und er nichts braucht, um hundert Prozent zu geben'."

„Aha." Reichte da nicht auch ein Post-it? „Das ist tatsächlich nicht allzu viel."

„Sag ich doch. Alles, was er über die Menschen in seinem Leben erzählt hat, ist, dass seine Ex-Freundin einen an der Waffel hat."

„Weswegen wir jetzt zu ihr fahren", folgerte ich.

„So ist es. Und es wäre sehr schön, wenn du unseren Hockey-Prinzen nachher dazu überreden könntest, dir seine dreckigsten Geheimnisse zu erzählen."

„In Ordnung, nur noch eine Frage."

„Ja?"

„Hatte er eine Affäre?"

Rispo lachte leise und der Becher Kaffee in seiner Hand vibrierte. „Wieso habe ich nur auf diese Frage gewartet?"

„Das kann ich dir auch nicht sagen", sagte ich grinsend, wohlwissend, dass ich, was Mordmotive betraf, von Affären besessen war. Ich gab den drei Jahren Schuld, in denen ich von *Marienhof* und *Verbotene Liebe* besessen gewesen war.

„Du bist herzlich eingeladen, Felix Brüllig genau diese Frage zu stellen."

„Wo hast du eigentlich Marvin gelassen?", wollte ich wissen. „Ist er nicht dein offizieller Partner?"

„Er spielt Babysitter für unser Beinahe-Opfer."

„Das ist ein undankbarer Job."

„Warum, glaubst du, macht Marvin ihn und nicht ich?"

Ich seufzte. „Du solltest netter zu Marvin sein."

„Das werde ich, sobald er kompetenter wird."

Ich wusste nicht, was ich dazu sagen sollte. Ich hätte Marvin gerne verteidigt, aber der Recherchist hatte nun einmal das Durchsetzungsvermögen einer Sonnenblume und den Körper eines abgenagten Knochens. Das sprach nicht gerade für ihn.

„Sollten wir jetzt vielleicht darüber reden, dass dich wieder jemand umbringen will?", fragte Rispo beiläufig und blieb an einer Ampel stehen.

Ich verdrehte die Augen. „,Ich beobachte dich. Behalt deine Finger, wo sie sind', ist wohl kaum eine Morddrohung."

„Aber so wie ich dich und deine charmant aufdringliche Art kenne, könnte es eine werden. Also: Wen hast du alles belästigt?"

„Ich belästige nicht, ich befrage", stellte ich klar. „Und außerdem: Noch niemanden! Das ist es ja, was ich so merkwürdig finde. Wirklich. Ich habe gestern nichts getan, außer mit Felix zu essen. Ich musste arbeiten."

„Hm. War zufällig eines deiner vielen Dates verheiratet, sodass seine Frau dich jetzt hassen könnte?"

„Eines meiner *vielen* Dates?", schnaubte ich. „Ich hab mich nicht allzu oft mit Männern getroffen."

„Da haben meine Brüder mir etwas anderes erzählt", bemerkte er und nahm einen Schluck aus seinem Kaffeebecher.

„Meinst du dieselben Brüder, die mich gefragt haben, ob ich nochmal mit dir schlafe, damit deine Laune sich bessert?"

Rispo verschluckte sich prompt und spuckte den Kaffee auf das Lenkrad. „Sie haben was!?"

„Ja", sagte ich fröhlich. „Sie finden, deine Laune lässt zu wünschen übrig, und da kann ich ihnen nur zustimmen. Hast du in letzter Zeit besonders viel Stress?"

„Und sie dachten, Sex mit dir hilft da?", fragte er ungläubig.

Also, das war jetzt beleidigend. „Ich denke, Sex mit mir ist wunderbar und hilft bei so ziemlich allem", sagte ich pikiert.

„Wir werden nicht über Sex reden", sagte er angespannt, stellte den Becher in die Mittelkonsole und zeigte mit dem Finger auf mich. „Hast du mich gehört?"

„*Du* redest doch immer noch darüber", stellte ich fest. „Ich versuche unsere desaströsen Privatleben hier rauszuhalten. Also, was stresst dich jetzt so?"

Er holte lang und tief Luft, und ich fragte mich, ob er immer noch an Sex mit mir dachte. Denn der *war* entspannend und zweifellos phänomenal.

Schließlich ließ er den Luftschwall wieder aus und nickte fest. „Ja, ich habe Stress. Ja, ich habe beschissen schlechte Laune. Ja, ich arbeite zu viel. Ja, meine Brüder rauben mir den letzten Nerv. Ja, der Sex mit dir ist wunderbar und ja, ich brauche Urlaub."

Überrascht über seine untypische Offenheit starrte ich ihn mit leicht geöffneten Lippen an.

Ob es zu viel verlangt war, ihn darum zu bitten, *Der Sex mit dir ist wunderbar* aufzuschreiben und zu signieren? Ich würde mir das gerne an den Kühlschrank hängen.

Nach einigen Momenten entschied ich mich jedoch dagegen, ihn zu fragen. Vorerst. Er sah aus, als würden ihm wirklich ein paar wichtige Dinge auf der Seele brennen.

„Warum hast du schlechte Laune?", fragte ich sanft.

Ich konnte sehen, wie sein Kiefer sich verhärtete, und ich rechnete schon gar nicht mehr mit einer Antwort, als er anfing zu sprechen. „Weil ich das Gefühl habe, dass im Moment nichts in meinem Leben wirklich mir gehört. Weder mein Geld noch meine Zeit noch meine Emotionen. Ich habe das Gefühl, dass ich überhaupt nicht mehr das mache, was ich gerne tue. Dass ich nur von einem Ort zum anderen hetze, damit Finn nicht vor die Hunde geht oder Flo sein Studium schmeißt oder Jonas durch seine Ausbildung rasselt oder mein Vater überhaupt noch eine Art von Sozialleben hat. Aber nichts, was ich tue, tue ich ... nur für mich. Ich vermisse es, egoistisch zu sein."

Ich wollte Rispo so gerne berühren, dass es fast wehtat, meine Hand davon abzuhalten, ihm die Falten von der Stirn zu wischen. Mein Herz tat mir weh. Er stellte seine Familie über sich selbst und das war so selbstverständlich für ihn, wie dass die Sonne aufging. Jedem, der behauptete, dass er es sich nicht so schwer machen müsste, würde er den Vogel zeigen.

„Ich liebe meine Familie", fuhr er fort und holte tief Luft. „Aber ..." Er hielt inne.

„Es ist anstrengend", ergänzte ich leise. „Die ganze Verantwortung, die du trägst ..." Die er sich selbst auflud, von der er nie zugeben würde, dass sie zu viel für ihn war. „... ist sehr, sehr anstrengend und stressig."

Rispos Blick flackerte kurz zu mir rüber, und ich wünschte, er hätte keine Sonnenbrille getragen, damit ich seine Augen hätte lesen können.

„Ja", sagte er schließlich und rieb sich mit der flachen Hand über die Stirn. „Es ist ... schwer."

Er räusperte sich, und ich konnte sehen, dass es ihm unangenehm und vielleicht auch unerklärlich war, warum er mir das alles erzählte. „Na ja, aber das alles wird bald besser werden", sagte er schließlich mit einem erneuten Räusperer.

„Warum?", wollte ich wissen, und um die Situation aufzulockern, fügte ich hinzu: „Weil deine Pillen ankommen?"

Er lächelte. „Nein. Weil Mo zurück nach Deutschland kommt."

„Moritz ist der Nächstältere nach dir und Reisejournalist, richtig?" Rispo hatte vier Brüder, da verlor man schnell mal den Überblick. Auch wenn ich zumindest Finn und Jonas nun besser kannte.

Rispo nickte. „Er war die letzten Jahre in Südamerika unterwegs, größtenteils Brasilien, aber er kommt Ende des Monats zurück nach Köln. Auf Dauer."

„Und du hoffst, dass er dir etwas von der Verantwortung abnimmt?"

„Das wird er. Denn das ist er mir verdammt nochmal schuldig."

Ich nickte und hakte nicht weiter nach. Ich wollte mein Glück nicht überstrapazieren und war ohnehin noch etwas benebelt von Rispos plötzlichem Ausbruch an Emotionen und persönlichen Informationen. Normalerweise war er sehr sparsam mit solchen Dingen.

Die nächsten fünf Minuten fuhren wir schweigend, und erst als wir vor dem Haus von Felix' Ex-Freundin hielten, öffnete Rispo wieder den Mund.

„Danke, Lou", murmelte er. „Fürs Zuhören."

Ich sah ihn an und nickte. „Immer, Josh."

Franziska Körner, Felix' Verflossene, wohnte in einem Haus, das mir die Sprache verschlug. Es hatte zwei Stockwerke, eine weiße Veranda und war ansonsten sehr, sehr pink. Es sah aus, als wäre es das gemeinsame Kind von Barbie und Hello Kitty. Ein Mini-Cooper parkte vor der Garage – metallicpink, passend zum Garagentor – und eine grüne, schulterhohe Hecke umwob den Vorgarten.

Rispo hielt sich die rechte Hand an die Stirn, denn offenbar reichte seine Sonnenbrille nicht aus, um ihn vor diesem grellen Anblick zu schützen.

„Ich würde mich gerne übergeben", stellte er sachlich fest.

Ich grinste. „Bitte nicht in den Vorgarten, der sieht nämlich hervorragend gepflegt aus."

Er ließ mir den Vortritt auf den weißen Pflasterweg und ich besah mir die Pflanzen zu meinen Seiten. Alle Blumen waren rosa. Das Einzige, was beinahe aus dem Muster fiel, war die Hecke mit ihren grünen Blättern und den schwarz-roten Beeren, die ... Ich hielt abrupt inne und streckte meine Hand nach Rispos Arm aus.

Das war doch ...

„Joshi, weißt du, was das ist?"

Rispo nahm meine Finger von seinem Bizeps und sah sich um.

„Eine Hecke", mutmaßte er.

„Das ist Kirschlorbeer."

„Sag ich doch: eine Hecke."

„Kirschlorbeer!", korrigierte ich aufgeregt. „Und weißt du was Kirschlorbeer im Überfluss enthält?"

Er seufzte schwer. „Kirschlorbeerzeug?"

„Blausäure."

Sein Kopf schnellte nach oben. „Was?"

Ich lächelte und war insgesamt sehr zufrieden mit mir.

„Blausäure", wiederholte ich. „Zehn Beeren und ein Kind ist tot."

„Du verarschst mich."

„Würde ich nie tun. Zehn Beeren und ..." Ich fuhr mit meinem Zeigefinger an meinem Hals entlang.

„Und sowas darf in privaten Gärten herumstehen?", fragte er ungläubig und besah sich die besagte Pflanze genauer.

„Jap."

„Woher weißt du das?"

„Weil er direkt vor uns steht."

Er verdrehte die Augen. „Das mit der Blausäure im Kirschlorbeer."

Nahm er mich auf den Arm?

„Woher weiß ich wohl, dass es in Asien eine Pflanze gibt, die Telegraph-Pflanze heißt, weil ihre Blätter dauernd flattern, auch wenn es nicht windig ist? Woher weiß ich, dass die Blätter der viktorianischen Wasserlilie einen Durchmesser von 1,8 Metern haben können? Woher weiß ich, dass die Rinde eines Mammutbaums feuerfest ist? Woher weiß ich, dass Heroin aus Schlafmohn hergestellt wird? Ich bin ein Pflanzen-Nerd, Josh. Wenn du das noch nicht mitbekommen hast, dann bist du der miserabelste Kommissar, den es gibt."

„Ist ja schon gut", sagte er leise lachend. „Wusstest du daher, dass das Opfer an einer Blausäurevergiftung gestorben ist?"

Ich nickte langsam und starrte weiter die Hecke an. „Du wärst überrascht, wie viele Pflanzen Blausäure enthalten. Daher kenne ich die Symptome. Der Haifisch hat alle Anzeichen gehabt. Die Flecken auf der Haut, der Mundgeruch ... ich habe eins und eins zusammengezählt."

Rispo starrte mich an, kratzte sich am Kinn und meinte: „Lass dir das jetzt nicht zu Kopf steigen, aber ich bin beeindruckt."

„Danke." Ich hätte mir jetzt gerne bescheiden die Haare über die Schultern geworfen, trug aber leider einen Zopf. „Das Ding ist nur: Für einen Erwachsenen bräuchte es schon ein paar mehr Beeren. Zehn reichen da nicht. Vielleicht so fünfzig, sechzig Stück. Die müsste man schon pürieren, damit man sie unbemerkt zuführen kann."

„Wie zum Beispiel in einem Shake?"

Ich lächelte breit. „Wie zum Beispiel in einem Shake."

„Na, da wird Frau Körner ja gleich noch ein bisschen interessanter."

Wir liefen weiter den Weg entlang, bis wir vor der tiefpinken Tür standen.

„Das ist irgendwie aufregend", flüsterte ich. „Ich bin voll die investigative Journalistin!"

„Louisa." Josh sah mich ernst von oben herab an. „Du bist eine Menge, aber ganz sicher *keine* investigative Journalistin."

„Aber was bin ich dann?"

„Eine Erpresserin mit verdammt viel Glück", informierte er mich, bevor er klingelte. „Und es wäre das Beste, wenn du mich reden lässt."

Ich war anderer Meinung.

Es dauerte ein paar Minuten, bevor uns die Tür geöffnet wurde, was an der lauten Lady-Gaga-Musik liegen konnte, die durch die Tür drang.
„Ja, bitte?"
Ich ließ meinen Blick über die Person vor uns schweifen und stellte zwei Sachen gleichzeitig fest: Franziska war eine Frau, die ihr Aussehen sehr ernst nahm, und sie hatte ein Japan-Faible.
Alles an ihr war makellos. Ihre Haare, die sie künstlerisch zu einem seitlichen Knoten gebunden und mit einem Kirschblütenkamm befestigt hatte. Ihre langen, manikürten Fingernägel und ihr drahtiger Modelkörper. Sie trug ein kurzes rosa Kimono-Kleid, das ihre langen Beine betonte, und hohe Schuhe, die mich sogar im Sitzen umgebracht hätten.
„Franziska Körner?", fragte Rispo.
Augenblicklich verengte sie die Augen, ihr Blick lag jedoch auf mir. Sie wirkte irgendwie ... angewidert. „Ja?"
„Es tut uns leid, Sie an einem Sonntag zu stören, aber ich bin von der Kripo und müsste Ihnen ein paar Fragen zu ihrem Ex-Freund stellen."
Mir fiel sehr wohl auf, dass er das Wort „ich" übermäßig betonte.
Sie riss endlich die Augen von mir und sah nun mit ihrer Hand auf der Brust zu Rispo, der mit ihr auf Augenhöhe war. „Felix? Ist ihm etwas passiert? Bitte sagen Sie, dass ihm nichts passiert ist!"
„Ihm geht es gut, Frau Körner. Dürften wir dennoch kurz hereinkommen?"

Sie stieß erleichtert Luft aus. „Natürlich." Sie machte einen Schritt zur Seite und ich konnte ihren missbilligenden Blick praktisch an meiner Erscheinung hinabwandern spüren.

„Und was tut sie hier?", schnarrte sie sofort, als die Tür hinter uns ins Schloss gefallen war. „Ist sie auch Bulle?"

„Nein, sie ist meine Gärtnerin, die nach einem Adrenalinkick sucht", erklärte Rispo ungerührt. „Können wir uns setzen?"

„Schön", sagte Franziska angespannt, mit seiner Erklärung zu meiner Person offensichtlich nicht zufrieden. Ich ehrlich gesagt auch nicht, aber ich hielt den Mund.

„Um was geht es denn nun genau? Ist Felix in Schwierigkeiten? Wurde er verhaftet?"

Während Rispo ihr grob die Situation erklärte, ohne dabei auf genaue Einzelheiten einzugehen, sah ich mich in dem Flur um, durch den wir gingen.

Der Japan-Stil schien sich durch das Haus zu ziehen. Bonsaibäume standen auf Anrichten, Fächer hingen an den Wänden, und ich war mir sicher, dass ich Sushi in ihrem Kühlschrank gefunden hätte. Mir fiel außerdem auf, dass Franziska Körner kein Lotterleben führte. So wie es aussah, bewohnte sie dieses Haus alleine, und die Möbel, an denen wir vorbeiliefen, waren sicher nicht von Ikea.

Wir setzten uns schließlich an einen Tisch in der Küche, in der ausnahmsweise Weiß und nicht Rosa die vorrangige Farbe war.

Franziska füllte sich ein Glas Wasser und fragte Rispo, ob er auch etwas trinken wolle. Er verneinte. Ich wurde ignoriert.

„Das ist absurd", stellte unsere Gastgeberin fest, nachdem sie sich gesetzt hatte. „Alle lieben Felix. Niemand könnte ihm etwas antun. Sehen Sie ihn sich nur an. Es wäre eine Schande, so etwas Schönes in den Tod zu schicken."

Rispos Miene blieb starr und er sah über den letzten Kommentar hinweg. „Warum ist ihre Beziehung mit Brüllig dann in die Brüche gegangen?", fragte er, und mir fiel auf, dass er ausnahmsweise keinen Block gezückt hatte. Vielleicht war ihm aufgegangen, dass es schlauer war, das Ganze nicht wie eine Befragung aussehen zu lassen.

„Er hat mich betrogen", sagte sie kurzangebunden und umklammerte ihr Wasserglas fester. „Der Bastard hat rumgehurt und gedacht, ich kriege nichts mit."

„Also haben Sie die Beziehung beendet?"

Irritiert sah ihn Frau Körner an. „Nein, wo denken Sie hin? Ich liebe ihn. Ich hätte ihm noch eine Chance gegeben. Aber er hat das Ganze abgestritten, und als ich ihm nicht glauben wollte, hat er gemeint, ich sei ihm zu hysterisch und dann ist er gegangen."

„Er hat *sie* verlassen?" Seine Stimme war betont ungläubig, so als wäre es unvorstellbar, dass irgendein Mann nicht mit ihr zusammen sein wollte. „Das muss Sie ziemlich wütend gemacht haben."

Ich beobachtete ihn aus den Augenwinkeln und konnte nicht umhin zu bemerken, dass Mitgefühl aus seinem Gesicht floss, wie Wasser aus dem Hahn. Es war, als habe er einen Schalter umgelegt. Als wäre er kein Polizist, sondern ein guter Freund, der ihr eine Schulter zum Ausweinen anbot.

Verdammt, er war gut.

„Natürlich war ich wütend", fuhr sie auf. „Ich habe ihn durch die Beinahe-Dopingskandale hindurch begleitet, habe mir sein Gejammer über seinen Agenten und seine Geldnot angehört – und wie dankt er mir? Indem er mich betrügt und dann so tut, als sei ich schuld an dem Ende unserer Beziehung?"

„Ziemlich undankbar", stellte Josh fest.

„Und trotzdem würde ich ihn zurücknehmen", sagte sie und streckte ihren Rücken durch. „Wie gesagt: Ich liebe ihn und ich bin mir sicher, wir könnten unsere Streitigkeiten überwinden."

„Wieso sind Sie sich überhaupt so sicher, dass er Sie betrogen hat?", warf ich ein. „Vielleicht hat er ja die Wahrheit gesagt, als ..."

„Sehe ich aus, als wäre ich bescheuert?", fauchte sie und kleine Spucketröpfchen flogen mir ins Gesicht. „Ich *weiß*, dass er mich betrogen hat. Er hat seine Uhr bei ihr liegen lassen! Und er hat das verdammte Ding nur für eine bestimmte Sache abgenommen. Herrgott, selbst in der Dusche hat er sie angelassen und einfach seinen Arm rausgestreckt! Er hat also rumgehurt und seine beschissene goldene Rolex bei ihr vergessen."

Das erschien mir immer noch nicht wie ein handfester Beweis.

„Waren Sie im Testament bedacht?", fragte ich, auch wenn ich Rispos angesäuerten Blick auf mir spüren konnte.

Franziska sah mich an, als hätte ich fünf Nasenlöcher. „Wollen Sie darauf hinaus, dass ich ihn wegen seines Geldes hätte umbringen wollen?"

„Na ja ..."

„Haaallooo!?", sagte sie langezogen und fuchtelte mit den Armen über ihrem Kopf herum. „Sehe ich aus, als bräuchte ich Geld? Meine Frisur ist teurer als ihr jämmerliches Outfit!" Feindselig sah sie mich an.

Ich sah an mir herunter. An dem zu weiten, dreckigen T-Shirt und den zerrissenen Jeans.

Sie hatte vermutlich recht.

„Dass Sie sich überhaupt trauen, so rauszugehen! Wie können Männer nur an ihnen interessiert sein!?"

Entschuldigung? Ich war süß und witzig. Und ich wusste interessante Fakten über Pflanzen. Wenn das nicht sexy war, dann wusste ich auch nicht.

„Er war es, der *mein* Geld gebraucht hätte", führte sie ihre Tirade fort. „Das Haus, das er gekauft hat, wird ihm noch den Kragen kosten."

Ich wollte meinen Mund öffnen, doch Rispos warme Hand, die sich um mein Knie schloss und warnend zudrückte, hielt mich davon ab.

„Hegt denn keiner von Felix' Freunden oder Kameraden einen Groll gegen ihn?", fragte Rispo. „Ich meine, Sie kennen ihn am besten. Wenn einer es weiß, dann Sie."

Schleimer.

„Ich habe keine Ahnung", sagte Franziska ungeduldig, offenbar nicht so leicht beeinflussbar, wie ich zuvor angenommen hatte. „Ich sag Ihnen was: Wenn Sie wissen wollen, was für Gerüchte und Probleme im Team kursieren, gehen Sie zu einem der Casinoabende, die das Team schmeißt. Sie halten Sie quasi jeden Montag ab und dort wird geredet und getrunken. Und je mehr getrunken wird, desto mehr wird geredet. Die Jungs sind normalerweise nicht so sensibel, dass sie all ihre Gefühle teilen würden. Aber wenn der Alkoholpegel stimmt, sieht das ganz anders aus, glauben Sie mir. Das sind alles kleine unglückliche Heulsusen, wenn sie erst zu tief ins Glas geschaut haben."

Rispo nickte und stand auf.

Ich wollte noch nicht aufstehen. Ich mochte seine Hand auf meinem Knie.

„Danke. Das werden wir uns vielleicht mal ansehen. Wir haben Ihre Zeit nun aber schon lange genug in Anspruch genommen."

Widerwillig erhob ich mich ebenfalls und nickte bestätigend, doch die Mühe hätte ich mir nicht machen müssen – ich wurde keines Blickes gewürdigt.

„Kein Problem. Alles für Felix' Sicherheit."

Sie geleitete uns zur Tür, und langsam wurde ich nervös. Ich wollte sie zur Hecke befragen! Warum hatte Rispo sie nicht nach dem Kirschlorbeer gefragt?!

Wieder öffnete ich meinen Mund – und diesmal landete eine bedeutungsschwere Hand auf meiner Schulter. Ich schloss ihn wieder.

„Vielen Dank noch einmal für die Auskunft", wiederholte Rispo und öffnete die Tür. „Möglicherweise werden wir uns nochmal bei Ihnen melden." Er machte Anstalten, zu gehen, sah in den Garten hinaus und hielt noch einmal inne. „Echt schöne Hecke. Ich habe überlegt, mir eine für meinen Garten zu gönnen." Rispo hatte keinen Garten. „Die Nachbarn sind ziemlich neugierig." Wenn Rispos Nachbarn zu neugierig wären, würde er sie wahrscheinlich erschießen. „Wie heißt diese Art von Hecke?"

Franziska folgte irritiert seinem Blick. „Die Hecke? Keine Ahnung. Ich hab sie im Katalog bestellt, den Rest hat ein Landschaftsbauer gemacht. Ich kümmere mich nicht um den Garten. Damit meine Fingernägel nicht wie ihre aussehen." Sie nickte mir zu.

Ich bekam so langsam das Gefühl, dass sie mich überdurchschnittlich wenig mochte.

„Ja, nicht jede Frau hat Spaß daran, im Dreck zu wühlen", bemerkte Rispo und schob mich voran. Vielleicht, weil er ahnte, dass ich langsam wirklich wütend wurde und gerne meine dreckigen Fingernägel in ihrem Gesicht eingesetzt hätte.

„Lauf einfach weiter", murmelte er in mein Ohr, als ich Anstalten machte, mich umzudrehen.

„Ich wühle nicht in Dreck, ich gärtnere!", zischte ich.

„Ein- und dasselbe."

Kapitel 7

Es war kurz nach zwei, als wir von Franziska Körners Haus wegfuhren, was mir noch circa zwei Stunden Zeit ließ, bis Jonas bei mir aufkreuzen wollte. Genug Zeit, um Felix Brüllig noch ein paar Fragen zu stellen.

Wir fuhren in Richtung Innenstadt, zum Hauptpräsidium, wenn ich mich nicht irrte, und ich ließ mir noch einmal durch den Kopf gehen, was Franziska gerade von sich gegeben hatte.

„Glaubst du ihr?", fragte ich und sah auf meine Fingernägel. So dreckig waren sie gar nicht! Gesund dreckig eben.

„Dass sie keine Ahnung von Pflanzen hat?", hakte Rispo nach.

„Unter anderem."

„Schwer zu sagen. Sie war ziemlich überzeugend."

Ich nickte, denn es stimmte. Und dennoch … ich traute niemandem mehr. Überzeugend oder nicht. Es gab zu viele gute Schauspieler da draußen.

„Was ist mit dem Casinoabend? Werden wir hingehen?"

Rispo seufzte. „Du suchst doch nur einen Grund, dich hübsch anzuziehen."

Ich zog es vor, zu schweigen. Denn alles, was ich sagen würde, konnte und würde gegen mich verwendet werden.

„Ich werde das mit dem Polizeichef bereden müssen", sagte Rispo nach einer Weile, als wir bereits auf den Parkplatz des Präsidiums fuhren. „Die Spieler kennen alle mein Gesicht. Wenn ich da aufkreuze, werden sie sicher nicht aus dem Nähkästchen plaudern."

„*Mein* Gesicht kennen sie nicht", sagte ich unschuldig. Jetzt war Rispo an der Reihe, bedeutungsschwer zu schweigen.

Wir stiegen aus, und er sah mich über das Dach seines Audi A5s hinweg an. „Du hast mir immer noch nicht erzählt, ob eines deiner vielen Dates verheiratet war und vielleicht eine rachsüchtige Ehefrau hinter dir her ist."

Ich schnaubte laut. „Die Männer mit denen ich aus war, waren nicht verheiratet. Glaub mir." Ich lachte trocken auf. „So bescheuert wie sie alle waren, würde das an ein Wunder grenzen!"

Rispos Mundwinkel verzogen sich nach oben und er sah sehr zufrieden aus. „Warum gehst du dann überhaupt mit solchen Losern aus?"

Mein Handy klingelte und ich beließ es dabei, ihm einen grimmigen Blick zuzuwerfen, bevor ich abhob.

„Louisa Manu", meldete ich mich.

„Hey, hier ist Ingo Weidemann. Ich bin ein guter Freund von Felix und auch in seinem Team. Wir haben uns am Freitag gesehen."

Stirnrunzelnd blieb ich stehen. Weidemann?

Ah, richtig. Die Nummer 11.

„Hey, Ingo", sagte ich langsam. „Ich erinnere mich. Was ist denn los?"

Er holte tief Luft. „Weißt du vielleicht, wo Felix ist? Er war doch Samstag mit dir aus, oder? Er hat sich seitdem nicht mehr gemeldet und ich mache mir Sorgen. Wir wollten uns eigentlich heute Morgen treffen."

„Oh. Nein. Sorry. Ich weiß nicht, wo er ist." Doch, wusste ich. Er war im Gebäude vor mir.

„Okay … In Ordnung. Sagst du Bescheid, wenn du was von ihm hörst?"

„Klar", sagte ich lahm. „Mach ich. Ich bin sicher, ihm geht es gut. Vielleicht ist er nur … bei irgendeiner Frau?"

„Das bezweifle ich. Aber danke. Schönen Sonntag."

Er legte auf.

Verwirrt starrte ich auf mein Handy. Wo zum Teufel hatte er meine Nummer her?

„Wer war das?", wollte Rispo sofort wissen. „Deine heutige Verabredung?"

Ich schüttelte den Kopf. „Ein Freund von Felix, der sich Sorgen macht."

„Mhm. Und da ruft er dich an?"

„Anscheinend", bemerkte ich und schubste das Telefon zurück in meine Handtasche. „Kann ich alleine mit Felix reden?"

„Wieso?"

„Weil er mir mehr erzählen wird, wenn wir alleine sind. Deine düstere Ausstrahlung schreckt die meisten davon ab, persönliche Details preiszugeben."

„Ich habe keine düstere Ausstrahlung", sagte Rispo düster.

Ich tätschelte seinen Oberarm. „Natürlich nicht. Du bist das reinste rosa Einhorn."

Er seufzte und hielt mir die Tür zur Eingangshalle auf. „Schön. Zuhören werde ich trotzdem."

Davon konnte ich ihn nicht abhalten.

Felix Brüllig saß zusammen mit Marvin in einem der vielen kleinen Büros, die mit nichts anderem als zwei Stühlen, den dazugehörigen Schreibtischen, einer kleinen Ansammlung an Regalen und einem Phiccus ausgestattet waren. Neben dem Eishockeyspieler sah Marvin noch dünner und schwächer aus als ohnehin schon, und die reinste euphorische Erleichterung spiegelte sich in seinem Blick wider, als ich in das Büro trat. Sofort sprang er auf und schüttelte mir die Hand.

„Schön, dich zu sehen, Lou", sagte er hastig, Schweiß auf seiner Stirn.

„Ja, schön dich zu sehen, Lou", wiederholte Felix, der mich freundlich anlächelte. „Endlich jemand, der kompetent im Umgang mit Menschen ist und mich hier nicht festhalten will wie einen Hund im Zwinger."

Ich grinste. „Du musst Marvin und Rispo entschuldigen. Sie sind emotional etwas zurückgeblieben, aber sie haben andere Qualitäten."

Ich konnte Rispo schnauben hören, der absichtlich vor der Tür geblieben war.

Marvin sah mich nur verdattert an und fragte: „Emotional was?"

„Marvin, hol dir doch einen Kaffee, solange ich mich bei Felix dafür bedanke, dass er auf meine Anwesenheit bestanden hat", schlug ich vor.

Das brauchte ich dem Recherchisten nicht zweimal zu sagen. Er flog praktisch aus der Tür.

„Diese ganze Situation ist komplett albern", sagte Felix mit gesenkter Stimme, sobald Marvin weg war. Er lehnte sich soweit in seinem Stuhl zurück, dass er nur noch auf zwei Beinen stand. „Mich will niemand umbringen. Ich weiß nicht, was die Polizei davon hat, mich hier festzuhalten. Es ist Blödsinn."

„Es gibt da leider einen vergifteten Proteinshake, der etwas anderes behauptet", sagte ich entschuldigend.

Felix zeigte mir den Vogel. „Da hat jemand den falschen Shake vergiftet. Schön. Ich schulde Ingo und ein paar anderen Leuten ein bisschen Geld. Aber Ingo ist mein bester Freund und … alle anderen haben sich nie beschwert! Außerdem könnte ich ihnen tot ja nicht wirklich was zurückzahlen, oder? Mein Agent Bernie nervt mich andauernd wegen irgendeinem Vertrags-Mist und ich bin nicht wirklich höflich. Mein Trainer war wütend, weil ich mit seiner Tochter geflirtet habe, und ich schätze, mehrere von meinen Kollegen würden gerne an meinen Kapitänstitel ran. Aber das sind alles keine Gründe, mich gleich umbringen zu wollen."

Da würde ich ihm zustimmen. „Was ist mit deiner Ex-Freundin?"

„Franzi hat einen an der Klatsche, aber sie hat keinen Grund, mich zu hassen."

„Sie meinte, du hättest eine Affäre gehabt."

„Ich hatte keine Affäre!"

„Sie scheint davon überzeugt zu sein."

„Franzi ist paranoid und dumm. Sie glaubt auch, dass die Affen irgendwann die Weltherrschaft an sich reißen."

Interessante Theorie. Wenn man sich manche Staatsoberhäupter ansah, die zurzeit an der Macht waren, konnte man fast glauben, dass dies schon geschehen war.

„Ich möchte dich wirklich nicht aufregen, Felix, und ich glaube dir. Aber ... wo ist dann deine goldene Uhr?"

Er zog eine Grimasse. „Die Uhr? Die Uhr ist ihr verdammter Beweis? Die habe ich beim Pokern an 'nen Kumpel verloren. Ich mag kein brillantes Pokerface haben, aber ich bin verdammt nochmal kein untreuer Schwächling – und ich möchte jetzt gehen! Ich habe schon genug meiner Zeit verschwendet. Ich bin nur hier geblieben, um zu sehen, ob die Vollidioten dich wirklich kontaktiert haben."

Er stand auf, was Rispo zum Anlass nahm, einzutreten.

Er lehnte sich in den Türrahmen, die Arme und Füße überkreuzt, und musterte Felix interessiert. „Ich dachte, sie würden kooperieren, sobald wir ihre Vertrauensperson mit an Bord geholt hätten."

„Das tue ich doch. Louisa hat mehr Integrität als das gesamte Präsidium zusammen, und ihr werde ich es gerne mitteilen, falls mir doch noch jemand einfällt, der meinen Kopf rollen sehen will. Nichtsdestotrotz werde ich ganz sicher nicht weiter hier herumhocken. Ich brauche kein Safe House und auch keinen Bodyguard! Ich kann gut auf mich selbst aufpassen."

Rispo nickte, und ich war überrascht, als er nicht widersprach. „Schön, das ist Ihre Entscheidung. Wir können Sie nicht zwingen, hierzubleiben. Haben Sie etwas gegen Personenschutz einzuwenden? Zwei Beamte, die sie ein wenig beobachten?"

„Solange sie mir nicht in die Quere kommen, ist mir das egal", meinte Brüllig und schob sich an Rispo vorbei. „Sie wissen ja, wo Sie mich finden können, falls Sie noch irgendwelche Fragen haben. Schön dich zu sehen, Lou." Er lächelte mir zu. „Ich hoffe, wir können unser Date demnächst fortsetzen."

Röte kroch mir den Hals hinauf und ich mied Rispos Blick. „Oh ja. Ich fand es auch schade, dass wir unterbrochen wurden. Ach, du solltest vielleicht Ingo anrufen. Er hat sich Sorgen gemacht."

„Ach, richtig. Wir waren verabredet." Er stieß einen genervten Schwall Luft aus. „Diese Sache hat meinen ganzen Zeitplan durcheinandergebracht. Egal. Bis dann."

Im nächsten Moment schritt er den Gang entlang und war außer Hörweite.

„Ich mag ihn nicht", stellte Rispo sachlich fest, während er sein Handy aus der Hosentasche kramte, das angefangen hatte, zu klingeln.

„Das liegt daran, dass du dich von ihm in deiner Männlichkeit bedroht fühlst", unterrichtete ich ihn und sah Felix nach.

„Süße, gerade dir habe ich meine Männlichkeit schon mehr als genug bewiesen", stellte Josh belustigt fest, bevor er mit einem lautem: „Nein", abhob.

Der Gesprächspartner auf der anderen Seite sagte etwas und Rispo wiederholte: „Nein. Nein und Nein."

Wahrscheinlich bot ihm gerade jemand ein kostenloses Lächeln an.

„Finn, ich sag dir was: Such dir verdammt nochmal einen Job und kauf dir selbst ein Auto! Es ist nicht mein Problem, dass dein altes den Geist aufgegeben hat. Versuch das nächste Mal beim Einparken einfach nicht ganz so viele Verkehrsschilder mitzunehmen, okay? Das könnte helfen." Dann legte er auf.

„Familie ist was Tolles, oder?", fragte ich matt lächelnd.

„Das beschissen Beste auf der Welt", bestätigte Rispo.

Am nächsten Morgen hatte ich Kopfschmerzen und das aus mehreren Gründen.

Erstens, weil ich versucht hatte, einem Neunzehnjährigen die Wichtigkeit einer gründlichen Buchführung nahezulegen. Zweitens, weil ich versucht hatte, mir auszumalen, wer dem liebenswürdigen Felix Brüllig auch nur ein Haar hätte krümmen wollen. Drittens, weil ich versucht hatte, den Artikel fürs Kölner Blatt voranzutreiben und meine journalistischen Fähigkeiten zu wünschen übrig ließen. Viertens, wegen einer Flasche Wein, die ich gekillt hatte, weil ich einsam gewesen war und alle ihren Sonntagabend schöner verbrachten als ich. Fünftens, wegen eines gewissen heißen Kommissars, über den ich so angestrengt nicht-nachgedacht hatte, dass sicher einige meiner Synapsen implodiert waren.

Als ich im Laden ankam, hatte ich bereits zwei Aspirin und eine halbe Tafel Schokolade intus und das Gefühl, dass der heutige Tag zum Scheitern verurteilt war. Ich versuchte Ariane zu erreichen, weil sie mich immer aufheitern konnte, aber die erklärte mir nur kichernd, dass ich eine Nachricht nach dem Piep hinterlassen und Alejandro doch bitte aufhören solle, ihren Hals zu küssen.

Schnulzigste, deprimierendste Mailboxansage überhaupt. Gott, war ich neidisch.

Ich schloss den Laden auf, und kaum hatte ich das Schild von *geschlossen* zu *geöffnet* gedreht, flatterte Trudi herein. Flattern deswegen, weil sie offenbar in der Modeberatung einer Fledermaus gewesen war. Sie trug einen grellvioletten, mit einem paillettenbesetzten Kragen verzierten Umhang, dessen Ärmel aus langen Stofffetzen bestanden, die ihre Arme hinabhingen, und dem der Begriff potthässlich einfach nicht gerecht wurde.

Die stahlgrauen Haare hatte Trudi sich mit einer Menge Gel zurückgekämmt, sodass ich mir unsicher darüber war, ob sie glaubte, dass Dracula ebenfalls hatte zaubern können.

Breit lächelnd klatschte sie eine Dose Kekse auf den Tresen und direkt daneben ein Kartendeck.

„Louisa, ich habe einen neuen Trick", kündigte sie an. „Du musst ihn mit mir ausprobieren."

Ich hoffte inständig, dass besagter Trick damit zusammenhing, wie wir beide die Kekse zum Verschwinden brachten, wurde jedoch enttäuscht.

Trudi zog die Karten aus der Hülle und fächerte sie verdeckt vor mir auf. Dann machte sie ein mystisches Gesicht, indem sie mit ihren Augenbrauen und mit ihrem Gebiss wackelte.

„Meine Damen und Herren", sagte sie mit lauter Stimme. „Wählen Sie eine Karte!"

Ich ging davon aus, dass sie mit Damen und Herren meine multiplen Persönlichkeiten meinte, und nahm mir eine Karte.

„Nun stecken Sie sie verdeckt wieder zurück."

Ich tat ihr den Gefallen und sah sehnsüchtig zu den Keksen. Es kam mir unhöflich vor, sie bei ihrem leidenschaftlich ausgeführten Trick zu stören, deswegen riss ich mich am Riemen.

Trudi schob das Deck wieder zusammen und fing an, es zu mischen. „Nun werde ich mithilfe meiner magischen Fähigkeiten", sie wackelte mit ihren Armen und ließ ihren Umhang flattern, „die richtige Karte erraten."

Sie schloss die Augen und ließ dramatisch ihren Kopf kreisen. Ein Lächeln stahl sich auf mein Gesicht. Trudi hatte die einzigartige Fähigkeit, einem aussichtslosen Morgen einen spektakulären Glanz zu verleihen.

„Nun, werte Dame, ist das Ihre Karte?"

Sie hielt mir eine Karte vors Gesicht.

„Nein."

„Mhm." Sie tauschte die Karte aus. „Ist das Ihre Karte?"

„Nein."

„Das hier?"

„Nein."

„Mhm." Angestrengt verzog sie das Gesicht, bevor sie die Karten umdrehte und sie auf dem Tresen ausbreitete. Dann begann sie scheinbar wahllos auf Karten zu zeigen.

„Ist das die Karte?"

„Nein."

„Das?"
„Nein."
„Das hier?"
Es war eine Karte. Aber nicht meine. „Ja, das ist sie!", rief ich begeistert.

Trudi wirkte nicht vollends zufrieden, verbeugte sich aber dennoch, indem sie mir zunickte. „Das hat besser geklappt als gestern mit meinem Sohn, aber ich muss offenbar noch etwas üben. Na ja, ich bin optimistisch. Ich habe eine Menge Freizeit."

Sie ordnete fröhlich die Karten wieder ein, und mir kam der Gedanke, dass jeder Mensch ein wenig mehr so sein sollte wie Trudi. Vollkommen untalentiert, aber trotzdem optimistisch.

Wir verkauften drei Sträuße, zwei Windspiele, vier hässliche Tonfiguren für den Garten und einen Blumentopf, bevor Emily mit Finn im Schlepptau in den Laden kam.

Emmi hatte mir gesagt, dass sie nur Freunde waren. Sie hätten zwar darüber nachgedacht, miteinander zu schlafen, sich jedoch vorerst dagegen entschieden. Der Freundschaft wegen.

Das war so ziemlich das Erwachsenste, was ich je von meiner Schwester gehört hatte, deswegen hatte ich nicht weiter nachgehakt.

„Hey, Loubalou, Trudi, schick siehst du aus", sagte sie und nickte anerkennend angesichts des ausgefallenen Outfits meiner Angestellten. „Ist das neu?"

„Ja, habe ich vom Flohmarkt." Stolz hob Trudi ihre Arme auf und ab, sodass die Fransen in der Windbrise flatterten, die durch die halbgeöffnete Tür kam, die Finn noch aufhielt. „Die Verkäuferin meinte, sie hätte es nur zu Karneval getragen, und wenn ihr mich fragt, ist ein solches Kleid nicht dafür da, im Keller zu verstauben."

„Sehe ich genauso", bestärkte Emily sie. „Du solltest ruhig weiterhin deine Persönlichkeit mit Hilfe deiner Kleidung unterstreichen – hast du vielleicht Lust, dich in dem Kleid mal zu drehen?", fragte sie und zog einen silbernen Gegenstand aus ihrer Tasche, den sie aufklappte. „Ich will Inspiration für meinen YouTube-Kanal sammeln."

Erst jetzt erkannte ich das Gerät. Es war eine Handkamera. Eine von den etwas älteren Modellen, die vor fünfzehn Jahren noch alle Familien wie besessen mit in den Urlaub geschleppt hatten, um dann denkwürdige Momente wie das Verspeisen einer Eiskugel oder den Flug schmutziger Möwen für immer festzuhalten.

Trudi lief rosa an, als ihr bewusst wurde, dass Emmi sie filmen wollte, tat ihr jedoch den Gefallen – und das in der dramatischsten Manier, zu der eine Fledermaus fähig war.

„Das sieht toll aus!", feuerte sie Emily an, die konzentriert auf den kleinen Bildschirm starrte. „Ganz tolle Testaufnahmen, wirklich. Du bist mein perfektes Übungsobjekt. Ich kenn mich noch nicht so aus und muss erst mal mit der Technik warm werden, aber du bist sehr talentiert vor der Linse."

„Danke." Trudis Wangen leuchteten nun pink. „Ich hatte schon immer ein glamouröses Auftreten", meinte sie stolz. „Das war der Grund, warum mein Günter unbedingt mich heiraten wollte und nicht die dumme Kuh Renate Bender. Er meinte, ich hätte einfach das gewisse Etwas."

Ich fragte mich, ob er damit Trudis große Brüste gemeint hatte.

„Ich habe wirklich die besten Voraussetzungen, eine tolle Zauberin zu werden", führte sie ihr Selbstgespräch zufrieden fort. „Alles, was mich noch davon trennt, ist ein fescher Name."

„Wie wäre es mit Lady Simsala", schlug Finn vor, der breit grinsend die Tür fallen ließ. „Hat etwas Klassisches und Anmutiges, aber auch etwas Geheimnisvolles. So wie du eben bist."

Er zwinkerte ihr zu und Trudi ließ sich zu einem mädchenhaften Kichern hinreißen.

„Du bist wirklich ein Charmeur, Finn. Und mir gefällt Lady Simsala. Macht mich irgendwie orientalisch, und jeder weiß, dass diese Orientaler etwas von Magie verstehen. Mit ihren fliegenden Handtüchern."

Niemand gab sich die Mühe, sie darauf hinzuweisen, dass weder das Wort *Orientaler* noch das Wort *Handtücher* richtig waren.

„Ja, doch, das gefällt mir sehr." Sie sah begeistert aus. „Vielleicht lasse ich mir gleich morgen Visitenkarten drucken, bevor der Name weg ist."

Wir alle nickten, während Emmi die Kamera zwischen Finn und Trudi hin- und herschwenkte.

„Woher hast du die Kamera eigentlich?", wollte ich misstrauisch wissen.

„Keine Sorge, ich hab sie mir nicht von deinem Geld gekauft", sagte sie beleidigt, als wäre diese Vermutung so weit ab vom Schuss. „Jannis hat sie mir geborgt."

„Tatsächlich? Weiß er das?"

„Nein, aber Steffi, und die hat in der Beziehung doch sowieso die Hosen an. Mach mal was Lustiges, Lou", verlangte sie und hielt mir die Kamera so nah vors Gesicht, dass sie meine Nasenhaare hätte zählen können.

Ich reckte den Mittelfinger in die Kamera. „Lass mich in Ruhe mit dem Ding, Emmi. Ich hasse Kameras."

„Warum denn das?", wollte Trudi neugierig wissen und nahm einen Keks aus der Box, um ihn vor der Linse hin- und herzuwedeln und dann zu versuchen, ihn in den Weiten ihres Flattermantels verschwinden zu lassen. Der Keks zerbrach und bröselte auf den Boden. Na ja, zumindest auf dem Video schien er nun ins Nichts katapultiert worden zu sein.

„Ich hasse Kameras, weil sie mich zurückhassen", informierte ich sie und wandte Emmi demonstrativ den Rücken zu. „Ich bin so furchtbar unfotogen, dass mir noch nie ein Ticket fürs Zu-schnell-Fahren ausgestellt wurde. Einfach, weil die Polizei das Foto sieht und sie dann so viel Mitleid mit mir hat, dass sie es nicht übers Herz bringt, mir Geld abzuknöpfen."

Trudi betrachtete mich mit großmütterlicher Nachsicht. „Ich bin mir sicher, dass das nicht stimmt."

Emily hatte angefangen zu kichern. „Doch, tut es", widersprach sie. „Du solltest mal ihre Abschlussbilder sehen. Oder die von Jannis' Hochzeit! Mama stellt die Fotos mit Lou drauf immer in die letzte Reihe. Aber vielleicht ist das bei einem Video ja anders, Lou! Vielleicht brillierst du nur auf bewegten Bildern."

Augenverdrehend wandte ich mich wieder um. „Emily, mach einfach das blöde Teil aus und erledige deine Arbeit. Ich finde es toll, dass du einem neuen kreativen Hobby nachgehen willst – solange ich nichts damit zu tun haben muss."

Sie klappte die Kamera zu und kapitulierte seufzend. „Schön, wenn dir das lieber ist." Sie ersetzte das Gerät in ihrer Hand mit dem Firmen-Shirt, das sie aus ihrer Tasche zerrte. „Komm, Trudi. Ich hab dein Shirt auch mitgebracht", meinte sie, bevor sie in meinem Büro verschwand.

Einen Moment sah ich Emily und der leise schimpfenden Trudi verwirrt nach. Das war das zweite Mal in Folge, dass sie mein T-Shirt trug, das sie einst mit den originellsten Variationen von hässlich umschrieben hatte. Und jetzt zwang sie auch noch Trudi dazu, ihres zu tragen? Wollte sie etwas von mir oder schleimte sie sich ein, damit ich das nächste Mal, wenn sie Mist baute, milder gestimmt war?

„Lou", sagte Finn und verlangte damit meine Aufmerksamkeit während er sich mit den Unterarmen auf mein Pult lehnte. „Ich habe einen Vorschlag für dich."

Andererseits wollte sie mit ihrer Geste vielleicht auch einfach nur Finn helfen.

Ich knipste das Ende einer Rose ab und ließ sie in den Eimer mit Wasser vor mir gleiten. „Wenn sich das nicht vielversprechend anhört", meinte ich trocken.

Finn zeigte mir sein charmantestes Lächeln. „Also, die Sache ist die: Da du ja quasi schuld bist, dass Josh mir sein Auto nicht leihen will, was hältst du davon, mir einfach deins zu geben?"

Ich nickte langsam und eine zweite Rose folgte der ersten. „Besteht meine Schuld darin, dass ich nicht mit ihm geschlafen habe?"

„Jap."

„Wollte nur sichergehen."

„Also, was sagst du? Haben wir einen Deal?"

Ich musste über seine absurde Selbstsicherheit lachen. „Was willst du überhaupt mit einem Auto? Das Nahverkehrssystem in Köln ist ziemlich gut."

„Ich will Mittwoch mit Emmi und ein paar Freunden Paintball spielen gehen und da kommt man nicht so leicht mit der Bahn hin. Außerdem ist Bahnfahren verdammt teuer und ich kann nicht schon wieder beim Schwarzfahren erwischt werden."

Ich wandte mich zur verschlossenen Tür meines Büros um. „Warum hat Emily mich dann nicht einfach gefragt, ob sie mein Auto leihen kann?"

„Sie meinte, die Chance, dass du Ja sagst, wäre bei mir größer."

Es wurmte mich, dass sie damit auch noch recht hatte.

„Mhm." Ich schnitt ein weiteres Ende einer Rose ab, das gegen Finns Kinn flog.

„Komm schon, Lou. Bitte, bitte? Du bist cooler als Josh. Nur deswegen komme ich zu dir."

Ich verdrehte die Augen, musste aber lachen. Wie hatten die Rispos es geschafft, sich einfach so einen Weg in mein Herz zu stehlen? Ich war mir ziemlich sicher gewesen, dass ich die Tür dahin mit zwei Vorhängeschlössern gesichert hatte.

Finn legte seine Hände zusammen, so als wolle er beten, und hielt sie mir mit großen Hundeaugen vors Gesicht.

Ich starrte seine kurzgeschnittenen Fingernägel an und dachte an Josh. Daran, wie verzweifelt er gestern gewirkt hatte. Wie ihm die Verantwortung über den Kopf wuchs. Wie er alle seine Wünsche und Bedürfnisse immer hinter die seiner Familie stellte, egal wie sehr es ihn verrückt machte.

„Finn, weißt du was?", sagte ich langsam, seine Hände nach unten drückend. „Ich habe eine bessere Idee. Ich brauche jemanden, der für mich ein paar Blumen ausliefert. Ich will mir bald einen Van kaufen, um mein Geschäft etwas zu erweitern, und vielleicht ein paar Verträge mit Veranstaltern schließen. Auch dafür bräuchte ich einen Fahrer. Ich kann das alles nicht selbst machen, und der Laden läuft im Moment gut." Und würde bald noch besser laufen, sobald ich die bisher doch eher langweilige Recherchearbeit des Mordfalls ausgeschmückt und an das Kölner Blatt geschickt hatte. „Davor muss ich noch alles mit dem Passat machen, aber mir wäre es lieber, wenn ich diesen Job delegieren könnte. Also: Ich bezahle dich. Schlecht. Sehr schlecht. Nichtsdestotrotz: Geld. Dafür fährst du für mich die Blumen aus. Wenn du dich gut anstellst, übernehme ich dich vielleicht für den Van, aber das werden wir dann sehen. Und du darfst Mittwoch das Auto nehmen."

Finn machte verwirrt einen Schritt zurück und verengte misstrauisch die Augen. „Ich frage dich, ob ich dein Auto leihen kann und du bietest mir einen Job an?"

„Jap." Ich hatte nicht einmal gelogen. Blumen an Ehefrauen und Geburtstagskinder auszuliefern, war nicht meine Lieblingsaufgabe, und ich hatte schon länger mit dem Gedanken gespielt, sie abzugeben. Der Job würde auf Vierhundert-Euro-Basis sein, und ich konnte mit einigem Stolz behaupten, dass ich es mir leisten konnte. Warum nicht Finn einstellen?

„Wo ist der Haken?", wollte er wissen, die Augenbrauen tief ins Gesicht gezogen.

„Die sehr schlechte Bezahlung, die ich bereits erwähnt habe, und dass ich dein Boss bin und du alles tun musst, was ich dir auftrage."

Ein ungläubiges Grinsen zog sich über sein Gesicht. „Das wäre schon okay. Ich habe kein Problem damit, Anweisungen anzunehmen, solange sie nicht von Josh kommen."

„Ich werde mir Mühe damit geben, etwas umgänglicher als dein Bruder zu sein. Also bist du einverstanden? Ich kann dir nicht mehr als Mindestlohn geben, aber ..."

„Einverstanden." Er streckte mir die Hand über den Tresen entgegen. „Ich war ohnehin auf der Suche nach einem Job."

„Du solltest dir vielleicht aber noch einen anderen suchen", bemerkte ich und schüttelte seine Hand. „Zum Überleben reicht das kaum."

Finn nickte, legte den Kopf schief, räusperte sich, trat unangenehm berührt von einem Bein auf das andere ... Meine Güte, lief er etwa rot an?

„Weißt du, Lou", sagte er langsam und beinahe vorsichtig, „ich bin nicht blöd. Ich weiß, ich muss langsam erwachsen werden. Nächsten Monat werde ich fünfundzwanzig und habe praktisch nichts vorzuweisen. Ich kann nicht ewig von einem Mini-Job zum nächsten springen und ... Dinge klauen. Auch wenn ich damit wirklich schon fast komplett aufgehört habe", versicherte er mir, als ich ihn warnend ansah. „Ich meine ..." Er räusperte sich und die Röte in seinen Wangen war nun unverkennbar. „Ich hab ein Abi. Ein beschissenes, aber ich habe es. Und ich will mich eigentlich ... ach, es ist albern."

Finn, der großmäulige Finn, dem alles in der Welt egal war, sah auf einmal so schüchtern aus, dass er mich an eine Pfadfinderin erinnerte, die versuchte, mir Kekse zu verkaufen.

„Ich bin sicher, das ist es nicht", sagte ich ernst. „Worum geht's?"

Er holte tief Luft, blies seine Backen auf und tippte nervös mit dem Zeigefinger auf die Holztheke. „Ich will mich eigentlich auf eine Ausbildung bewerben. Allerdings läuft die Frist schon bald ab und ich hab halt ein paar Vorstrafen und ..." Er lachte freudlos. „Ich weiß auch nicht. Es ist dämlich."

Mein Herz ging auf.

Ich sah Finn an, wie er nervös von einem Bein aufs andere trat, sich immer wieder räusperte und das Blut weiter in seine Wangen stieg.

Wie konnte ich die Rispos bitte *nicht* in mein Herz lassen? Sie waren so unglaublich knuffig! Ich wollte sie mir ins Regal stellen und all meinen Freunden zeigen.

„Was für eine Ausbildung ist es?", fragte ich vorsichtig. Ich wollte ihn nicht verschrecken. Er war sonst nicht so zutraulich.

„Die zum Tierpfleger", murmelte er mit zusammengepressten Zähnen, den Blick auf die Rosen vor ihm gerichtet.

„Aber ... das ist doch toll", stellte ich fest. Ich konnte mir Finn problemlos als Tierpfleger vorstellen. Die Affen würden ihn lieben.

Sein Mundwinkel zuckte. „Ja, ich find die Idee eigentlich auch ziemlich cool und ich liebe Tiere, also ... aber, na ja. Es bewerben sich echt viele Leute und ich will eigentlich in Köln bleiben ... aber Bewerbungen sind schwer ..."

„Finn", sagte ich sanft und legte meine Hand auf seine. Einfach, weil ich musste. „Soll ich dir bei deiner Bewerbung helfen?"

Sein Kopf war nun eine rote Weihnachtskugel. „Nur, wenn es dir wirklich nichts ausmacht."

„Ich helfe dir liebend gerne", sagte ich. „Mach Bewerbungsfotos und am Wochenende kümmern wir uns um den Rest, okay? Wir schaffen das."

Finn nickte und räusperte sich zum zehntausendsten Mal. „Du klingst so zuversichtlich."

„Weil ich zuversichtlich bin. Wenn du Tierpfleger werden willst, dann wirst du Tierpfleger. So einfach ist das."

„Mann. Du bist echt verdammt korrekt, Louisa", murmelte er. „Wann soll ich anfangen zu arbeiten?"

„Morgen um neun?"

„Okay. Ich bin pünktlich. Ich schwör's!"

Als ich Finn nachsah und die Tür hinter ihm zuschlug, stahl sich mir der verräterische Gedanke in den Kopf, dass ich mal wieder mehr heiliger Samariter als Geschäftsfrau gewesen war. Ich verdrängte den Gedanken schnell. Man musste den Menschen Chancen geben, dann würden sie es einem danken und einen nicht enttäuschen. Da war ich mir sicher.

Und wenn der Artikel gedruckt wurde und ich tatsächlich eine der größeren Kölner Eventagenturen zu einer Zusammenarbeit überreden konnte, dann würde ich mir eine richtige Floristin anstellen. Eine richtige, ausgebildete Floristin, die keine Ahnung von Keksen oder nuttigen Schuhen hatte, dafür aber von Blumen. Ich lächelte und warf die nächste Rose in die Vase. Der Tag war bisher doch besser als gedacht.

Mein Handy vibrierte und ich sah auf die neue Nachricht, die ich bekommen hatte. Sie war von Rispo.

Heute um neun Casinoabend mit den Kölner Haien. Zieh was Heißes, aber nicht zu Enges an. Du wirst verkabelt. Ich komm vorbei.

Verdammt, ja! Der Tag würde der Hammer.

Kapitel 8

Ich stand in Jogginghose und Lieblingsshirt – das, was ich Josh vor ein paar Monaten aus der Wohnung geklaut hatte – vor meinem Kleiderschrank und stellte fest, was ich bereits heute Morgen gewusst hatte: Meine Garderobe war erbärmlich. Ich hatte exakt zwei schöne Kleider: Das eine war oben zu tief ausgeschnitten und das andere viel zu kurz. Ich wollte heiß aussehen, aber nicht so, als hätte ich es nötig, unbedingt mal wieder flachgelegt zu werden. Auch wenn das gar nicht so abwegig war. Denn verdammt nochmal, ich hatte es nötig!

Stöhnend legte ich den Kopf in den Nacken. Seit Rispo hatte ich mit keinem anderen Mann mehr geschlafen. Einfach aus dem Grund, dass keiner mir gut genug erschienen war. Ich war nie eines dieser Mädchen gewesen, dem es leicht fiel, nur zum Spaß an der Freude mit einem Mann ins Bett zu hüpfen. Vielleicht sollte ich mal Unterricht bei Emily nehmen. Denn die hatte in dem Fach offenbar ihren Doktortitel gemacht.

Ich zerrte einige Röcke und Oberteile aus dem Schrank, doch mit nichts war ich zufrieden. Casinoabend hörte sich nach Abendkleid an, und ich liebte es, mich herauszuputzen – aber nicht, wenn ich erst acht Stunden vorher Bescheid bekommen hatte.

Es klingelte, und froh über die Ablenkung warf ich die Klamotten auf mein Bett, lief barfuß zur Tür und betätigte die Freisprechanlage.

„Hallo?", fragte ich.

Niemand antwortete.

Verwirrt sah ich durch den Türspion und erschrak so sehr, dass ich zurückstolperte und gegen meine Küchenanrichte stieß. Schweratmend hielt ich mir eine Hand übers Herz und presste verärgert die Lippen aufeinander.

„Mach die Tür auf, Lou", befahl Rispo.

Ich drückte die Türklinke herunter. „Du hast mich zu Tode erschreckt!", sagte ich vorwurfsvoll. „Was machst du hier? Und wie kommst du immer wieder durch die Haustür?"

Rispo sah mich verständnislos an. „Superkräfte – und ich habe dir gesagt, dass ich vorbeikomme."

„Aber es ist noch nicht einmal sieben. Ich dachte, es geht um neun los."

„Ja, wir haben aber noch einiges zu besprechen und ..."

Abrupt hielt er inne. Sein Blick war an meinem Oberkörper hinuntergeglitten und mit leicht geöffnetem Mund starrte er meine Brüste an. Oder nein, er starrte den Stoff an, der meine Brüste verdeckte.

„Ist das mein T-Shirt?"

„Ähh ... nein?"

„Das ist mein T-Shirt!"

„Vielleicht ein wenig."

„Wie kann ein T-Shirt nur ein wenig meins sein?"

„Na ja, ich hab es schon seit Monaten und da ist es sehr anhänglich geworden. Es gehört jetzt also auch ein bisschen mir."

Ungläubig schob er mich aus dem Weg und stieß die Tür hinter sich mit dem Fuß zu. „Ich mochte das T-Shirt! Ich hab es schon vermisst."

„Wie sehr?"

Er verengte die Augen. „So sehr, dass ich überlege, es dir über den Kopf zu ziehen."

Automatisch schloss ich die Arme um meinen Oberkörper und machte einen Schritt zurück. „Aber … es gefällt ihm hier so gut. Es wäre gemein von dir, es einfach so aus seiner bekannten Umgebung zu reißen. Es mag mich auch viel lieber als dich, weil … ich es mit Weichspüler wasche und es nach Pfirsich duftet."

Rispo grinste breit und beugte sich nach vorne. Seine Hände glitten meine nackten Arme hinab, sein Kinn strich über mein Ohr, sein Bart kratzte über meinen Hals, bis seine Lippen auf dem Saum des T-Shirts lagen und ich ihn langsam einatmen hören konnte.

Die Haare in meinem Nacken richteten sich auf, während sein Atem darin kitzelte und automatisch schloss ich die Augen.

„Du hast recht. Pfirsich. Lecker", murmelte er.

Ich schluckte und mein Atem beschleunigte sich. „Also … also lässt du es hier?", krächzte ich.

Rispo hob seinen Kopf an, sein Blick glitt über mein Gesicht, meine leicht geöffneten Lippen … abrupt ließ er meine Arme los. Offenbar erinnerte er sich daran, dass wir professionell sein wollten.

„Ich überlege es mir", meinte er schulterzuckend, den Blick jetzt auf meine Couch gerichtet. „Warum hast du es überhaupt geklaut?"

Als Andenken. „Es war so weich." Und hat nach dir gerochen. „Und dir war es sowieso zu klein." Ich war erbärmlich. „Ich wollte dir nur dabei helfen, deinen Kleiderschrank auszumisten."

Wieder lächelte er, und ich wünschte, er würde damit aufhören. Sein Lächeln war dafür gemacht, Frauen den Kopf zu verdrehen, und meiner war gerade ohnehin schon viel zu leicht. Man hätte ihn sicherlich nur anstupsen müssen, damit er eine dramatische 180-Grad-Drehung hinlegte.

„Dann sollte ich dir vielleicht danken, dass du dir so viele Umstände gemacht hast, nur um mir zu helfen."

Ich nickte fest. „Definitiv."

Er lächelte ein letztes Mal und im nächsten Moment hatte sich seine Miene zum Cop-Face gewandelt, das ankündigte, dass der Spaß jetzt vorbei war.

„Okay, pass auf. Es wird so laufen ..."

„Ich hasse es, wenn Gespräche so anfangen."

„Leb damit. Ich kann nicht mit auf die Party, da alle Spieler mich kennen und misstrauisch werden würden. Deswegen wirst du alleine gehen."

„Alleine?" Ein unangenehmer Knoten bildete sich in meinem Magen und ich rang meine Hände ineinander.

„Keine Angst, du bist nicht wirklich alleine. Ich verkabele dich, sodass ich die ganze Zeit mithören und zusehen kann. Außerdem kriegst du einen Knopf ins Ohr, sodass ich dir Anweisungen geben kann. Und

Marvin mimt heute einen der Dealer, er wird also auch anwesend sein."

Die Tatsache, dass Marvin erst letzte Woche seinen ersten Außeneinsatz gehabt hatte, beruhigte mich nicht im Geringsten. Aber eine andere Information erschien mir in diesem Moment wichtiger.

„Du wirst die ganze Zeit ... mithören?"

„Ja. Ist das ein Problem?"

„Ja, schon."

Wenn ich Rispo nicht in meinem Bett haben konnte, dann wollte ich ihn auch ganz sicher nicht in meinem Ohr!

Er lehnte sich mit dem Rücken gegen meine Haustür. „Lou, es ist ein Wunder, dass wir überhaupt durchgeboxt haben, dass du bei der ganzen Sache dabei bist. Das verdankst du ganz allein Felix' Überzeugungsarbeit. Jetzt ist nicht der richtige Moment, dich unnötig anzustellen."

Ich schnappte nach Luft. „Ich stelle mich nicht an! Ich habe lediglich Bedenken darüber geäußert, dich in ... meinem Ohr zu haben."

„Ich kann hören, was du sagst, nicht deine Gedanken lesen. Deine ganzen Sexfantasien über mich sind also sicher."

Ich schnaubte. „Ich hätte eher Angst, dass du mich für die Mordfantasien dir gegenüber wieder in den Knast steckst. Ansonsten verschwende ich nämlich keinen Gedanken an dich."

„Na, dann solltest du ja kein Problem damit haben", meinte er grimmig. „Du wirst als Brülligs Freundin getarnt gehen", die letzten Worte kamen etwas gequetscht über seine Lippen, „und deine Aufgabe ist es lediglich, mit möglichst vielen Leuten zu reden und Informationen zu sammeln. Mehr nicht. Kriegst du das ohne dramatische Zwischenfälle hin?"

Ich hatte keine Ahnung. Wahrscheinlich eher nicht. „Natürlich kriege ich das hin", sagte ich angesäuert. „Noch etwas?"

„Den Rest besprechen wir mit den anderen zusammen – hast du noch eine weitere Morddrohung bekommen?"

Ach, die Drohnachricht! Die hatte ich schon beinahe wieder vergessen. Ich musste sie einfach in meinen verrückten Alltag integriert haben. „Nein, nichts. Vielleicht hat man mich auch nur verwechselt?"

„Bezweifle ich. Dein Talent darin, andere aggressiv zu machen, ist spektakulär. Aber Fingerabdrücke – abgesehen von deinen natürlich – haben wir auf dem Zettel nicht finden können, und so lange niemand härtere Geschütze auffährt, als dir fiese Nachrichten zu hinterlassen, können wir da herzlich wenig tun. Wir werden wohl einfach erst mal abwarten müssen."

„Ich bin sicher, das war alles nur ein Missverständnis, das sich von selbst klären wird", sagte ich optimistisch.

„Mhm, so bin ich das von Mordfällen gewöhnt – eigentlich muss ich gar nichts tun. Die Steine fallen von selbst an ihren Platz und am Ende schließt der Täter sich selbst in eine Zelle."

„Wenn ich einmal kurz meine Mutter zitieren dürfte: ‚Sarkasmus ist die unterste Schublade des Humors'."

Rispo legte den Kopf in den Nacken und lachte laut auf. „Sie muss wirklich sehr unzufrieden mit dir sein, wenn das ihre Meinung ist."

Ich grinste. „Du hast keine Ahnung."

„Schön, genug Smalltalk. Es wird Zeit, dass du dich umziehst, damit ich dich verkabeln kann. Was ziehst du an?"

Nun ... Ich kratzte mich am Kopf und strich mir meine Haare hinter die Ohren.

„Also, die Sache mit dem Anziehen gestaltet sich schwieriger als angenommen. Ich fürchte, ich kann nicht in einem angemessenen Grad heiß aussehen."

Rispo fing erneut an zu lachen. „Du hast keine Ahnung, Louisa", sagte er kopfschüttelnd, bevor er an mir vorbeiging, in Richtung meines Schlafzimmers.

Ich eilte ihm nach, und als ich ihn endlich eingeholt hatte, steckte sein Kopf schon in meinem Kleiderschrank.

Es war merkwürdig, Rispos breiten Rücken und seine langen Beine vor einem Haufen Frauenklamotten zu sehen. Irgendwie wirkte er vor all den Spitzen- und den Rüschenkleidern, die ich noch aus der Schulzeit hatte, noch männlicher als ohnehin schon. Das gefiel mir nicht.

Er brauchte zwei Minuten, bis er das grüne Kleid mit dem tiefen Ausschnitt gefunden hatte und es mir reichte. „Nimm das hier. Betont deine Augen. High Heels, fertig."

Skeptisch betrachtete ich den Fetzen Stoff in meinen Händen. „Es betont meine Brüste, nicht meine Augen."

Rispo hob eine Schulter. „Wir bringen das Mikro an dem BH an. Umso besser, wenn nicht allzu viel Stoff die Frequenz stört."

„Ich weiß nicht ..."

„Warum hast du das Kleid gekauft, wenn du es nicht magst?", fragte er ehrlich verwirrt.

Wirklich. Männer!

„Ich habe es gekauft, als ich dachte, dass ich vielleicht anfangen könnte, ein bisschen nuttiger zu werden. Du weißt schon, auf eine coole Ich-schlaf-mit-dir-und-du-bist–mir-egal-Weise. Leider ist mir zu spät aufgegangen, dass ich eher das Ich-schlaf-nur-mit-dir-wenn-ich-dich-wirklich-mag-Mädchen bin. Dementsprechend habe ich jetzt das Kleid, es aber noch nie angezogen."

„Bleib das zweite Mädchen", empfahl mir Josh. „Von der ersten Art gibt es schon zu viele. Also: Zieh das Kleid an, lass deine Haare offen und beton deine Augen. Und mach dir kein schmieriges Zeug auf die Lippen."

Entgeisterung. Das war es, was ich gerade fühlte. „Du ... was?"

„Kleid anziehen, Haare offen ..."

„Ich hab dich schon gehört. Mir war nur nicht bewusst, dass du nebenberuflich Stilberater bist. Und warum kein Lippenstift?"

Er zuckte die Achseln. „Ich mag keinen Lippenstift."

„Warum?"

„Weil der immer überall in meinem Gesicht hängt, wenn ich dich besinnungslos küsse", murmelte er und ließ mich im Schlafzimmer allein.

Zwanzig Minuten später steckte Rispos Hand in meinem Ausschnitt.

Eine Gänsehaut erstreckte sich über meinen ganzen Körper, und ich gab mein Bestes, möglichst ungerührt von seinen Berührungen zu bleiben. Leider war mein Bestes nicht gut genug. Es war, als wäre ich zurück in meinen Deutschunterricht versetzt worden. So sehr ich mich auch anstrengte, ich würde nie wissen, was Georg Büchner uns mit Woyzeck sagen wollte. Und so sehr ich mich auch anstrengte, ich würde nie ungerührt Rispo ein Mikrofon an meinem BH anbringen lassen können. Seine Hände waren warm, seine Fingerspitzen rau und sein Bart strich mir in regelmäßigen Abständen übers Schlüsselbein. Das machte der Bastard doch mit Absicht.

„Ich dachte, wir wollten alles Persönliche vergessen", sagte ich gepresst, mich davon abhaltend, aufzustöhnen.

„Tun wir doch."

„Wirklich? Diese Berührung fühlt sich nämlich sehr persönlich an."

Er räusperte sich und sagte mit tieferer Stimme als sonst: „Das bildest du dir ein."

Seine Hand glitt über meine Haut, fuhr mein Brustbein hoch, um meinen Hals, während sein Daumen Haare von meinem Ohr strich – bevor er etwas darin befestigte.

„Ist das der Knopf in meinem Ohr?", fragte ich. „Der, wodurch ich dich hören kann? Wie funktioniert er? Und was ist, wenn er mir aus dem Ohr fällt? Oder Wasser hineinkommt? Wusstest du, dass Wasser ..."

„Bist du nervös, Lou?"

Ich stockte. „Ich ... wieso fragst du?"

„Weil du anfängst zu faseln, wenn du nervös wirst."

„Oh. Nun. Ja, ich bin nervös. Was ist, wenn ich es versaue? Was ist, wenn ich jede Chance zerstöre, an

Informationen zu kommen? Was ist, wenn ich nicht unauffällig genug bin? Wir beide wissen, dass Subtilität nicht meine Stärke ist. Was ist, wenn ..."

„Lou", unterbrach mich Rispo sanft, seine Hand immer noch warm in meinem Nacken. Ich fragte mich, ob ihm das bewusst war.

„Ja?"

„Habe ich dir eigentlich schon mal gesagt, dass ich dir vertraue?"

Mein Mund wurde trocken. „Nein. Hast du nicht." Daran würde ich mich erinnern.

„Nun, ich vertraue dir. Mehr als mir selbst, offen gesagt. Und habe ich schon einmal zugegeben, dass du nicht komplett untalentiert darin bist, Leuten Dinge aus der Nase zu ziehen? Und dass du eine sehr aufmerksame Beobachterin bist?"

Ich blickte in Rispos dunkle Augen, während seine Finger in meine Haare sanken. Mein Herz übersprang einen Schlag.

„Du tust es schon wieder", flüsterte ich.

„Was?"

„Mit mir flirten."

„Tatsächlich?"

Ich nickte und schloss die Augen, als sein Daumen sacht über meine Unterlippe strich.

„Willst du, dass ich aufhöre?"

Das war eine unfaire Frage, denn er wusste genau, dass es vernünftig wäre, mit Ja zu antworten – ebenso wusste er, dass ich meiner Vernunft noch nie ein allzu großes Mitspracherecht eingeräumt hatte.

„Ich ... weiß nicht", wisperte ich wahrheitsgemäß.

„Gut. Ich weiß nämlich auch nicht, ob ich aufhören kann", gab Rispo zu, und er sah beinahe schuldbewusst aus, als auch seine zweite Hand in meine Haare fuhr und seine Lippen meine streiften.

Er küsste mich nicht. Seine Lippen berührten nur sacht meine, wartend, testend. Er ließ mir die Wahl. Denn er wusste, was ich in einem Mann suchte, und ich wusste, dass er es mir nicht geben wollte. Deswegen ließ er mir die Wahl, den nächsten Schritt zu machen – und es brachte mich um. Seinen Mund zu spüren und ihn nicht zu küssen. Ich wollte es so sehr. Mit jeder meiner Poren, aber ...

Sein Handy klingelte und wir schraken zusammen.

Rispos Hände sanken automatisch von meinem Gesicht. Er drehte sich abrupt um, nahm sein Handy und hob ab.

„Ja ... ja, wir sind gleich da. Alles klar. Bis dann." Er wandte sich wieder mir zu und seufzte leise. „Wir sollten gehen", erklärte er, rührte sich aber nicht vom Fleck. Er hatte die Hände in den Hosentaschen verkrampft, wollte etwas sagen, konnte sich aber nicht dazu durchringen.

Ich starrte ihn an. Mein Herz pochte schmerzhaft schnell in meiner Brust.

„Ignorieren?", schlug ich mit krächzender Stimme vor. Mir war es selbst gerade zu viel. Ich wollte nicht daran denken, dass ich beinahe einen akuten Rispo-Rückfall erlitten hatte.

Erleichtert ließ er seine Schultern sinken und stieß einen Schwall Luft aus. „Brillante Idee, nach dir." Er hielt mir die Tür auf, und als ich an ihm vorbeischritt murmelte ich: „Wir ... haben echt ein Problem."

„Erinnere mich nicht daran", sagte er gequält, bevor die Tür ins Schloss fiel.

„Schicker Anzug, Marvin."
Ich konnte mein breites Grinsen nicht unterdrücken, obwohl ich Angst hatte, dass meine Zähne sich in den grünen Pailletten des besagten Meisterwerkes spiegeln und alle blenden würden.

„Oh, danke." Er strahlte mich an und seine Pailletten klirrten leise gegeneinander. Denn sie waren aus Glas. Nicht aus Plastik. Wenn Marvin sich einen hässlichen Anzug leistete, dann schon einen qualitativ hochwertigen! „Meine Mutter meinte, das trägt der moderne Mann heute so im Casino."

Diesen modernen Mann würde ich gerne mal kennenlernen. Schien ja ein farbbegeisterter Typ zu sein.

Wir saßen in einem fensterlosen Van – die Polizei war das reinste Klischee! –, in dem zwei schweigsame Typen in Khakihosen und schwarzen T-Shirts zwei Computer bedienten. Der eine war mit der Kamera verbunden, die sich auf einer Brosche befand, die an meinem Spagettiträger befestigt worden war. Sie übertrug bereits ein Bild und gab so auch den stummen Polizisten die Möglichkeit, Marvins Anzug zu bewundern.

Rispo saß auf dem Fahrersitz und weihte Felix in den Plan ein, der meiner Meinung nach die Bezeichnung nicht verdiente.

Ich war Felix' Freundin, Schrägstrich Flittchen – auf ein bestimmtes Wort war sich noch nicht geeinigt worden –, und wir waren heute hier, um Spaß zu haben. Wir würden Blackjack, Poker, und Roulette spielen und uns mit seinen Teamkollegen, Agenten, Trainern, Freunden und allen anderen, die auf der Verdächtigenliste standen, unterhalten. Felix war ebenfalls mit Kamera und Mikro ausgestattet.

„Marvin, du solltest schon einmal gehen", sagte Rispo über seine Schulter. „Und nimm den Hintereingang, ich bin sicher, Herr Lohbaum lässt keine Leute vom Service vorne rein."

Herr Lohbaum war der Trainer der Kölner Haie, der die regelmäßigen Treffen unter dem Vorwand arrangierte, dass der Teamzusammenhalt dadurch gestärkt würde. Felix hatte jedoch angemerkt, dass er einfach nur ein Spielproblem hatte und die Treffen nutzte, um seinen eigenen Spielern Geld aus der Tasche zu ziehen.

„Alles klar, Boss", sagte Marvin hastig und vollführte eine merkwürdige Armbewegung. Entweder salutierte er oder er machte das Peace-Zeichen. Ich war mir nicht sicher.

Im nächsten Moment war er verschwunden, sein Anzug in der untergehenden Sonne grell aufleuchtend. Ein Kobold, auf dem Weg, einen Topf Gold zu verspielen.

„So viel zu ‚unterm Radar bleiben'", murmelte Rispo trocken, als er seinem Kollegen mit dem Blick folgte.

„Glaub mir, keiner wird ihn für einen Bullen halten", prustete ich. Marvin war mir wirklich ans Herz gewachsen. Er war so … schnuckelig unbedarft.

„Da hast du vermutlich recht", bestätigte Josh, auch wenn er nicht zufriedener wirkte. „Okay, Brüllig, gibt es irgendwen, den wir genauer unter die Lupe nehmen sollten?"

Felix seufzte schwer. „Jetzt geht das schon wieder los. Meine Freunde sind meine Freunde. Möchten Ihre Freunde Sie des Öfteren umbringen, Herr Kommissar?"

Zählten seine Brüder zu seinen Freunden?

„Du musst doch irgendwelche Feinde haben", mischte ich mich jetzt ein. „Ich meine, du bist das potentielle Mordopfer! Du musst doch wissen, warum dich jemand umbringen will. Hattest du Sex mit einer verheirateten Frau? Ein Drogenproblem? Will jemand unbedingt deinen Job? Ist jemand neidisch auf dich?"

„Es sind eine Menge Leute neidisch auf mich, aber umbringen will mich keiner", war alles, was Felix zu sagen hatte, bevor er einfach aus dem Auto stieg und die Straße in Richtung Lohbaums Anwesen hinabschlenderte.

Rispo seufzte und wandte sich an mich. „Ich will, dass du dich auf seinen besten Freund, seinen Agenten und seinen Trainer konzentrierst, okay? Meistens sind Mörder im engsten Kreis zu finden."

„Witzig", murmelte ich abwesend. „Dabei gehöre ich gar nicht zu deinem engsten Kreis. Ich werde also wahrscheinlich nie gefasst."

„Du bist ein richtiger Spaßvogel", sagte er humorlos. „Und jetzt raus mit dir."

Ich gehorchte ihm ausnahmsweise und beeilte mich, Felix einzuholen.

„Alles okay bei dir?", fragte ich etwas außer Atem. Ich war es nicht gewohnt, zu rennen – schon gar nicht in High Heels. Ich hoffte sehr, dass ich morgen beim Selbstverteidigungskurs nicht allzu sehr ins Schwitzen geriet. Sport stellte unsägliche Dinge mit meinem Gesicht an.

„Ich mag es nicht, dass alle meine Freunde und Kollegen auf der Verdächtigenliste stehen", sagte er kurz angebunden.

Ich schwieg. Das konnte ich leider nicht ändern, aber emotionale Unterstützung konnte ich geben. Ich fädelte meinen Arm in seinen.

Felix grinste. „Fühlst du dich schon einmal in deine Rolle ein?"

„Jap. Ist das okay?"

Er zog mich näher an seine Seite. „Ich werde es wie ein Mann ertragen."

Ich lachte. „Sehr löblich."

„Ich tue, was ich kann. Du siehst heute übrigens umwerfend aus."

Mein Kopf tarnte sich als Tomate. „Oh, danke. Du siehst auch sehr gut aus. Anzug steht dir."

Er sah tatsächlich gut aus, und ich ärgerte mich, dass mein Körper sich nicht – wie der von jeder normalen Frau – zu ihm hingezogen fühlte. Er trug einen Smoking, der seine starken Schultern betonte, und er war sogar so weit gegangen, weiße Handschuhe anzuziehen, sodass er jetzt wie ein Charakter aus *James Bond 007 – Casino Royale* aussah. Er war heiß, keine Frage.

Das Problem war nur, dass ich nicht heiß auf ihn war. Damit sollte ich wirklich mal zum Therapeuten gehen, denn das war nicht normal!

„Vielen Dank", sagte Felix und riss mich aus meiner stillen Diskussion mit mir selbst. „Ich weiß, das hier ist eine Mission oder was auch immer, aber irgendwie fühlt es sich so an, als würden wir einfach unser Date von letztens fortführen."

Mein Gesicht leuchtete mittlerweile vermutlich so hell wie Marvins Anzug – nur eben rot. „Ein Casinoabend mit Zigarren, hartem Alkohol und höchstwahrscheinlich nackten Frauen. Sehr romantisch."

Er lachte. „Man braucht nur die richtige Frau, um Romantik zu verspüren. Und du, Louisa, bist da, glaube ich, genau die richtige für ..."

„Großer Gott, das ist ja nicht auszuhalten."

Ich zuckte zusammen und rammte Felix meinen Ellenbogen in die Seite, als Rispos Stimme in meinem Ohr erklang.

„Du kannst mir nicht ernsthaft erzählen, dass das bei dir zieht. Wenn er sich noch mehr anstrengt, sabbert er dir ins Dekolleté."

Ach, du liebe Güte. Ich hatte vollkommen vergessen, dass wir nicht allein waren. Ich stöhnte laut auf.

Besorgt sah Felix mich an. „Ist irgendetwas?"

„Die verrückten Stimmen in meinem Kopf werden wieder lauter", sagte ich verkniffen.

„Soll ich das als Bestätigung ansehen, dass du mich hören kannst?"

„Ja, ich höre dich", zischte ich verärgert und wandte mich von Felix ab. „Aber ich soll doch unauffällig sein, richtig? Dann werde ich jetzt besser aufhören, Selbstgespräche zu führen."

Eine kurze Stille entstand, dann: *„Du hast mir noch nicht gesagt, ob das zieht."*

Ich ignorierte ihn.

„Ist das der eifersüchtige Kommissar?", wollte Felix belustigt wissen.

Ich nickte. „Ja, er fühlt sich von dir in seiner Männlichkeit bedroht. Du weißt schon, weil du so viel muskulöser und größer bist."

„*Überall größer?*"

Augenverdrehend zog ich Felix' Arm näher. Wir liefen die Einfahrt hoch, in der bereits eine Menge Autos standen. Jedes einzelne war ein Ego-Booster, so hätte es zumindest Ariane ausgedrückt. Großer Motor, kein Platz für Airbags – diese Art von Wagen.

Der Weg wurde von Hecken gesäumt – kein Kirschlorbeer – und ich hatte den Drang, ein ernstes Wörtchen mit dem Gärtner zu wechseln. Hier sollte sich wirklich mal jemand um den Rhododendron kümmern. Und die Primeln ließen den Kopf hängen, als hätten sie gerade Titanic gesehen.

Als ich das nächste Mal meinen Blick hob, standen wir vor der Tür.

Felix sah zu mir herunter. „Bereit?"

Nein. „Bereit."

Kapitel 9

Ich war noch nie in einem Casino gewesen. Das Leben war mir immer Glückspiel genug erschienen. Dennoch, wenn ich nach meinem aus Film und Fernsehen generiertem Wissen ging, dann hatte Herr Lohbaum ganze Arbeit geleistet, sein Wohnzimmer in einen Spielsalon zu verwandeln.

Ein Roulettetisch stand an einer großen Fensterfront, die auf einen ausladenden – und ebenfalls sehr vernachlässigten – Garten hinausführte. Ein Pokertisch, an dem bereits drei Leute saßen, unter anderem der schillernde Marvin, stand vor einem deckenhohen Bücherregal und direkt neben der Tür, durch die wir vom Eingangsbereich aus kommend eingetreten waren, wurde vermutlich Blackjack gespielt. Das war zumindest das einzige Glücksspiel, das ich noch kannte.

Meine Güte, Lohbaum war reich – und höchstwahrscheinlich der Mann, der uns jetzt entgegenkam. Intuitiv machte ich einen Schritt zurück, wurde jedoch von Felix' starker, in meinem Rücken liegender Hand automatisch wieder nach vorne geschubst.

„Brüllig, schön, dass Sie sich auch mal herablassen, sich mit Ihrem Team zusammenzufinden."

Alles an Lohbaum war imposant. Brust, Stimme, Anzug, Schnauzbart. Er sah aus wie eine Mischung aus Super Mario und Popeye – ich war keinem von beiden sonderlich zugetan.

„Ich war die letzten Wochen verhindert. Hatte einige private Dinge zu planen." Felix lächelte verschmitzt. „Das ist Louisa Manu." Er schob mich mehrere Zentimeter nach vorne. „Lou, das ist der Boss. Boss, Lou."

Lohbaum gab mir einen kräftigen Handschlag, und meine Finger wurden taub. All diese Männer, die unbedingt ihre Stärke demonstrieren mussten! Ich blickte mich verstohlen um und war wirklich etwas eingeschüchtert. Hockeyspieler waren breit und groß und aufgepumpt und nicht wenige Gesichter zierten Veilchen. Wobei ich feststellte, dass Felix das größte Exemplar zu sein schien.

„Nett, Sie kennenzulernen", bellte der Boss und an seinen Spieler gewandt fügte er hinzu: „Felix, ich weiß nicht, ob es die beste Idee war, eine Neue mitzubringen. Franziska ist auch da, meine Tochter hat drauf bestanden, und du weißt, wie deine Ex sein kann."

Oh, Franziska war auch da? Das hatte sie gar nicht erwähnt. Ebenso wenig, wie sie erwähnt hatte, dass sie offenbar mit der Tochter des Coaches befreundet war.

„Sie wird sich schon benehmen können", sagte Felix überzeugt. Ich teilte diese Überzeugung nicht.

„Wollen wir es hoffen", war alles, was Lohbaum dazu sagte.

Ein zweiter Mann kam auf uns zu, seine Präsenz war aber kaum so einnehmend wie die des Trainers. Er wirkte eher ... kümmerlich neben den großen Männern. Er war schlaksig, trug eine dick umrandete Brille, hatte sich die roten Haare über seine anfängliche Glatze gekämmt und auf seiner Krawatte konnte ich drei Flecken zählen. Ich war mir sicher, ich würde noch mehr finden, wenn ich mir mehr Mühe gab. Er kam mir bekannt vor und ich brauchte ein paar Sekunden, bis ich wusste, woher. Er war ebenfalls auf dem Eis gewesen, als ich mir die Leiche von Timo B. hatte genauer ansehen wollen.

„Felix", sagte er mit versucht gefasster Stimme, „wir müssen noch miteinander reden. Wegen deines Vertrags und darüber, wie wir weiter vorgehen wollen, sobald ..."

„Jaja, später, Bernie", versprach er. „Erst wird gepokert." Er schritt bestimmt an ihm vorbei, bevor er mir aus den Mundwinkeln zuflüsterte: „Mein Agent. Wenn ich den los bin, wird alles einfacher. Der Typ bringt mich noch um."

Interessante Wortwahl.

Wir ließen uns an dem Tisch nieder, an dem ein nervös wirkender Marvin krampfhaft versuchte, nicht zu mir hinüberzusehen. Felix verzog das Gesicht, als sich sein Agent neben ihn setzte, sagte aber nichts. Auch der Trainer kam zu uns herüber, zusammen mit einem hellblonden Mann, der mir bekannt vorkam.

„Hey, du musst Louisa sein", sagte er, und ich erhob mich noch einmal, um ihm die Hand zu reichen. „Ich glaube, wir haben gestern am Telefon gesprochen."

„Richtig." Er war die Nummer 11. „Ingo, oder?"

„Genau." Er schüttelte meine Hand und nahm den Platz neben mir ein. „Freut mich."

„Die Freude ist ganz meinerseits", sagte ich und konnte einiges an Überzeugung hinter meine Worte legen – weil sie wahr waren. Meine Güte, der Kerl sah gut aus! Im Eisstadion hatte ich noch keinen guten Blick auf ihn erhascht, aber jetzt ... er sah aus wie ein junger Brad Pitt.

„Hey, Bernie, alles klar?", grüßte Ingo den Agenten, der lächelte.

„Danke, alles super."

„Meine Herren, meine Dame: ist diese Runde dann vollständig?"

Alle wandten sich Marvin zu, der gesprochen hatte. Er war knallrot im Gesicht, aber seine Frage hatte souverän geklungen. Dennoch fiel es den Anwesenden wohl schwer, einen Kobold ernst zu nehmen.

Lohbaum blickte auf den freien Stuhl zwischen Ingo und ihm. „Wir hätten noch Platz für ..."

„Mich." Franziska Körner erschien wie aus dem Nichts und schnappte sich den leeren Stuhl. „Ich hätte nichts gegen eine Runde Poker einzuwenden. Ich wette, dass ich gewinne. Denn im Gegensatz zu Felix habe ich nicht meinen Verstand verloren."

„Oh, das könnte unterhaltsam werden", stellte Rispo in meinem Ohr fest.

„Um was wollen wir wetten?", fragte Bernie interessiert.

Franziska warf ihm einen verächtlichen Blick zu. „Mit dir wette ich nicht. Ich werde deinem kleinen Neben-Business nicht auch noch unter die Arme greifen."

Meine Augenbrauen flogen nach oben und hastig senkte ich den Blick, damit niemand es mitbekam.

Neben-Business?

„Ich wette!", bemerkte Felix, der sich durch die Anwesenheit seiner Ex nicht hatte irritieren lassen. „Bernie, fünfzig Euro darauf, dass mein Glücksbringer hier", er tätschelte meine nackte Schulter, „meinen heutigen Sieg bedeutet."

„Felix", kam eine tiefe, leicht warnende Stimme von meiner Rechten. „Du solltest wirklich kein weiteres Geld verschwenden." Ich wandte meinen Kopf zu Ingo, der unzufrieden aussah. Vage erinnerte ich mich daran, dass Felix erwähnt hatte, von ihm Geld geliehen zu haben. Von wie viel Geld sprachen wir hier eigentlich?

„Ich habe genug Geld", widersprach Felix.

Franzi schnaubte laut, und das nahm Felix zum Anlass, sie böse anzusehen. „Möchtest du mir etwas sagen?"

„Ja", sagte sie und lächelte süßlich. „Ohne mich hast du nämlich keinen Cent. Denn ich habe schließlich immer gezahlt."

„Na, wenn ich etwas Kohle brauche, kann ich ja einfach unser Sextape verkaufen", meinte er achselzuckend.

Franzis Miene versteinerte. „Wir haben kein Sextape."

„Du hast mir wirklich geglaubt, als ich meinte, ich würde es löschen?", fragte er gespielt verwundert. „Ich zumindest habe ein Video mehr in meiner DVD-Sammlung. Qualitativ nicht ganz so gut, aber inhaltlich erste Sahne. Danke dafür."

„Du lügst!" Franzis Stimme war ruhig, doch ihre Lippen waren fest aufeinandergepresst.

„Vielleicht. Vielleicht auch nicht", sagte Felix abwesend. „Also, Bernie." Er wandte sich wieder seinem Agenten zu. „Haben wir eine Wette?"
„Haben wir."
Sie schlugen ein und nickten einander zu.
„Na, dann kann es ja losgehen", sagte Lohbaum ungeduldig und sein Blick wanderte zu Marvin. „Dealer, fangen Sie an."

Eine halbe Stunde später wusste ich drei Dinge.
Erstens: Marvin konnte keine Karten mischen. Zweitens: Wenn Rispo mir noch einen Tipp zum Pokerspielen ins Ohr flüsterte, würde ich sein Auto von einer Klippe fahren, und drittens: Ingo machte mich wahnsinnig!
Er saß neben mir und tippte immer wieder nervös mit seinem rechten Handballen auf den Tisch, sodass seine protzige goldene Uhr gegen das Holz klackte. Das war schlimmer als ein tropfender Wasserhahn. Schlimmer als meine Mutter, die mir ein Internet-Dating-Profil anlegen wollte. Er war der schlechteste Pokerspieler der Weltgeschichte, denn sein Arm bekam nur Zuckungen, wenn er gute Karten auf der Hand hatte. Ich war wirklich nicht hier, um irgendwem Geld aus der Tasche zu ziehen, aber Ingo machte es mir zu einfach.
Leider half mir keine dieser drei Eingebungen dabei, Vermutungen über einen möglichen Mörder anzustellen.
Franzi war zickig, launisch und ließ keine Möglichkeit aus, Felix zu beleidigen, aber das reichte nicht als Verdacht. Lohbaum war ein Choleriker und ein Ego-

mane, aber auch das reichte nicht als Mordmotiv. Ingo war nervös, fahrig und andauernd abgelenkt, aber das lag höchstwahrscheinlich am Spiel. Bernie, der Agent, war schäbig und von Felix genervt. Aber wenn jeder den umbringen würde, der einen nervte, wäre die Welt sicherlich nicht mehr überbevölkert – und ich schon mehrfach tot.

Tatsächlich war derjenige, der sich am verdächtigsten verhielt, Marvin. Sein Gesicht war das Inbild einer reifen Kirsche, während er jeden der umhersitzenden Spieler so intensiv anstarrte, dass ich mir sicher war, dass er versuchte, seine telepathischen Fähigkeiten zu entwickeln. Na, wenn das funktionierte, hätten wir den Mörder immerhin am Ende des Abends.

„Gehen Sie mit, Frau Manu?", fragte er mich und deutete auf den Stapel Spielchips auf dem Tisch.

Ich besah mir meine Kreuz Drei und meine Herz Sechs.

„Du könntest bluffen. Ist das nicht dein Lebensmotto?"

Es war wirklich ätzend, Rispos blöde Sprüche nicht kontern zu können.

„Ich bin raus", sagte ich und warf meine Karten hin. Mein Bruder hatte mir das Pokern beigebracht und er wäre stolz darauf, dass mein Gesicht in dieser Runde noch kein einziges Mal entgleist war.

„Feigling."

Mein Gesicht entgleiste und ich zeigte der Brosche an meinem Träger den Mittelfinger.

„Hast du deinen Karten gerade den Mittelfinger gezeigt?", wollte Ingo verdutzt wissen.

Ich nickte. „Sie haben es verdient."

In meinem Ohr lachte Rispo, und genervt stellte ich meinen Ellenbogen auf den Tisch. Leider warf ich mit der Bewegung einen Stapel meiner Chips um und mehrere davon kullerten unter die Platte.

Seufzend bückte ich mich, um sie vom Boden aufzuklauben, und als ich mich wieder unter dem Tisch hervorziehen wollte, fiel mein Blick auf eine Hand. Eine Hand, die auf einem Bein lag. Lohbaums Hand ... auf Franziskas Bein.

Hmh. Interessant.

Ich tauchte wieder auf und betrachtete Felix' Ex, doch sie sah nicht so aus, als hätte sie allzu viel gegen Lohbaums Berührung einzuwenden.

„Felix, nach dieser Runde sollten wir uns wirklich mal zusammensetzen", sagte Bernie in dem Moment und studierte eingängig seine Spielchips. „Ich fürchte, ich muss dich da unter Druck setzen – es scheint ja nichts anderes zu funktionieren."

„Ich reagiere nicht gut auf ein Ultimatum, Bernie", bemerkte Felix abwesend, bevor er seine Karten wegwarf. „Ich würde es also nicht probieren."

Sein Agent gab einen frustrierten Laut von sich und stand auf. „Ich bin auch raus und hole mir was zu trinken."

„Oh, das hört sich gut an", beeilte ich mich zu sagen. „Ich komme mit."

Ich wollte alleine mit ihm reden. An einem großen Tisch war es fast unmöglich, persönliche Infos zu erfragen.

Ich schlängelte mich hinter ihm her, zwischen den anderen Gästen hindurch, die alle schon mehr oder minder alkoholisiert waren. In der Eingangshalle war eine Bar aufgebaut worden, an der man sich selbst bedienen konnte, und Bernie war sich nicht zu schade dafür, das auszunutzen.

Er schüttete sich gerade ein großzügiges Glas Whiskey ein, als ich mich zu ihm gesellte. Ich nahm eine Colaflasche hinter der Theke hervor, befüllte mir ein Glas und fügte dann zwei Eiswürfel hinzu. Zeit für ein bisschen Dramatik.

„Ich kann das Eis kaum ansehen", sagte ich mit schwerer Stimme und atmete seufzend aus. „Es erinnert mich immer an das ausdruckslose Gesicht des Maskottchens."

„Bitte, was?", fragte Bernie verwirrt. Er hatte offensichtlich nicht einmal meine Anwesenheit wahrgenommen.

„Das Maskottchen. Der Tod von Sharky. Sie waren doch auch auf dem Eis, oder? Ich meine Sie dort gesehen zu haben."

„Oh, ja. Ja, ja. Furchtbar." Sein Gesicht war wieder dem Whiskey zugewandt und er nahm einen kräftigen Schluck. „Hatte es nicht verdient zu sterben."

„Nein. Aber wer hat das schon, richtig?"

„Mhm."

Er ging nicht auf meine rhetorische Frage ein. Schade. Aber es wäre wohl auch zu viel verlangt gewesen, dass er auf meine Frage hin einfach Felix' Namen nannte.

Schön, ich versuchte es anders.

„Haben Sie Kinder?"

„Was?" Wieder sah er mich verwirrt blinzelnd an. Er war wirklich sehr unaufmerksam.

„Ob Sie Kinder haben. Die Flecken auf ihrer Krawatte sehen aus, als habe ein Säugling mit Ketchupfingern danach gegriffen."

Bernie sah an sich herunter und kratzte mit seinem Fingernagel an einem der Flecke. „Jaja. Hab ich. Frau. Kinder. Alles, was das Herz begehrt, plus eine Menge an Rechnungen. Sie entschuldigen mich." Er hob sein Glas, prostete mir zu und schritt in Richtung der Toilette davon, die gegenüber des Partysaals neben der breiten Treppe, die in den zweiten Stock führte, lag.

Das war ja wunderbar gelaufen. Ich musste meinen Charme verloren haben.

Ich nahm mein Colaglas mit und verbrachte die nächsten zwanzig Minuten damit, im Raum die Runde zu machen, mit allen Kerlen zu flirten, die wie Eishockeyspieler aussahen, und jeden einzelnen danach zu fragen, wie sie zu dem Mord und zu Felix standen. Das Ergebnis waren drei Handynummern, eine Hand auf meinem Arsch, ein Puck mit Autogramm und ein fusseliger Mund. Nichts, was bezüglich des Falls weitergeholfen hätte. Frustriert lief ich zum Bad, um mir eine neue Taktik zurechtzulegen.

Herr Lohbaum hatte einen dreigeteilten Waschraum. Im Vorraum befand sich der Waschbeckenbereich, während Dusche und Toilette dahinterlagen, hinter zwei getrennten Türen verborgen. Die Tür zum WC war verschlossen, und so blieb ich davor stehen und sah mich etwas im Raum um. Zwei schmale männliche Nacktskulpturen säumten die Ablagefläche des Waschtisches, in den das Waschbecken eingelassen war, und ich fragte mich, warum immer alle

Statuen nackt sein mussten? War Kleidung zu anspruchsvoll für Bildhauer?

Mein Blick glitt weiter durch den Raum und über einen einzelnen runden Spielchip, der neben dem Mülleimer gelandet war und mir irgendwie merkwürdig vorkam. Er war einfarbig violett, anders als die Pokerchips von gerade, die alle karierte Ränder gehabt hatten. Außerdem hatte jemand mit Edding 4:2 darauf geschrieben. Kein Wunder, dass man ihn hatte wegschmeißen wollen. Den konnte man sicherlich nicht mehr zum Spielen gebrauchen.

Ich hob mein Kinn und besah mein Spiegelbild.

Mein Lidstrich war so gut wie nicht mehr existent und ich holte den Kajal aus meiner Clutch, um mich über das Waschbecken zu beugen und ihn nachzuziehen.

„Wenn du dich noch weiter nach vorne beugst, kann ich bis zu deinem Bauchnabel sehen."

Ich zuckte zusammen und ließ den Kajal fallen.

„Kannst du aufhören, mich so zu erschrecken?", zischte ich.

„Wie kannst du jedes Mal vergessen, dass ich alles, was du tust und sagst, sehen und hören kann? Und ich kann mich nicht daran erinnern, dass es heute Abend deine Aufgabe war, Nummern von Eishockeyspielern zu sammeln."

Ich verengte die Augen und sah stur auf meine Reflexion. „Ich kann mich auch nicht daran erinnern, dass es verboten war."

„Wir wollten Persönliches von Geschäftlichem trennen, du erinnerst dich?"

„Was ja wirklich gut funktioniert, wie wir heute in meiner Wohnung gesehen haben", schnaubte ich.

„Ich dachte, wir wollten den Fast-Kuss ignorieren! Wieso sprichst du ihn jetzt also doch wieder an?"

„Weil du mich immer wieder aufs Neue aufregst und mir auf heuchlerische Weise Vorwürfe machst, die du eigentlich dir selbst machen solltest!"

Daraufhin war es ein paar Momente still, bevor Rispo sagte: *„Lassen wir das. Du solltest Ingo näher befragen ... und aufhören, mir den Mittelfinger zu zeigen."*

„Entschuldige, ist ein Reflex, ich kann nichts ..."

Meine Antwort wurde von einer Klospülung unterbrochen. Ich fluchte leise und machte automatisch einige Schritte vom Spiegel weg. Ich hatte komplett vergessen, dass ich nicht alleine war. Aber vielleicht hatte man mich durch die Tür ja nicht gehört.

„Was für ein krankes Selbstgespräch führen Sie da bitte?"

So viel dazu.

Eine junge Frau in einem schwarzen Kleid war aus der Tür getreten, vielleicht ein paar Jahre jünger als ich, groß und dünn, ohne nennenswerte Kurven, aber mit einem netten Gesicht und runden, braunen Augen.

„Ähm, das passiert mir manchmal, wenn ich trinke", sagte ich hastig.

„Sollten Sie vielleicht mal untersuchen lassen", schlug sie vor, bevor sie ans Waschbecken trat und sich die Hände wusch. Ihre glasigen Augen und die Art, wie sie zweimal mit der Hand die Seife verfehlte, ließen mich erahnen, dass *sie* es wohl eher war, die zu tief ins Glas geschaut hatte.

„Ich werde dran denken", versprach ich. „Nette Party sonst, oder?"

Sie hob eine Achsel, öffnete einen der Schränke unter der Anrichte und zog einen Lippenstift daraus hervor. „Ich finde es eher etwas anstrengend. Papa sollte seine Arbeit im Stadion lassen und nicht nach Hause bringen. Gott, ich muss wirklich wieder ausziehen. Ich sollte einfach in den Urlaub fahren! Mir alle meine Sorgen von der Seele trinken. So machen Erwachsene das doch, oder?"

Papa?

Sie packte den Lippenstift wieder zurück und holte einen Wattepad hervor, um sich die verschmierte Mascara unter den Augen wegzuwischen. „Die Spieler sind ja ganz nett, aber alle ein Haufen Diven, die zu viele Hollywood-Filme gesehen haben. Eifersucht, Neid, Drogenprobleme, Doping, Spielsucht ... alles dabei. Sie sollten eine eigene Soap-Opera bekommen."

Sie verdrehte ausdrucksstark die Augen, bevor sie sich mit dem Wattepad in ihrer Hand zum Mülleimer hinunterbeugte, ein letztes Mal ihre Frisur im Spiegel überprüfte und schließlich aus der Tür verschwand.

Verblüfft sah ich ihr nach.

Irrte ich mich oder hatte ich soeben die Person gefunden, die mir alles über den derzeitigen Mannschaftstratsch und -klatsch erzählen konnte? Ich konnte nur hoffen, dass sie sich noch ein bisschen mehr betrank, bevor ich ihr gleich auf den Zahn fühlen würde. Aber zuerst gab es Wichtigeres zu erledigen.

„Jetzt macht alle die Augen und Ohren zu, ich gehe aufs Klo", sagte ich laut.

Ich konnte nicht mit Sicherheit sagen, ob meinem Befehl Folge geleistet wurde, aber das musste ich riskieren. Meine Blase glich der von Tinker Bell.

Als ich wieder am Waschbecken stand, wiederholte ich in meinem Kopf noch einmal die Dinge, die Lohbaums Tochter aufgezählt hatte.

Eifersucht, Neid, Drogenprobleme, Doping, Spielsucht. Theoretisch hatte das alles Potential für ein Mordmotiv. Meine Haut fing an zu kribbeln und ich lächelte. Die Tochter des Trainers wusste etwas, da war ich mir sicher. Jetzt musste ich sie nur noch davon überzeugen, dass ich genau die Person war, der sie all ihr Wissen anvertrauen sollte. Ich wusch hastig meine Hände und nahm mir eines der Papierhandtücher. Als ich es in den Mülleimer warf, bemerkte ich, dass der merkwürdige Spielchip verschwunden war.

Mhm. Hatte Lohbaums Tochter ihn mitgenommen?

Stirnrunzelnd wollte ich die Tür zur Eingangshalle öffnen, doch bevor ich die Klinke herunterdrücken konnte, drangen Stimmen durch das Holz.

„Was soll das, Katja? Wir haben nichts zu bereden."

War das Lohbaum?

„Bernie, wir haben eine Menge zu bereden. Ich habe da was gefunden, was dir gehört. Nimmst du jetzt schon Mülleimer als Übergabeort? Ich verstehe, dass sich eine Menge geändert hat, jetzt, da ihr euer Mädchen für alles verloren habt, dass praktischerweise eine Menge Geheimnisse mit ins Grab genommen hat, aber ... ein Mülleimer? Das ist sehr unvorsichtig von dir."

Ich ließ die Klinke los und machte einen Schritt zurück. Das war Lohbaums Tochter!

„Es hat sich überhaupt nichts geändert", murrte Bernie, aber mit jedem Wort, das aus seinem Mund kam, klang er vorsichtiger. So als sei er sich seiner Worte nicht sicher.

„Wirklich?", hörte ich Katja gespielt interessiert fragen. Sie klang auf einmal weit weniger betrunken, als sie vor wenigen Minuten den Anschein gemacht hatte. „Denkst du etwa, dass Timo nichts hinterlassen hat?" Ich zog die Luft ein und musste mich davon abhalten, laut zu quietschen. „Desaströs, desaströs ... was er alles für Dinge gewusst hat."

Eine kurze Stille entstand, bevor Bernie mit gepresster Stimme fragte: „Was willst du, Katja?"

„Nicht hier", flüsterte sie, und im nächsten Moment vernahm ich dumpfe Schritte auf Holz. Sie liefen die Treppe hoch.

„Hast du das gehört?", fragte ich atemlos in den Raum hinein, öffnete die Tür einen Spalt und linste die Treppe zu meiner Rechten hinauf. Gerade noch rechtzeitig, um Lohbaums Tochter und Bernie auf dem oberen Absatz um eine Ecke verschwinden zu sehen.

Ein paar Momente verstrichen, bevor Rispo bemerkte: *Habe ich.*"

„Ich sollte ihnen folgen, oder?"

Es war eigentlich mehr eine Frage an mich als an ihn. Denn ich kannte Rispos Antwort ber–

„Solltest du nicht."

Ich stieß die Tür auf, ließ sie leise wieder ins Schloss sinken und nahm auf Zehenspitzen die erste Stufe.

"Lou! Dreh um! Wir wissen nicht, ob Bernie gefährlich ist. Wenn du alleine hochgehst, forderst du bei deinem Glück noch ein Horrorfilmszenario heraus."

Ich schnaubte leise, sah mich kurz danach um, ob ich beobachtet wurde, und eilte weiter die Treppen hoch. „Oh bitte. Wir sind in Köln", flüsterte ich. „Köln erinnert nur für Leute mit einer Feinstauballergie an einen Horrorfilm. Katja weiß etwas und wir beide wissen, dass wir wissen müssen, was sie weiß!"

"Herzlichen Glückwunsch, du kannst das Wort wissen *richtig konjugieren, aber ..."*

„Psscht", unterbrach ich ihn leise, als ich den Treppenabsatz beinahe erreicht hatte. „Willst du, dass ich erwischt werde?"

„Lou ..." Doch er verstummte, denn ich war längst in dem dunklen, mit schweren Teppichen ausgelegten Flur verschwunden.

Dankbar dafür, dass meine Schritte gedämpft wurden – denn Schleichen gehörte nicht zu dem bunten Strauß an Fähigkeiten, die ich mein Eigen nennen konnte –, lauschte ich in die Stille hinein und suchte nach Licht, das unter einem der Türspalte hindurchdrang.

Ich wurde nicht enttäuscht. Direkt die zweite Tür links war nur angelehnt. Ich drückte mich mit dem Rücken flach an die Wand und versuchte mit zusammengekniffenen Augen in den Spalt zu linsen.

Sehen konnte ich nichts. Aber hören tat ich eine Menge.

Kapitel 10

„… jeden Namen auf einer Liste, Bernie. Jeden deiner kostbaren Namen und Zahlen."

Katjas Stimme war ruhig und gelassen.

Mein Atem war es nicht.

Ich hatte das Gefühl, dass er so verräterisch laut war, dass Bernie jeden Moment hinter der Tür hervorspringen, mit dem Zeigefinger auf mich deuten und „Ha!" schreien würde.

Doch er tat nichts dergleichen. Stattdessen antwortete er: „Und? Worauf willst du hinaus?"

„Du schuldest mir Geld, Bernie."

Der Agent schnaubte. „Bitte was? Du bist es, die mir–"

„Nein, das sehe ich anders", unterbrach sie ihn. „Denkst du, Timo war dumm? Er hat so viel gewusst. So viele kostbare Informationen gehütet, dass es sehr unvorsichtig von ihm gewesen wäre, sie nicht irgendwo festzuhalten, oder?"

„Was?" Bernie klang verwirrt.

„Na ja … das Maskottchen war nun einmal der Kummerkasten und Helfer der gesamten Mannschaft.

Das weißt du genauso gut wie ich. Was Timo nur alles für schockierende Dinge erfahren hat. Wertvolle Dinge. Er hat die Affären meines Vaters vertuscht – wenn das an die Öffentlichkeit geriete: Felix Ex-Freundin knallt den Trainer! Timo wusste auch eine Menge über dein schönes Geschäft. Und ich hatte ja keine Ahnung, dass so viele Leute Felix hassen. Nicht zu vergessen Ingos kleines Geheimnis, das Timo für sich behalten hat, und das ihm seinen schönen Eishockeykragen kosten könnte. Und das alles befindet sich auf einer einzigen CD."

„Was?"

Bernie wiederholte sich.

„Du wiederholst dich, Bernie", schnaubte Katja genervt.

„Er ... hat meine Daten und Ingos Geheimnis auf einer CD verpackt?" Bernie Stimme war leiser, noch vorsichtiger geworden, und mit klopfendem Herzen schob ich mich näher an die Tür heran.

„Genau das", sagte Katja fröhlich.

„Und du hast diese CD?", fragte Bernie tonlos.

„Nein, keine Ahnung, wo sie ist. Die hat Timo wohl mit ins Grab genommen. Aber es könnte sein, dass ich vielleicht einige Dateien davon kopiert und an einem sicheren Ort hinterlegt habe. Wer weiß das schon genau? Aber es ist auch egal, ob ich irgendetwas habe. Ich bin nicht so dumm, dir dein Geschäft vermasseln zu wollen. Damit würde ich mich ja nur selbst in Schwierigkeiten bringen. Ingos kleines Geheimnis hingegen ..."

Stille breitete sich aus. Eine zähe Stille, die meine Hände zittern und mich meinen Rücken anspannen ließ. Was, wenn Bernie wirklich gefährlich war? Was, wenn er ...

„Was soll das heißen, du liebst mich nicht!?", schrie jemand von unten.

Ich zuckte heftig zusammen und schlug mit meinem Hinterkopf hart gegen die Wand.

Scheiße.

„Was war das?", drang Katjas Stimme durch die Tür.

Okay, Zeit zu verschwinden.

Abrupt stieß ich mich von der Wand ab, ignorierte meinen hohen Puls, der meine Adern platzen zu lassen drohte, und hastete den dunklen Gang entlang in Richtung Treppe.

„Nun sag schon!", keifte die Stimme von unten weiter, die selbst aus dieser Entfernung meine Ohren klingeln ließ. „Was soll das heißen, *du liebst mich nicht!?*"

Oh. Das war kein Satz, mit dem man ein Gespräch eingeleitet haben wollte. Aber besser noch: Ich meinte die Stimme zu kennen. Ich hatte mittlerweile den Treppenabsatz erreicht und schwang mich um die Ecke. Mir egal, ob einer der Gäste sah, dass ich oben gewesen war. Dafür konnte ich mir später noch eine Ausrede überlegen. Hauptsache Bernie und Katja erwischten mich nicht.

Doch ich hätte mir keine Sorgen machen müssen.

Niemand, wirklich niemand, achtete auf eine unscheinbare Blumenladeninhaberin, die gerade aus einem Stockwerk kam, in dem sie nicht hätte sein sollen, wenn er stattdessen eine Furie namens Franziska Körner anstarren konnte.

Eine Menschenmenge hatte sich im Eingangsbereich gesammelt, und die Blicke jedes Einzelnen waren ausnahmslos in den kleinen Kreis gerichtet, der sich um Franzi und Felix gebildet hatte. „Du kannst nicht mit dieser Kripotante zusammen sein! Sie ist hässlich und dämlich!"

Kripotante?

Meinte sie mich!?

Vorsichtig nahm ich die letzte Stufe und drängte nach vorne, um mich unauffällig unter die Leute zu mischen.

Unauffällig funktionierte nicht.

„Du!" Ein vorwurfsvoller Zeigefinger deutete auf mich. „Du bist schuld! Du vernebelst sein Gehirn!"

Die Menschen um mich herum traten freundlicherweise einen Schritt zurück, damit Franziskas glühender Blick auch ja den meinen fand.

„Ich ... tue was?", fragte ich dümmlich.

„Du willst ihn für dich und tust so, als würdest du für die Polizei arbeiten, nur um ihn zu beeindrucken. Nur deswegen liebt er mich nicht mehr."

„Aber ... ich kenne ihn erst seit drei Tagen", versuchte ich mich zu verteidigen.

„Du Flittchen!", rief sie und überging meinen Einwand. „Du treibst es mit dem Kommissar, aber das reicht dir nicht, was? Musst du mir auch noch meinen Mann stehlen?"

Irgendwie fühlte ich mich geschmeichelt, dass eine so modebewusste Frau mich für Flittchenmaterial hielt. Dennoch, die Situation war mehr als unangenehm, und jetzt waren alle Augen auf mich gerichtet und das machte mich nervös.

„Franzi, jetzt beruhige dich", sagte Felix und versuchte sie zu zähmen. „Wir sind doch schon lange kein Thema mehr, wir ..."

„Schon *lange?*", fauchte sie. „Du warst Donnerstag noch mit mir im Bett, du Mistkerl!"

„Na ja, ich war einsam."

„Dann sei einsam mit dir selbst!", brüllte sie ihn an.

„Nur fürs Protokoll", flüsterte ich leise in mein Mikrofon hinein. „Es war diesmal absolut nicht meine Schuld, dass die Situation eskaliert ist."

Mir erschien es wichtig, Rispo das klar zu machen.

Ich meinte ein kleines Seufzen zu hören, war mir aber nicht sicher, da Franziska wieder angefangen hatte, zu schreien.

„Du hast alles kaputtgemacht!" Ihr Finger war wieder auf mich gerichtet. „Dabei habe ich dich gewarnt! Ich hab dir doch gesagt, dass du die Finger von ihm lassen sollst!"

„Du ... was?"

Ich verstand kein Wort.

„Ich hab es dir gesagt", wiederholte Franziska bitter. „Ich habe es dir deutlich gemacht."

Ich starrte sie mit offenem Mund an und brauchte eine Weile, bis die Puzzleteile an ihren Platz fielen.

„Oh! Oh, du warst das?" Der Zettel. Ich wurde gar nicht bedroht. Welch nette Abwechslung.

„Natürlich war ich das, ich ..." Sie hielt inne, weil sich plötzlich eine fremde Hand auf ihren Ellenbogen gelegt hatte.

Verwirrt starrte sie nach unten in das Gesicht eines verängstigt wirkenden Kobolds.

„Frau Körner, Sie sollten jetzt ... Sie ... wir sollten gehen?"

Marvins Bitte klang wie eine Frage, aber Franzi war von seinem plötzlichen Erscheinen so überrascht, dass sie vorerst den Mund hielt.

„Kommen Sie."

Er straffte seine Schultern, und ehe die hysterische Frau wusste, wie ihr geschah, hatte er sie vor die Tür geleitet und sie waren verschwunden.

Was zum Teufel war gerade passiert? Wieso hatte ich das merkwürdige Gefühl, dass ich gerade Zeuge von einer exquisiten Showeinlage geworden war?

Felix zog eine Grimasse und kratzte sich unangenehm berührt am Hinterkopf, während der Rest der Menschenmenge immer noch verwirrt mich anblickte.

„Sorry, Louisa", murmelte er und kam auf mich zu. „Ich hätte vielleicht nicht erzählen sollen, dass du meine neue Freundin bist. Ich wollte sie nur einfach vom Hals haben."

Was verständlich war. „Ja, das hättest du besser regeln können", sagte ich und räusperte mich.

Und jetzt?

„Die Party ist vorbei, Lou", beantwortete mir Rispo meine Frage. *„Nimm Loverboy und komm raus."*

Diesen Befehl befolgte ich gerne.

Ich wartete bei Rispos Wagen, während er sich auf die Suche nach Katja machte, die wie vom Erdboden verschluckt zu sein schien, seitdem die Gäste allesamt gleichzeitig das Haus verlassen hatten.

Und ich hatte ja keine Ahnung, dass so viele Leute Felix hassen.

Katjas Worte hallten in meinem Kopf wider, und ich lehnte mich gegen die Fahrertür.

Wer? Wer hasste Felix? Hätte sie das nicht gleich mit preisgeben können? Und wo sie gerade schon dabei war: Was genau führte Bernie eigentlich für ein Neben-Business und was war Ingos kleines Geheimnis?

Ich seufzte und schloss kurz die Augen. Das war ein wirklich ereignisreicher Abend gewesen.

Auf der positiven Seite stand, dass ich wusste, wer die Drohnachricht verfasst hatte. Auf der negativen, dass ich nicht das Gefühl hatte, dem Mörder näher auf die Fersen gerückt zu sein. Keine meiner Fragen war beantwortet worden. Vielmehr waren noch weitere dazugekommen.

Die CD. Wir brauchten die CD und Katja.

Denn ohne die beiden wussten wir was? Überhaupt nichts.

Das Mordmotiv war immer noch so unklar wie meine ungeputzten Fensterscheiben. Wir hatten ein zu nettes und gar nicht geheimnisvolles, sondern sehr lebendiges Mordopfer, einen Tod durch Blausäure und eine Reihe von Verdächtigen, die als Täter alle nicht wirklich zu passen schienen. Eine Ex-Freundin, die einen an der Klatsche hatte, einen Agenten mit scheinbaren Geldproblemen, der möglicherweise nebenberuflich einen Wettkader führte, wenn ich das richtig verstanden hatte, einen besten Freund, der sich aufrichtig um Felix zu sorgen schien, und einen Trainer, der womöglich was mit der besagten durchgeknallten Ex hatte.

Und Felix selbst? Er hatte Schulden durch einen Hauskauf und sich Geld von Ingo geliehen. Aber wenn Ingo ihn umbrachte, dann würde er sein Geld überhaupt nicht wiedersehen. Bernie war nicht gut auf Felix zu sprechen, aber das war kein Mordmotiv. Niemand hatte einen Grund, den Eishockeyspieler umzubringen.

Aber offensichtlich ja doch, wenn man Katjas Aussage Glauben schenken konnte. Gott, ich war so furchtbar neugierig, dass ich das Gefühl hatte, mein Gehirn könne jeden Moment platzen, sollte es nicht sofort neue Informationen bekommen.

„Sie ist weg."

Ich schreckte aus meinen Gedanken hoch und begegnete Rispos griesgrämigen Blick. „Was?"

„Katja Lohbaum ist weg. Ihr Auto steht nicht mehr in der Garage. Sie muss das ganze Durcheinander genutzt haben, um abzuhauen."

„Aber sie hat getrunken. Sie darf gar nicht fahren."

„Das scheint sie nicht interessiert zu haben."

„Oh." Enttäuscht sackten meine Schultern nach unten. „Aber sie kommt doch bestimmt wieder."

„Keine Ahnung. Wir halten nach ihr Ausschau. Die CD werden wir natürlich auch suchen, aber ... für heute Abend können wir nichts mehr tun."

Wir liefen um sein Auto herum, und er hielt mir die Beifahrertür auf. „Ihr könntet Bernie noch einmal befragen", schlug ich vor und ließ mich auf den Sitz sinken.

Rispo schüttelte den Kopf. „Nein. Ich will ihn ungerne wissen lassen, dass wir ebenfalls Wind von der CD bekommen haben. Wenn er es weiß, weiß es sicherlich bald auch der ganze Rest der Eishockeymannschaft, und sie könnten alle anfangen, vorsichtig zu werden. Das ist das Letzte, was wir wollen. Wir werden Katja finden, und sie kann uns dann erzählen, was los ist."

„Wir warten also?"

„Jap."

Josh schloss die Tür, lief ums Auto herum und setzte sich hinters Steuer. Ich ließ mich tiefer in den Sitz sinken. Warten. Das war so passiv. Das gefiel mir nicht. „Das heißt, heute Abend haben wir nur erfahren, wen wir als nächstes befragen müssen?", stellte ich fest, während Rispo den Motor anließ. „Das würde ich nicht sagen. Es ist zum Beispiel sehr beruhigend zu wissen, dass du nicht wieder auf der Todesliste eines Mörders stehst."

„Also meinst du nicht, dass Franziska die Mörderin ist?"

Er schüttelte den Kopf und ließ den Wagen an. „Ich glaube auch keine Sekunde daran, dass der Auftritt da gerade echt war. Sie steht gerne im Mittelpunkt und fabriziert absichtlich Drama. Sie bändelt mit Lohbaum an, weil es aufregend für sie ist. Der Vater ihrer Freundin! Wenn das nicht mal Schlagzeilen-Potential hat. Ich bezweifle sogar, dass sie überhaupt noch an Felix interessiert ist."

„Na ja, zumindest waren sie Donnerstag wohl noch miteinander im Bett."

„Was nichts darüber aussagt, ob sie sich noch etwas bedeuten."

Wow. Der Romantiker in Rispo brachte mich jedes Mal dazu, vor Rührung fast zu weinen.

„Jetzt guck nicht so", sagte Josh grimmig. „Menschen benutzen einander für Sex. Das ist eine Tatsache. Und Felix und Franziska sind genau der Typ dafür."

„So wie du der Typ dafür bist?", wollte ich interessiert wissen.

„Das musst du gerade sagen", schnaubte er laut. „Du hast gerade quasi jedem zweiten Mann bei Lohbaum suggeriert, dass du gerne und jetzt sofort mit ihm schlafen würdest."

Ich pulte an meinen Fingernägeln herum und zuckte die Achseln. „Ich sollte Informationen bekommen. Männer geben mehr Infos, wenn sie denken, dass man mit ihnen schlafen will. Hat bei dir doch auch immer geklappt."

Rispo warf mir einen warnenden Blick zu, doch weil ich nicht wusste, *wovor* er mich eigentlich warnte, imponierte er mir nicht wirklich.

„Wen findest du am verdächtigsten?", fragte ich und wechselte das Thema. Ich musste es ja nicht herausfordern.

„Schwer zu sagen. Wir werden auf jeden Fall Lohbaum, Bernhardt Hartmann und Ingo Weidemann nochmal näher überprüfen. Finanzen und so weiter. Mal sehen, was dabei herauskommt."

„Bernhardt Hartmann?", fragte ich verwirrt.

„Bernie."

„Oh, ach so. Und was ist sonst deine Einstellung zum Fall?"

Rispo seufzte. „Ich habe keine Ahnung. Es scheint nichts so recht zu passen. Bis auf die Tatsache, dass Felix unsympathisch ist, hat er sich anscheinend nichts zuschulden kommen lassen."

Ich verdrehte die Augen. „Felix ist nicht unsympathisch."

„Er ist unsympathisch, hat ein schmieriges Lächeln und ist höchstwahrscheinlich spielsüchtig", sagte Rispo und sein Kiefer knackte. „Wie ungefähr jeder andere Mann hier heute Abend. Es wäre wahrscheinlich das Beste, wenn du mir die Telefonnummern, die sie dir aufgezwungen haben, gibst. Dann kann ich sie für dich wegschmeißen."

Ich starrte ihn von der Seite her an, blinzelte und fing an zu lachen. „Oh mein Gott, du bist echt komplett schizo oder?"

Wir waren mittlerweile vor meiner Wohnung angelangt, und Rispo sah mich verwirrt an. „Was?"

„Du bist eifersüchtig!", unterrichtete ich ihn. „Du sagst mir, dass du auf keinen Fall mit mir zusammen sein willst, aber bist sowas von eifersüchtig. Das ist lächerlich."

Ich hatte ihn anscheinend sprachlos gemacht, denn kein Mucks kam über seine Lippen. Vielleicht, weil ihn noch nie jemand als lächerlich bezeichnet hatte.

„Josh, was willst du eigentlich?", fragte ich ihn interessiert. „Weißt du das? Denn es scheint mir, als tätest du es nicht. Du wolltest nicht mit mir zusammen sein. Du hattest deine Chance. Du hast nicht das Recht, auf eifersüchtigen Lover zu machen. Ich könnte mit dem ganzen Hockeyteam schlafen und du müsstest lächeln und mir wünschen, dass ich mir keine Geschlechtskrankheit hole. Und jetzt entschuldige mich", sagte ich und schnallte mich ab. „Ich habe einige Nummern in mein Handy einzuspeichern. Das wird mich wahrscheinlich Stunden kosten, aber weißt du was: Menschen benutzen einander für Sex. Das ist eine Tatsache. Hat mir ein weiser Mann gesagt. Wer sagt mir, dass das nicht das Richtige für mich ist? Ich bin schließlich auch ein Mensch. Gute Nacht, Josh. Wir sehen uns dann morgen. Ich will wissen, was bei den Backgroundchecks rausgekommen ist, und ruf mich an, sobald ihr Katja oder die CD gefunden habt."

Und dann drückte ich die Tür auf und ging. Denn heute war Rispo es, der *mir* zu viel war.

Kapitel 11

Finn war am nächsten Morgen überpünktlich und bedankte sich mehr als einmal bei mir dafür, ihm eine Chance zu geben. Mir war das Ganze unangenehm, weswegen ich ihn einfach schleunigst damit beauftragte, die Blumen einzuladen und loszufahren.

Es war ein kundenarmer Dienstagmorgen, und so verbrachte ich meine Zeit damit, Emily ihre verdammte Kamera aus der Hand zu ringen und ihr und Trudi zu erzählen, dass ich gestern auf einer Sportlerparty gewesen war.

Trudi wollte wissen, ob die Hintern sich genauso straff anfühlten, wie sie aussahen, während Emily den Kopf nach links neigte und mich abschätzig ansah.

„Trudi, ich habe keine Hintern angefasst", unterrichtete ich meine Angestellte.

„Aber was hast du denn dann den ganzen Abend gemacht?"

„Leute zu dem Mord befragt."

„Aber man kann doch Hintern anfassen *und* Leute befragen. Das schließt sich doch nicht aus", argumentierte Trudi, während sie mit zwei magischen Ringen herumnestelte, die sie zusammengeschoben hatte und jetzt nicht mehr auseinander bekam. „Man könnte vermuten, dass Männern mit so einem gezielten Griff an den Hintern die Zunge gelöst wird."

„Nun, das stimmt schon", bemerkte ich dümmlich. „Aber es wäre doch äußerst unprofessionell ... meine Güte, Emily! Warum guckst du mich so komisch an?"

Emmis Gesicht schien immer näher gekommen zu sein, ihre Augen waren riesig.

Sie zuckte zusammen und zog ihre Ellenbogen vom Tisch. „Nichts. Ich habe nur gerade gedacht, dass du wirklich ein interessantes Leben führst."

Misstrauisch verschränkte ich die Arme vor der Brust. „Wirklich?"

Das hatte ich nämlich noch nie so empfunden. Ich fand mich und mein Leben mehr als langweilig.

„Ja. Und aufregend auch. Viel aufregender als mein eigenes Leben."

Es war eine verwunderte Feststellung und kein Kompliment.

„So aufregend nun auch wieder nicht."

„Doch, doch", stimmte nun Trudi ein. „Ich kriege jedes Mal Herzflattern, wenn du eine deiner Geschichten erzählst."

Na, das konnte auch gut daran liegen, dass sie sehr inkonsequent darin war, ihre Herzmedikamente zu nehmen.

„Aber Emily ist es, die dauernd Partys feiert und Nächte durchmacht", erinnerte ich sie.

Trudi machte eine wegwerfende Handbewegung. „Ja, aber sie ist ja auch noch jung. Bei dir ist alles beeindruckender, weil die Dinge einer Frau mittleren Alters passieren."

Mittleren Alters!? „Ich bin keine dreißig, Trudi!"

Meine Angestellte runzelte die Stirn. „Bist du dir da sicher?"

„Ja!"

„Hör auf, dich an Kleinigkeiten aufzuhalten", ermahnte Emmi mich. „Sei doch einfach froh, dass wir dich für interessant halten. Ja, doch. Sehr cool sogar."

Meine Schwester fing breit an zu lächeln. Dieses Lächeln schien mir doch sehr zusammenhangslos, was mich gleich etwas nervöser machte.

„Was ist sehr cool?" Hörte sich meine Stimme panisch an?

„Dich als Schwester zu haben, nichts anderes", sagte Emmi unschuldig und klopfte mir auf die Schulter.

Ich glaubte ihr kein Wort und war mir ziemlich sicher, dass innerhalb der nächsten drei Tage etwas Furchtbares geschehen würde.

„Ich will auch, dass mein Leben aufregender wird", sagte Trudi bestimmt, das Kinn zur Decke gereckt. „Ich glaube, ich bin bereit, meinen ersten Feuerzaubertrick zu lernen."

Es sprach nicht unbedingt für sie, dass sie die zwei magischen Ringe immer noch nicht getrennt bekommen hatte.

Ich zog sie ihr aus den Händen, suchte die Lücke im Metall und friemelte sie auseinander, bevor ich sie ihr wieder reichte. „Trudi, vielleicht solltest du damit noch warten", schlug ich vor. „Ich zum Beispiel mag Tricks mit Seifenblasen. Oder Schaumstoff."

„Nein, das reicht mir nicht." Ein plötzlicher Ehrgeiz schien sie gepackt zu haben. „Ich brauche etwas Spannenderes. Kann ich deinen Computer benutzen, um Herrn Google um Hilfe zu bitten?"

„Ähm, klar", brachte ich hervor, um Worte verlegen.

„Danke." Im nächsten Augenblick war Trudi in meinem Büro verschwunden.

Emmi sah ihr nach und sprach aus, was ich dachte: „Ich habe Angst. Trudi und Feuer ist keine gute Idee. Du weißt, dass ich verantwortungslos bin, aber ... selbst ich sehe, dass das in einem Desaster enden könnte."

„Sie kriegt wahrscheinlich gar kein Feuerzeug an", versuchte ich sie und vor allem mich zu beruhigen.

Emily nickte langsam, nicht sehr überzeugt. Gott sei Dank ging in diesem Moment die Tür auf und der Mann, der eintrat, lenkte mich davon ab, weiter über die Konsequenzen von Trudi als Feuermagierin nachzudenken. Es war Ingo Weidemann. Der hellblonde Hüne lächelte erst meine Schwester und dann mich an und schien mit seiner riesigen Statur den ganzen Verkaufsraum einzunehmen.

„Hallo die Damen", begrüßte er uns und sah sich scheinbar beeindruckt in meinem mit den verschiedensten Blumen gefüllten Laden um. *„Flower Power*, in der Tat", sagte er und nickte.

„Ich gebe mir Mühe", bestätigte ich. „Was kann ich für dich tun? Möchtest du etwas kaufen?"

„Oh nein, ich ... hatte gehofft, kurz unter vier Augen mit dir sprechen zu können."

Überrascht öffnete ich den Mund. Was könnte er bitte von mir wollen? „Oh. Ja, klar. Kein Problem. Emmi, kümmerst du dich?"

Meine Schwester nickte nur und sah Weidemann mit zusammengekniffenen Augen an, bevor ich ihn aus der Tür geleitete. Sobald die Tür ins Schloss gefallen war und wir auf dem Bürgersteig standen, fragte Ingo: „Ist Felix in Schwierigkeiten?"

Wow, er verschwendete wirklich keine Zeit.

„Äh, wie kommst du denn jetzt darauf?"

„Weil du offensichtlich von der Kripo bist, wenn man Franzi glauben kann, und er mir absolut nicht erzählen will, wo er Samstag den ganzen Abend war."

„Ich bin nicht von der Kripo!", sagte ich hastig, und es war ja auch die Wahrheit. „Ich bin Blumenladeninhaberin." Ich nickte mit dem Kopf zu meinem Laden.

Ingo seufzte schwer. „Hör mal, ich will nicht, dass du Probleme bekommst, aber ich mache mir Sorgen. Er hat sich seltsam benommen in den letzten Tagen. War vergesslich und fahrig. Er ist mein bester Freund, abgesehen von Bernie, und erzählt mir sonst alles, und ..."

„Bernie ist dein bester Freund?", unterbrach ich ihn überrascht.

„Er ist mein Agent. Ich vertraue ihm wie keinem anderen. Natürlich ist er mein bester Freund. Was hat das jetzt mit Felix zu tun?"

„Nichts." Es war nur unerwartet. Felix mochte Bernie offensichtlich nicht besonders, da schien es merkwürdig, dass Ingo ihn so gern hatte. „Ich kann dir, fürchte ich, nicht helfen. Ich kenne Felix kaum."

Er schien mir nicht zu glauben, seine Augen waren nur noch Schlitze. „Hat es mit Timos Tod zu tun?"

Ich schwieg.

„Verdächtigt ihr Felix?"

Ich musste lachen.

„Was ist es dann? Ist er in Gefahr?"

„Tut mir leid, ich kann dir wirklich nichts sagen."

„Franzi meint, die Polizei hängt im Moment bei ihm zu Hause herum."

„Nein, es gibt nur zwei Beamte, die ihn beobachten, es ..." Ich schloss meinen Mund und räusperte mich. „Es ist nett, dass du dir Sorgen machst, er weiß das sicherlich zu schätzen, aber ..."

„Schön", knurrte er missmutig. „Ich renne hier anscheinend gegen eine Wand. Es ist nur, dass er es in den letzten Monaten nicht einfach hatte, wegen der schlechten Presse, und dann schluckt das Haus, das er gekauft hat, mehr Geld als erwartet und ich kann ihm nicht ewig aushelfen ..." Er verstummte.

„Mit wie viel hilfst du ihm denn aus?", rutschte es mir heraus.

Ingo hob eine Augenbraue und ignorierte meine Frage mit den Worten: „Passt einfach nur auf, was ihr tut."

„Ihr?"

„Du und der *heiße* Kommissar", murmelte er, bevor er sich umdrehte und die Straße hinunter verschwand.

Ich sah ihm eine Weile verwirrt nach und ging dann zurück in den Laden, wo ich Emily mit dem Gesicht an der Fensterscheibe wiederfand.

„Es ist tragisch", seufzte sie. „So ein schöner Mann – und dann nicht an Frauen interessiert."

„Was?"

„Na, der Schönling gerade."

„Er ist schwul?", fragte ich verdutzt. Nicht in hundert Jahren wäre ich darauf gekommen.

„Stockschwul", bestätigte Emmi. „Glaub mir, ich sehe das."

Ich zweifelte nicht eine Sekunde daran. Emily mochte dämlich darin sein, die richtigen Lebensentscheidungen zu treffen, aber sie hatte ein paar nützliche andere Talente.

Jetzt presste auch ich meine Nase an die Fensterscheibe. „Aber ... gestern hat er mit ganz schön vielen Frauen geflirtet."

„Er ist Eishockeyspieler. Wir mögen zwar im einundzwanzigsten Jahrhundert und in Köln leben, aber ich glaube, in der Sportler-Branche sind Männer vom anderen Ufer immer noch nicht so gerne gesehen. Wenn das rauskäme ..."

Ingos kleines Geheimnis, hallte es in meinem Kopf wider.

Die Tochter von Lohbaum hatte gemeint, dass Timo Ingos kleines Geheimnis bewahrt hatte. Meine Güte. Ganz schön mächtiges Wissen, das einem Maskottchen da anvertraut worden war. Es sah so aus, als wäre Timos Job über die normalen Aufgaben eines Maskottchens hinausgegangen.

Ich fragte mich, ob Felix von Ingos sexueller Orientierung wusste. Aber im Grunde war es auch egal. Warum sollte ihm das wichtig sein?

Ich wandte mich ab und lief hinter den Verkaufstresen, wo ich einen Lappen hervorzog und ihn Emily in die Hand drückte. „Hier, du kannst das Fenster putzen. Dein Sabber hängt überall dran."

„Deiner auch!", beschwerte sie sich.

Ich grinste. „Ich weiß, aber ich bin der Boss. Und der Boss macht keinen Sabber weg."

„Den Spruch solltest du dir einrahmen", murrte Emmi und zog den Fetzen Stoff aus meinen Fingern.

Das war gar keine schlechte Idee.

Um fünf Uhr hatte Rispo sich immer noch nicht wegen der Backroundchecks, der CD oder der verschwundenen Katja Lohbaum gemeldet. Ich rief ihn an, doch wieder einmal ging nur die Mailbox dran.

„Josh, ich will wissen, was los ist. Hat irgendwer Dreck am Stecken? Ich bin gleich bei einem Selbstverteidigungskurs bei euch im Präsidium, und wenn du dich danach nicht gemeldet hast, werde ich gleich anwenden, was ich gelernt habe ..."

Ich legte auf und eine Dreiviertelstunde später stand ich mit einem Kaffee in der Hand vorm Präsidium und wartete auf Ariane. Meine beste Freundin kam zwei Minuten später, bereits in Leggins, weitem, weißen T-Shirt und Turnschuhen gekleidet. Sie sah süß aus in dem Outfit, mit ihren langen Beinen und schmalen Hüften. Wenn ich das Ensemble getragen hätte, hätte ich wie ein Marshmallow mit zwei Lakritzstümpfen als Beine ausgesehen. Ich trug eine Jogginghose und ein Top, das meiner Taille schmeichelte.

„Wir haben uns viel zu lange nicht mehr gesehen", seufzte Ariane und zog mich eng an sich. „Was habe ich verpasst?"

Mir fiel auf, dass ich Ariane weder von dem Mord, noch von der Zusammenarbeit mit Rispo erzählt hatte, und das holte ich jetzt in der Viertelstunde nach, die wir auf den Kursbeginn warteten.

Als wir schließlich in einer großen Turnhalle standen, die sich direkt hinter dem Präsidium befand, und wir uns in eine Teilnehmerliste eingetragen hatten, sah Ariane mich kopfschüttelnd an.

„Das kann nicht dein Ernst sein!", zischte sie und klang zugegebenermaßen sehr autoritär.

Wir stellten uns vor zwei der vorderen Judomatten, die ausgeteilt worden waren, während sich weitere Frauen neben uns aufreihten.

„Was denn? Ich dachte, du hast nichts dagegen, dass ich ab und an in Mordfälle schnuppere."

„Das meine ich nicht und das weißt du ganz genau!"

Ja, okay, ich konnte ahnen, was–

„Schon wieder Rispo?! Lou. Erinnerst du dich an den einen Tag, wo du weinend bei mir in der Küche saßt und ..."

„Es ist anders! Wir haben nichts miteinander. Wir haben uns nicht einmal geküsst. Wir sind ... sehr professionell." Den Moment in meiner Küche mal außen vorgelassen. Aber das konnte man nicht als Kuss bezeichnen. Es war eher ... anfängliche Mund-zu-Mund-Beatmung gewesen?

„Du kannst keine professionelle Beziehung mit einem Mann haben, in den du verliebt bist", stellte Ariane trocken fest.

Ich schnappte nach Luft. „Ich bin nicht mehr in ihn ..."

„Oh bitte, Lou! Deine Gefühle haben sich nicht im Geringsten verändert. Warum sonst gibst du keinem Mann eine richtige Chance? Du wartest darauf, dass er zur Vernunft kommt. Josh ist dein Traummann. Düster, gutaussehend – und ein Haufen persönlicher Probleme! Bei denen du ihm natürlich selbstlos hilfst, denn nur du kannst dafür sorgen, dass er vor sich selbst gerettet wird und seinen Emotionen endlich eine Chance gibt." Sie seufzte schwer. „Lou. Ich liebe dich über alles, aber manchmal wirkt es so, als wolltest du dich selbst unglücklich machen, und das kann ich wirklich nicht mit ansehen. Du musst damit aufhören, dir Hoffnungen bei ihm zu machen."

Ich atmete tief ein und aus und gab mir Mühe, das Gefühl von Steinen, die meine Aorta versuchte, ins Herz zu pumpen, zu ignorieren. Ari kannte mich besser als jeder andere und sie hatte nicht einmal fünfzehn Minuten gebraucht, um zu erkennen, warum keiner der Männer, mit denen ich ausgegangen war, dazu gekommen war, mich zu küssen. Es war beeindruckend ... und so unglaublich entwaffnend, dass ich gegen Tränen angekämpft hätte, wenn meine Mutter mir nicht beigebracht hätte, nicht in der Öffentlichkeit zu weinen.

„Ich kann nicht", flüsterte ich und lächelte gezwungen. „Ich versuche es ja, aber er ... er geht einfach nicht aus meinem Kopf und ... ich kann nicht. Noch nicht."

„Wann denn?"

„Nach dem Fall ... und diesem Kurs, in dem ich gelernt habe, wie ich ihn niederstrecken kann."

Ari lächelte und drückte mich kurz von der Seite an sich. „Tut mir leid, ich war vielleicht etwas hart."

„Ja, warst du. Aber irgendwer muss mir ja sagen, was ich längst schon weiß, aber nicht wahrhaben will", meinte ich und zog eine Grimasse. „Dafür sind beste Freundinnen doch da, oder?"

„Dafür und zum Lästern", bestätigte Ari. „Und meine Güte, zum gemeinsamen Hinterherhecheln von Männern auch! Warum versuchst du nicht einfach mit ihm hier über Rispo hinwegzukommen? Meinen Segen hättest du."

Mein Blick flog nach oben und traf auf einen Mann, der im Lexikon hinter dem Wort *schön* stehen musste. Er hatte dunkelbraune, kurzgeschorene Haare und tiefgraue Augen und trug eine tiefsitzende Jogginghose und ein enganliegendes schwarzes T-Shirt, das keinen guten Job darin machte, seine Muskeln zu verbergen. Was war denn heute nur los? Erst Ingo und dann er hier. Mir war nicht bewusst gewesen, dass Köln so viele gutaussehende Männer besaß. Wo waren die alle die letzten Jahre über nur geblieben? Waren sie alle auf einer Versammlung gewesen und erst vor einem halben Jahr zurückgekehrt?

Wenn ja, wo genau fand diese Versammlung statt und wie kam ich auf die Gästeliste!?

„Hallo, alle miteinander", grüßte er und hob das Klemmbrett an, das er in der Hand hielt. „Ich bin Thilo Stetter und heute euer Lehrer. Schön, dass so viele gekommen sind. Bevor wir anfangen, wäre es schön, wenn jeder sich ein Namensschild basteln und ankleben könnte." Er hob Kreppband und Edding-Marker hoch, die er in der anderen Hand hielt. „Das macht das Ganze einfacher für mich."

Zustimmendes Gemurmel erklang und die Frauen eilten nach vorne, um von dem Kreppband Gebrauch zu machen.

Thilo überflog währenddessen kurz die Liste, fragte jede Frau noch einmal einzeln und aufmerksam nach ihrem Namen, und als ich an der Reihe war, sah er mich überrascht und neugierig an.

„Louisa Manu?", wollte er wissen. „*Die* Louisa Manu?"

„Ich ... weiß nicht", sagte ich unsicher und fasste meine Haare in einem Zopf zusammen. „Kommt drauf an, auf was sich das *die* bezieht."

Er lächelte breit – und ziemlich charmant, wenn ich das bemerken durfte –, während sein Blick einmal an mir hinunterglitt. „Die wunderschöne Louisa Manu, die Josh das Leben schwermacht?"

Ich lachte und meine Wangen wurden heiß. „Ja, die bin ich. Du kennst Josh?"

Er hob eine Schulter. „Ein wenig. Sehr nett, dich mal kennenzulernen. Wirklich. *Sehr* nett."

„Ganz meinerseits", erwiderte ich.

Flirtete er mit mir? Ich konnte es nicht genau sagen. Ich war sehr schlecht darin, die Zeichen zu deuten. Mir war erst in der dreizehnten Klasse klar geworden, dass Nils Meißner fünf Jahre lang in mich verliebt gewesen war. Ich hatte die Briefe in Herzchenform, die er mir jedes Jahr zum Valentinstag geschenkt hatte, immer nur für eine freundliche Geste gehalten. Woher hätte ich wissen sollen, dass nicht jedes Mädchen so einen bekam und er auch nicht allen aus der

Stufe Rosen schenkte? Und ich hätte doch wirklich nicht ahnen können, dass er nur so tat, als würde er sich für Pflanzen interessieren, um mit mir reden zu können. Pflanzen waren wunderbar, und natürlich war ich davon ausgegangen, dass seine Liebe zu den Photosynthetikern echt und nicht geheuchelt war.

Zusammen mit Ariane kehrte ich zu meiner Matte zurück und wartete aufmerksam darauf, was als nächstes passierte.

Thilo wartete, bis jede Frau zurück auf ihrer Matte stand, bevor er fragte: „Wer von euch hier hat sich auf dem Weg nach Hause schon einmal unsicher gefühlt?"

Ausnahmslos alle hoben die Hand.

„Wer hat sich schon einmal machtlos in Gegenwart eines Mannes gefühlt?"

Die Hände blieben oben.

„Wer von euch ist sich nicht sicher, ob er überhaupt etwas gegen einen Angreifer ausrichten könnte?"

Einige Hände gingen nach unten und Ariane und ich blickten uns an. Unsere Arme schwankten unsicher.

„Ich weiß nicht, ich habe lange Fingernägel", flüsterte sie. „Und Ale meint, ich könne sehr fest zuschlagen, wenn jemand meint, meine Pralinen würden scheiße schmecken."

Ich nickte zustimmend. „Ich kann mich gut auf den Boden schmeißen", führte ich an. „Und ich glaube, mein Karma ist ganz gut, sodass es mich schützen würde ..."

„Nun, Ladies", fuhr Thilo fort. „Nach dem heutigen Abend werdet ihr alle hoffentlich anders denken. Es erfordert Mut, richtig zuzuschlagen und sich zur Wehr zu setzen, und viele Frauen haben Skrupel davor, kräftig hinzulangen – diese Skrupel müssen abgelegt werden. Wenn euch wirklich jemand angreift, müsst ihr alles geben, was ihr habt, ohne Rücksicht auf Verluste. Ihr selbst seid für eure Sicherheit zuständig und ihr selbst seid dazu in der Lage, euch aus einer verfänglichen Situation zu befreien!"

Er klang sehr viel zuversichtlicher, als die meisten der umherstehenden Frauen aussahen.

„Natürlich gibt es einige Tipps und Tricks, wie ihr euch besser zur Wehr setzen könnt, aber vorweg sollte gesagt werden: Um Hilfe schreien, anfangen, laut zu singen, oder irgendwie versuchen, die Aufmerksamkeit von anderen auf sich zu ziehen oder den Angreifer zu irritieren, sodass er Fehler macht und ihr Zeit gewinnt, ist ein guter Anfang."

Er fuhr mit ein paar weiteren leichten Taktiken fort, sich zur Wehr zu setzen und Aufmerksamkeit zu erregen – und die Frauen hingen ihm an den Lippen.

Er hätte auch auf die ekligste Art und Weise erklären können, wie er in seiner Freizeit eine Kuh schlachtete und ausweidete – ich glaube, es hätte keinen Unterschied gemacht. Wahrscheinlich wären einige Vegetarierinnen auch noch von ihrem Glauben abgefallen, nur um eine Essenseinladung bei ihm zu ergattern.

„Also gut, da wir das jetzt geklärt hätten", fuhr er fort, als meiner Nebenfrau der erste Sabberfaden aus dem Mund hing, „fangen wir mit einer ersten Übung an. Louisa, warum kommst du nicht nach vorne und hilfst mir bei meiner Demonstration?"

Köpfe wurden gedreht, und jeder wollte wissen, wer diese Louisa war, die so unfairerweise an ihrer Stelle für diese dankenswerte Aufgabe ausgewählt worden war.

Unsicher und mit Arianes Kichern in meinem Ohr überwand ich die paar Meter zu unserem Lehrer.

„Alles klar", sagte er und lächelte mich aufmunternd an. „Stell dich mit dem Rücken zu mir."

Ich tat wie geheißen und versuchte krampfhaft, nicht daran zu denken, wie breit mein Po wohl von hinten aussah und wann ich das letzte Mal etwas für meine Fitness getan hatte.

„Was würdest du jetzt tun, wenn ich dich von hinten angreife?", wollte er wissen, und ohne Vorwarnung schlossen sich zwei eiserne Arme um meine Mitte, meine eigenen Arme fest an meinen Körper gepresst.

Ich quietschte auf und versuchte mit meinem Fuß gegen sein Schienenbein zu treten, konnte es jedoch nicht erreichen. Meine Arme waren bewegungslos. Mein Kopfstoß nach hinten traf eine harte Brust. Panik kroch in mir hoch, obwohl ich wusste, dass das hier nur eine Demonstration war, aber ... nichts half.

Thilo ließ mich los und ich stolperte zischend ausatmend ein paar Schritte nach vorne. Das Gefühl, so unglaublich machtlos zu sein, war furchtbar gewesen!

„Louisa hat sich gar nicht dumm angestellt", sagte er und widersprach somit jedem Gedanken, den ich gerade gehabt hatte. „Sie hat beides, Hände und Füße, benutzt und versucht, mich an Kopf und Schienenbeinen zu verletzen. Das sind beides empfindliche Stellen, die ordentlich wehtun, aber nicht immer erreichbar sind. Die meisten Frauen glauben, dass es am effektivsten ist, einem Mann in die Eier zu treten."

Er sagte das so sachlich, dass ich anfing zu grinsen.

„Das mag stimmen", fuhr er fort, „aber die wenigsten treffen beim ersten Versuch, und ein gehobenes Bein kann festgehalten und möglicherweise mit dem Oberschenkel abgewehrt werden. Der Weg ist zu lang."

Ich hoffte inständig, dass er das nicht auch mit mir demonstrieren wollte!

„Sicherer wäre es, immer auf Nase und Augen zu gehen. Wenn der Angreifer von hinten kommt wäre es einfacher, Folgendes zu tun ..."

Die nächste halbe Stunde verbrachte er damit, mich immer wieder neu zu positionieren, meine Arme locker neben meinen Körper zu legen oder mich an der Hüfte in eine andere Richtung zu schieben. Es wurden sehr viele Berührungen ausgetauscht. So viele Berührungen, dass sogar ich zwei Stunden, einige blaue Flecke und ein durchgeschwitztes T-Shirt später recht sicher war, dass er mit mir flirtete.

Meine Vermutung wurde bestätigt, als Ari mir schließlich zuflüsterte: „Alter, der steht ja richtig auf dich. Wie er dich berührt hat, als er dir den Solarplexus-Stoß gezeigt hat – das war nicht professionell!"

Nein, die Berührung war nicht professionell gewesen.

Es war schmeichelhaft, dass Thilo an mir interessiert war, aber gleichzeitig kam es mir merkwürdig vor. In der Turnhalle befanden sich zwanzig Frauen, die enge Shorts und knappe T-Shirts trugen – und da wählte er mich? Das schien mir mehr als unlogisch. Dennoch, ich wollte mich nicht beschweren und meine Laune war eine acht von zehn, als Ari und ich die Turnhalle verließen. Sie hatte ein schlechtes Gewissen, dass sie so in ihrer frischen Beziehung abgetaucht war, und schlug mir vor, Samstag einen Mädelsabend zu veranstalten. Mir war nicht bewusst gewesen, wie sehr ich die Zeit mit Ari vermisst hatte, und ich fühlte mich schlecht, dass ich angefangen hatte, ihr ihre Verliebtheit zum Vorwurf zu machen.

„Es ist alles okay, Ari", versprach ich und drückte sie an mich. „Sei glücklich und verliebt. Du hast jede Sekunde mehr als verdient. Aber Samstag steht. Und du musst Schokolade mitbringen."

Sie lachte. „Wann habe ich schon mal keine Schokolade mitgebracht?"

Das war ein valider Punkt, denn sie schien immer etwas von ihrer Arbeit in den Taschen mit sich herumzutragen. So wie jede beste Freundin es tun sollte, wenn sie etwas auf die Freundschaft hielt.

„In dem Fall mach einfach alles so wie immer", sagte ich lächelnd und wir liefen die Treppen hinunter.

Wir waren fast die Letzten aus der Sporthalle und der Parkplatz des Präsidiums war somit beinahe leer. Nur noch mein Wagen, der von Ari, ein blauer Mercedes und ein schwarzer Audi A5 standen dort.

Um zu wissen, wer da an die Fahrertür gelehnt auf uns wartete, musste ich das Auto nicht erkennen.

Ich hätte nicht so überrascht sein sollen, schließlich hatte ich ihm sehr deutlich gemacht, dass ich bis nach dem Kurs von ihm hören wollte, aber irgendwie hatte ich mit einem Anruf gerechnet. Ari und ich hatten zu viel über meine Gefühle für ihn geredet, und als nun beim bloßen Anblick von Rispo ein Fallgefühl in meinem Magen einsetzte, musste ich meiner besten Freundin in allen Anklagepunkten recht geben. Meine

Gefühle waren innerhalb der letzten Monate in keinster Weise abgeflaut oder gar verschwunden.

Ich seufzte schwer und lief automatisch auf Josh zu. Es war besser, in das Unheil hineinzusteuern, als unwissend von der Seite angegriffen zu werden.

„Du bist ganz schön rot im Gesicht", begrüßte er mich.

Jap, ich war in diesen Mann verliebt. Mein Herz war wirklich zurückgeblieben!

„Danke für diese sensible Beobachtung, Josh. Du hast eindeutig den richtigen Job. Dir entgeht einfach nichts."

„Ist das Rispo?", wollte Ari hinter mir wissen. Oh, richtig, sie hatte ihn noch gar nicht kennengelernt.

„Jap, wie er leibt und lebt."

„Mhm." Ihr Blick glitt über seine langen Beine und die breiten Schultern zu seinem kantigen Gesicht, das immer noch der Dreitagebart zierte. Die Sonne war dabei, unterzugehen, und ließ seine schwarzen Haare rot schimmern. „Ja, ich verstehe, was dein Problem ist", sagte sie verständnisvoll.

Rispo hob eine Augenbraue und sah zwischen uns hin und her. „Ich nehme an, du bist Ariane?", wollte er wissen.

Es überraschte mich, dass er sich noch an ihren Namen erinnern konnte. Ich hatte ihn, glaube ich, nur einmal erwähnt.

Ariane verschränkte die Arme und musterte ihn immer noch abschätzig. „Bin ich."

Josh lächelte und streckte seine Hand aus. „Schön, dich kennenzulernen. Ich bin Joshua Rispo und mich würde brennend interessieren, was genau Lous Problem mit mir ist."

Ari sagte nichts, aber sie verengte die Augen, während sie seine Hand schüttelte. „Kann ich dich mit ihm alleine lassen?", fragte sie dann mit skeptischer Miene an mich gewandt. „Ihr wollt sicher was wegen des Falls besprechen, oder?"

„Du kannst ruhig gehen. Josh ist meistens harmlos. Und ich weiß jetzt ja, wie ich ihm gezielt in die Eier treten kann."

„Das würde ich dich gerne mal versuchen sehen", murmelte er, doch ich ignorierte ihn.

Ariane zog mich in eine Umarmung und flüsterte: „Bleib stark!", in mein Ohr, bevor sie sich zu Rispo wandte und langsam die Hände in die Seiten stemmte.

„Hör mal, Kommissar Grumpig. Lou ist meine beste Freundin und ich würde für sie töten. Ist das klar?"

Ich hielt es nicht für die beste Idee, einem Polizisten zu erzählen, wie bereitwillig man morden würde, aber es war sehr ritterlich von Ari, dass sie mich offenbar beschützen wollte.

„Ist angekommen", sagte Rispo schmunzelnd.

„Gut. Denn wenn du dich als zweiter Chris herausstellst, dann Gnade dir Gott!" Sie zeigte mit dem Finger bedrohlich auf ihn, warf mir einen letzten vielsagenden Blick zu und ging dann zu ihrem Auto.

Rispo sah ihr nach, bevor er fragte: „Wer ist Chris?"

Gott sei Dank war ich schon rot, sodass man die erneute Veränderung meiner Gesichtsfarbe mit Sicherheit nicht erkennen konnte.

Ich räusperte mich. „Niemand."

Ich hatte wirklich wenig Lust, Josh meine Liebeskummerkrise von vor fast fünf Jahren näher zu erläutern.

„Scheint aber ein wichtiger Niemand zu sein", sagte er langsam, und jetzt konnte ich echte Neugierde in seinen Augen erkennen.

Ich schüttelte den Kopf. „Nein, die Geschichte ist eine olle Kamelle. Also, gibt es irgendetwas Neues im Fall? Habt ihr Katja gefunden? Ist die CD aufgetaucht?"

Er schüttelte den Kopf. „Nein. In Timos Wohnung sind wir nicht fündig geworden, seine Freundin weiß von keiner CD oder irgendwelchen Geheimnissen, die er gesammelt hat, und die gute Katja Lohbaum ist auf Mallorca, vermutlich im Saufurlaub."

Meine Mundwinkel zuckten. „Bitte was?"

„Katja war das Ganze hier anscheinend zu stressig. Sie ist noch gestern Nacht nach Malle geflogen. Im Moment versuchen wir sie zu erreichen, damit sie zur Befragung zurückkommt, aber sie hält wohl nicht viel davon, sich ihren Spontanurlaub von der Polizei kaputtmachen zu lassen."

Prima. „Und was ist mit den Backgroundchecks?"

„Da gibt es auch nichts Bahnbrechendes, nur ..." Er hielt inne.

„Josh?"

Er antwortete nicht. Rispos Blick lag über meinem Haarschopf, und ich wandte mich um. Thilo war ebenfalls auf den Parkplatz getreten und steuerte geradewegs auf uns zu.

„Das darf nicht wahr sein", knurrte Rispo. „*Er* hat den Kurs gegeben?"

Ich folgte verwirrt seinem Blick. „Ja. Warum?"
Doch noch immer beachtete er mich nicht. Er presste kurz seine Zähne aufeinander, bevor uns Thilo auch schon erreichte und Rispos Ausdruck äußerst amüsiert betrachtete.
„Na, Josh? Wie geht's dir?"
Die Frage war mehr als unschuldig.
Die Art und Weise, wie Thilo sie gestellt hatte, nicht. Das Lächeln erreichte seine Augen nicht und seine Stimme hatte einen spöttischen Unterton bekommen, den ich absolut nicht mit dem Mann vereinbaren konnte, den ich geglaubt hatte, in den letzten zwei Stunden kennengelernt zu haben.
Rispo lehnte weiterhin am Auto, doch sein Rücken war starr geworden. So als wäre er bereit, sich jeden Moment von der Tür abzustoßen und ... keine netten Dinge zu tun.
Was war denn jetzt los?
„Dass sie dich überhaupt Lehrer für Selbstverteidigung sein lassen", meinte er kopfschüttelnd. „Das letzte Mal, als ich nachgesehen habe, war deine Selbstverteidigung scheiße."
Thilos Gesicht blieb ungerührt. „Du bist vor meiner Tür aufgetaucht und hast mir zur Begrüßung eine reingehauen. Ich würde sagen, ich war unvorbereitet."
Oh mein Gott. War Thilo ...
„Weißt du, die, die es können, machen es. Die, die versagen, unterrichten. Und beim zweiten Schlag hättest du mehr als vorbereitet sein sollen. Es war trotzdem viel zu einfach, dich zu Boden zu strecken."
„Ja, ich bin vielleicht kein Nahkampf-König wie du ... aber trotzdem wollte Inessa *mich*."

Rispo stieß sich vom Wagen ab.

„Josh ...", sagte ich leise und legte meine Hand auf seinen Unterarm.

Rispos Blick hätte Wälder in Brand setzen können, und die Art und Weise, wie sein Körper furchtbar ruhig geworden war, war kein gutes Omen.

Ich blickte Thilo an, der immer noch lächelte, und mein Zwerchfell zog sich schmerzhaft zusammen.

„Ich würde genau aufpassen, was du sagst, Thilo", sagte Rispo leise, und ich konnte spüren, wie er seinen Arm unter meiner Hand anspannte. „Denn glaub mir, es ist mir eine weitere Suspendierung wert, dich wieder im Krankenhaus zu sehen."

„Immer noch sensibel, was das Thema angeht, was?", seufzte Thilo theatralisch. „Und das auch noch vor deiner neuen Freundin ..."

Meine Haut wurde heiß, als er breit lächelte, denn ich erkannte das Lächeln. Es war dasselbe, das er getragen hatte, als er meinen Namen vorgelesen hatte.

Der Knoten in meinem Zwerchfell wurde größer, bis er meine ganze Brust einzunehmen schien. Leise Wut kroch meine Adern hinauf. Er hatte gewusst, dass ich und Rispo miteinander im Bett gewesen waren? Er hatte es gewusst, aber trotzdem ...

Rispo machte einen Schritt nach vorn.

„Josh", sagte ich lauter und schob meine Schulter vor ihn.

„Lou ..."

„Hör auf damit. Du wirst niemandem damit helfen, wenn du ihn schlägst", sagte ich bestimmt, bevor ich Rispos ehemaligen besten Freund fixierte. „Und du ...

habe ich das richtig verstanden? Du bist der ehemalige Partner von Josh? Der seine Verlobte flachgelegt hat?"

„Nun ..."

„Du warst sein bester Freund und hast mit seiner Fast-Ehefrau geschlafen?", wiederholte ich lauter. „Und du weißt, dass Josh und ich nicht unbedingt nur Freunde sind?"

Thilos Lächeln stand ihm immer noch im Gesicht, und jetzt zuckte er die Schultern. „Ich hab vielleicht am Rande etwas mitbekommen. Polizisten reden."

„Und trotzdem hast du dich gerade zwei Stunden lang an mich rangemacht?"

„Er hat was?!"

Ich ignorierte Rispo und schob mich weiter zwischen die beiden.

„Was ist schon dabei, etwas zu flirten?", fragte er unschuldig.

Was für eine Art von Arschloch war er eigentlich?!

Ich biss meine Zähne aufeinander und überhörte Rispos: „Was zum Teufel hat er getan?"

„Trotzdem ... hast du ... mich ... gerade angemacht?", wollte ich mit abgehackten Worten wissen. „Trotzdem hast du mit mir geflirtet, als wolltest du am liebsten gleich mit mir ins Bett springen?"

„WAS!?" Rispos Stimme war unangenehm laut geworden. „Und du bist drauf angesprungen, Lou?"

Thilo grinste noch breiter. „Ich sehe dein Problem nicht. Es ist ein freies Land. Und du hast nicht so gewirkt, als hättest du wirklich was dagegen gehabt, Louisa. Sorry, Josh, aber die Freundinnen, die du dir aussuchst ..."

Ich schlug ihm mit meiner Faust ins Gesicht.

Kapitel 12

„Fuck!", fluchte ich, als ein heißer Schmerz in meinen Knöchel und schließlich meinen Arm hinauffuhr.

„Hast du sie noch alle!?", schrie Thilo, der sich die Nase hielt, die – wie ich zufriedenerweise feststellte – blutete.

„Bester Tag meines Lebens", hörte ich Rispo murmeln, bevor er mich an der schmerzfreien Hand nahm und zum Präsidium zog. „Ich glaube, es ist alles gesagt."

„Du hast einen noch viel stärkeren Schlag verdient!", schrie ich wütend über meine Schulter, bevor ich mit einer Grimasse auf meine Hand sah. „Scheiße nochmal, warum hat mir denn nie einer gesagt, wie sehr es wehtut, jemanden zu schlagen? Dann hätte ich doch meine Handtasche genommen. Oder es doch noch mit den Eiern versucht."

„Es ist schmerzhaft, meine Ehre zu retten", sagte Rispo und hielt mir die Tür auf. „Tut mir leid, ich hätte dich vorwarnen sollen … ich habe nur nicht damit gerechnet, dass du gleich auf ihn losgehst."

„Das hättest du aber tun sollen", fauchte ich und sah, wie er breit lächelte. „Und wohin gehen wir?"

„Uns um deine Hand kümmern."

Er stieß eine weitere Tür auf und steuerte mich sanft an den Schultern in ein Büro und auf ein breites, dunkelblaues Samtsofa zu. Ich sah mich im Raum um, größtenteils, um mich von dem schmerzhaften Pochen in meiner Hand abzulenken, und war nicht beeindruckt. Spartanische Einrichtung, eine Menge Akten, ein Kühlschrank, kein Bild, keine Pflanze.

Es musste Rispos Büro sein.

„Weißt du, es könnte nicht schaden, etwas mehr Liebe in deine Einrichtung zu stecken", murmelte ich düster. „So fühlt sich wirklich niemand willkommen."

„Das ist genau der Effekt, den ich erreichen will", erklärte Josh und hockte sich vor mich hin, sodass wir auf Augenhöhe waren, bevor er sanft meine verletzte Hand nahm und ein Coolpack drumwickelte. „Warum genau bist du sauer auf mich?"

„Ich bin sauer auf dich, weil du so einen schmierigen besten Freund hattest!"

„Mhm."

„Ich bin sauer auf dich, weil du in mir nur die schlechtesten Seiten hervorbringst! Ich habe in meinem Leben noch niemanden geschlagen, der nicht mit mir verwandt war."

Er nickte und seine Hände wanderten meine Unterarme hinauf. Seine Finger Federn gleich. „Mhm."

„Und ich bin sauer auf dich, weil du sofort geglaubt hast, ich wäre ebenfalls gerne mit Thilo ins Bett gestiegen!"

Wieder nickte er abwesend, seine Hände nun an meinen Schultern.

„Weißt du", fuhr ich erhitzt fort, „nicht, dass du das Recht hättest, mir das vorzuwerfen, wenn ich es getan hätte, aber ich bin verdammt nochmal nicht deine bescheuerte Verlobte! Ich mag nicht immer auf das hören, was du sagst – was größtenteils daran liegt, dass du so oft im Unrecht liegst –, aber ich würde nie dein Vertrauen missbrauchen oder dich auf irgendeine Weise ..."

„Lou, manchmal solltest du einfach wissen, wann es besser ist, die Klappe zu halten", unterbrach mich Rispo leise, seine kühlen Hände um mein warmes Gesicht gelegt.

„Und warum ist das so?", wollte ich schnaubend wissen.

„Weil ich dir längst nicht mehr zuhöre", flüsterte er und küsste mich.

Seine Finger fuhren in meine Haare, und vor Überraschung öffnete ich meine Lippen – was Josh sofort ausnutzte, um den Kuss spektakulär zu vertiefen.

„Was ... was tust du?", fragte ich atemlos, als er ein paar Sekunden innehielt, um seinen Kopf auf die andere Seite zu neigen.

„Endlich einmal das, was ich will", murmelte er, während seine Lippen über meinen Hals streiften. „Endlich einmal etwas für mich."

Und für mich.

„Okay", sagte ich hastig und zog sein Gesicht mit der unverletzten Hand wieder zu meinem heran. „Du solltest dir auch mal was gönnen."

Ich konnte ihn leise lachen hören, bevor sein Arm unter meine Kniekehlen fuhr und ich im nächsten Moment rücklings auf der Couch lag, seine Hände unter meinem T-Shirt, eines seiner Beine zwischen meinen und sein Mund hart auf meinem.

Er küsste mich, als würde sein Leben davon abhängen, und im Moment entsprach das vielleicht der Wahrheit – denn wenn er aufhörte, würde ich ihn umbringen.

Er zuckte zusammen, als ich meine eisgekühlte Hand zusammen mit der gesunden unter sein Hemd schob und seinen nackten Rücken hochgleiten ließ. Es war mir egal, dass meine Fingerknöchel knackten und es wehtat. Rispos Unterarme sanken neben meinem Kopf in das Polster und taten wenig dagegen, dass sein Körper meinen ins Sofa presste.

Gott, hatte ich das vermisst.

„Gott, habe ich das vermisst", seufzte Josh und ließ eine seiner Hände weiterwandern, meinen Rippenbogen hinauf, der in Flammen aufging, während er mit seinen Zähnen über meinen Kiefer glitt, bevor er wieder meine Lippen fand und –

sein Handy klingelte.

Nein!

Joshs Hand hielt inne.

„Wage es nicht", warnte ich atemlos. „Ich verkrüppele gerade meine Hand für dich! Zum zweiten Mal heute."

Er verzog das Gesicht. „Und das weiß ich auch wirklich zu schätzen", murmelte er, bevor er mich noch einmal sanft küsste. „Aber das ist mein Arbeitstelefon."

Er richtete sich auf und setzte sich auf das freie Stück Sofa, meine Füße auf seinen Schoß hebend.

„Rispo?", meldete er sich und strich sein Hemd glatt.

Genervt zog ich mein T-Shirt herunter und meine Füße zu mir heran.

„Bitte was?" Rispo hatte sich von seinem Platz erhoben und starrte ungläubig die weiße Wand vor ihm an.

Ich stand ebenfalls auf und sah ihn fragend an.

„Ja, alles klar. Ich bin unterwegs."

„Was ist passiert?"

Er seufzte und ließ das Handy in seine Tasche gleiten. „Bei Brüllig wurde eingebrochen und er wurde mit einem Messer attackiert."

„Was!?"

„Ihm geht es gut, er ist auf dem Weg ins Krankenhaus. Bis auf eine Stichwunde in seinem Bein ist er bei bester Gesundheit."

„Wie konnte denn jemand in sein Haus einbrechen?", fragte ich verwirrt. „Hat ihn die Polizei nicht überwacht?"

„Haben wir. Aber offenbar nicht gründlich genug. Komm, ich erkläre es dir auf dem Weg."

Er hob das Kühlpack vom Boden, wickelte es wieder um meine Hand und schob mich dann aus seinem Büro.

Felix war in seinem Haus angegriffen worden? Während er von der Polizei bewacht wurde? Das war absurd. Heutzutage war ja überhaupt niemand mehr sicher! Und Felix war so ein Riesentyp, wenn selbst er den Angreifer nicht hatte überwältigen können …

meine Güte. Vielleicht hatte er ja versucht, ihm in die Eier zu treten, aber nicht richtig getroffen?

Als wir Rispos Auto erreichten und er mir die Tür aufhielt, blieb ich noch einmal stehen.

„Sag mal ... was muss ich eigentlich tun, um einen Waffenschein zu bekommen?"

Rispos Gesicht wurde so schnell zu Stein, dass ich fast erwartete, die Medusa hinter mir anzutreffen. „Mach darüber nicht einmal Witze."

„Mache ich nicht. Ich dachte nur, es wäre vielleicht besser, wenn ich mich im Notfall effektiv verteidigen könnte. Also: Was müsste ich tun?"

„Sterben und in den Himmel gehen", sagte er gepresst. „Denn niemand bei Verstand würde dir eine Waffe in die Hand drücken – außer an einem Ort, wo ohnehin schon alle tot sind."

„Wer ist Chris?"

Ich seufzte. Wir waren fünf Minuten unterwegs, in denen ich fieberhaft darüber nachgedacht hatte, aus welchen Gründen ein Mörder vom Vergiften direkt zu einer Messerattacke überging – und Rispo hatte an Chris gedacht? Im Moment machte ich seinen Job gründlicher als er.

„Das geht dich nichts an", sagte ich und sah aus dem Fenster.

„Ex-Freund?"

„Lass es gut sein."

„Dein Ehemann?"

„Ja, genau. Mein Ehemann. Ich halte ihn im untersten Fach meines Kühlschranks, weil ich im Bett einfach meinen Platz brauche."

„Nein, das kann nicht stimmen."

Ich musste lachen. „Ach, wirklich nicht?"

Rispo grinste mich von der Seite her an. „Nein, weil ich in deinen Kühlschrank gesehen habe und im untersten Fach nur ein verschimmelter Salatkopf lag."

Der war mittlerweile beseitigt und durch ein offenes Pestoglas ersetzt worden.

„Lass es einfach, okay?", bat ich. „Erklär mir stattdessen lieber, was bei den Backgroundchecks herausgekommen ist."

„Also doch ein Ex-Freund. Und woher kommt eigentlich der Titel Kommissar Grumpig? Den höre ich nicht zum ersten Mal."

„Kein Ex-Freund." Wir waren nie zusammen. „Und ich finde, Kommissar Grumpig ist selbstbeschreibend."

„Aber ich bin nicht grumpig. Ich bin genervt und sarkastisch."

„Ja, aber *Kommissar Genervt-und-Sarkastisch* ist ein viel zu langer Titel – und jetzt hör auf zu nerven und erzähl mir, wer ein Motiv hat, Felix mit einem Messer zu attackieren."

Rispo sah nicht zufrieden aus, aber er tat mir den Gefallen. „Es gibt mehrere Auffälligkeiten auf den Konten der Verdächtigen. Weidemann ist reich. Sechs-Nullen-reich. Hat was von seinem Vater geerbt. Das gleiche bei unserer Miss Drama. Mehr Geld, als sie ausgeben kann. Hartmann ist arm. Hat zwei Kinder und eine Frau, die er kaum unterhalten kann – dabei müsste er nicht schlecht verdienen. Aber das Geld scheint nie auf seinem Konto anzukommen."

„Er hat ein Spielproblem."

„So wie anscheinend die Hälfte der Mannschaft."
„Aber er nimmt Wetten an."
„Ja, er führt anscheinend ein kleines Seitengeschäft – das ihm allerdings eher die Finanzen zerstört, als dass es ihn bereichert. Hat mehrfach von Weidemann Geld geliehen."
„Meine Güte, Ingo ist ja eine richtige kleine Bank."
„Ja, sieht ganz so aus. Lohbaum allerdings braucht keine Hilfe von Weidemann. Er hat in letzter Zeit genug von seinem Konto abgehoben, um sich drei Diamantringe kaufen zu können. Wahrscheinlich um seine Affären zu unterhalten, aber all diese Infos sind kein Motiv, Brüllig umzubringen."
„Du hörst dich frustriert an."
„Der Fall ist eine einzige Sackgasse. Niemand weiß was, und die einzige Person, die uns vielleicht helfen könnte, ist auf Mallorca. Ich *bin* frustriert!"
War ich auch. Wir hätten das, was wir auf der Couch angefangen hatten, beenden sollen.
Andererseits ... nein! Nein, hätten wir nicht. Ich würde nicht mit Rispo schlafen, bevor er mir nicht eindeutig sagte, was er wollte. Ich wollte keine blöde zweite Affäre mit ihm, die mich ja doch nur wieder mit gebrochenem Herzen zurücklassen würde. Ich sollte wirklich erwachsen werden. Und Erwachsene führten eine erwachsene Beziehung mit fester Bindung und Versprechungen und überdimensionalen Erwartungen und allem, was noch so dazu gehörte. Ich konnte das nicht genau spezifizieren, da ich noch nicht in den Genuss einer solchen Beziehung gekommen war.
Zufrieden mit meiner Entscheidung ließ ich mich in den Sitz zurücksinken und verbrachte die letzten

fünfzehn Minuten, die wir bis zu Felix' Haus brauchten, damit, zu schweigen. Rispo empfand das wohl als ziemlich verhaltensauffällig, zumindest sah er alle zwei Sekunden verwirrt zu mir herüber, aber sagen tat er nichts.

Felix wohnte in einer Neubausiedlung, in der Haus an Haus gereiht war. Insgesamt eine ziemlich schicke Gegend, doch das Gebäude, vor dem wir jetzt anhielten, sah aus, als hätten die Bauherren auf halbem Weg keine Lust mehr gehabt. Der Vorgarten war der reinste Acker, der Aufgang zur Tür zwei lose Holzbretter und die Hausnummer mit blauer Kreide an die Wand gekritzelt. Dieses Haus hätte wunderschön sein können, aber dafür musste erst noch eine gute Fee mit hundert freien Wünschen und einem Koffer voll Geld vorbeikommen.

„Brüllig hat es wohl gerne gemütlich", stellte Rispo fest und schaltete den Motor aus.

Ich gab ein unterdrücktes Lachen von mir.

„Was ist?", wollte er irritiert wissen.

„Wer im schlecht möblierten Glashaus sitzt, sollte nicht mit Steinen werfen, Joshi", meinte ich und stieg aus.

„Meine Wohnung ist makellos!"

„Du hast keine Pflanzen!", schnaubte ich. Und damit war alles gesagt.

Die Haustür von Felix' Haus stand offen und einige Nachbarn hatten sich am Rande des Gartens versammelt und tuschelten – sicherlich darüber, warum Felix mit dem Krankenwagen abgeholt worden war. Ein Uniformierter kam uns entgegen, der nervös am

Saum seines Ärmels zupfte, und sein Gesicht war so puterrot, als würde er dieses Jahr auf der Unartig-Liste vom Weihnachtsmann stehen.

„Ich schwöre, wir haben das Haus nur für ein paar Sekunden aus den Augen gelassen. Er muss durch die Hintertür gekommen sein. Brüllig meinte, er hätte sie kurz offen gelassen, um frische Luft reinzulassen, während er geduscht hat, und ... wir haben absolut nichts gesehen." Betreten und fast ängstlich sah der Polizist zu Rispo. „Als wir Brülligs Schrei hörten, bin ich nach hinten und Kellser nach vorne." Er nickte ins Haus, wo sich offenbar sein Kollege befand. „Aber der Angreifer war zu schnell." Er seufzte. „Er hat im Garten ein paar Blumenkübel umgeworfen, aber ihn selbst haben wir nicht gesehen."

„Klasse", sagte Rispo trocken. „Freut mich zu hören, dass wir Brülligs Glauben an unsere Unfähigkeit noch verstärken konnten."

Er wandte sich ab und lief ins Haus. Ich warf dem niedergeschlagenen Polizisten noch einen entschuldigenden Blick zu und folgte Josh. Bevor er mit seiner schlechten Laune noch auf die Idee kam, mich aus dem Haus auszuschließen.

Das Innere des Hauses sah nicht viel besser aus als das Äußere. Die Küche stand schon, aber die gegenüberliegende Wand war noch nicht verputzt und es hingen einfache Glühbirnen von der Decke. Der Inhalt der paar Regale, die neben einem abgewetzten Ledersofa standen, waren von ihren Brettern gerissen worden und Bücher und DVDs lagen auf dem Boden verteilt herum. Rispo wechselte ein paar Worte mit dem zweiten Polizisten, der nickte, nach oben und dann zur Küche gestikulierte und schließlich verschwand.

Ich folgte Rispo in die Küche und blieb abrupt stehen, als ich den großen Blutfleck auf den beigen Fliesen entdeckte, ein blutiges Brotschneidemesser daneben. Die Art von Messer mit langer, stark geriffelter Klinge. Die Art, die man definitiv nicht in seinem Bein stecken haben wollte. Hastig riss ich meinen Kopf nach oben und starrte an die Decke. Blut und ich würden nie die dicksten Freunde werden.

„Wie willst du dich an einem Tatort umsehen, wenn du bei Blut kotzen musst?", fragte Rispo abwesend. Er hockte bereits neben mir und sah sich aus dieser Position die Küche an.

„Du kannst mir ja beschreiben, was du siehst", schlug ich vor.

„Im Moment sehe ich ein feiges Huhn, das Angst vor Blut hat."

„Schön", murrte ich. Widerstrebend senkte ich mein Kinn, den Blick jedoch gezielt erst einmal auf meine Umgebung richtend. Ein Stuhl und der Messerblock, der auf Felix Anrichte gestanden haben musste, waren umgeworfen und Erde von draußen hereingetragen worden. Ich warf einen Blick in den verwilderten Garten, in dem tatsächlich einige umgeworfene Blumenkübel lagen und sah dann wieder zu Josh.

„Warum hockst du da so?", fragte ich verwirrt.

„Weil man Dinge anders sieht, wenn man die Perspektive ändert", sagte er langsam, wandte sich auf seinen Fußballen um und neigte den Kopf zur Seite. „Weil man Dinge entdeckt, die man sonst nicht entdecken würde", fügte er schließlich lächelnd hinzu, zog ein Taschentuch aus seiner Tasche und griff unter den Vorsprung der Spülmaschinenunterkante. Im nächsten Moment hatte er – zusammen mit einer Menge Brotkrümel – einen runden Gegenstand hervorbefördert. Erst dachte ich, es wäre ein Pokerchip, doch beim näheren Hinsehen erkannte ich die Inschrift darauf.

To thine own self be true, stand am Rand der grünen Plastikmünze, und in der Mitte war eine römische Vier eingelassen. Rispo drehte die Münze zwischen seinen Fingern. Auf der Rückseite war ein großes GA eingekerbt worden.

„Ist das eine der 12 Schritte Münzen? Für Alkoholiker?"

Rispo führte die Münze näher an sein Gesicht. „Ich denke schon."

„Was bedeutet denn GA? Ich kenne nur die Anonymen Alkoholiker. Die AA."

„Ja, ich auch ...", sagte er nachdenklich, zog sein Handy aus der Tasche, und wenn ich mich nicht irrte, dann googelte er den Begriff. „Gameaholics Anonymus. Spielsüchtige", stellte er Sekunden später lapidar fest. „So eine Marke habe ich noch nie gesehen."

„Nein, ich auch nicht", bestätigte ich. „Ich ... scheiße, doch!"

„Was, scheiße doch?"

„Ich habe so eine Marke schon einmal gesehen!" Ich war so aufgeregt, dass meine Beine zitterten, weil ich sie angestrengt davon abhalten musste, auf- und abzuhüpfen. „Und wenn du richtig hingeschaut hast, als ich bei Lohbaum im Badezimmer war, und du nicht nur versucht hast, bis zu meinem Bauchnabel zu sehen, dann hast auch du sie gesehen."

Der andere Chip mit dem 4:2 darauf war violett gewesen, aber ich war mir ziemlich sicher, dass das gleiche Dreieck darauf zu sehen gewesen war. Die Inschrift hatte ich nicht lesen können, dafür war er zu weit weg gewesen, und die Zahlen hatten sie überdeckt, aber die Chance, dass die Münzen zur gleichen Sorte gehörten, war relativ hoch. Gehörten nicht zwölf Schritte zum Programm der AA? Dann gab es sicherlich auch zwölf verschiedene Marken für Spielsüchtige.

„Du meinst das Teil neben dem Mülleimer?", folgerte Rispo.

„Ja, das Teil, das zusammen mit Lohbaums Tochter verschwunden ist. Das Teil, das sie vermutlich an Bernie weitergegeben hat und von dem sie meinte, dass es ihm gehöre!"

„Und du bist sicher, dass es dieselbe Art von Marke war?"

„Du hast es doch auch gesehen."

„Ja, aber die verpixelten Aufnahmen der Polizeikamera sind nicht mit einem echten Paar Augen zu vergleichen."

„Ich bin mir sicher", sagte ich mit fester Stimme. „Nur dass sie lila war und zwei Zahlen draufgeschrieben worden waren."

„Toll." Rispo seufzte. „Ein weiterer Grund, warum wir ein Wörtchen mit Lohbaums Tochter wechseln müssen, schätze ich. Mich würde auch interessieren, wofür die Zahlen stehen."

Ja, mich auch.

„Also ... welchem Spielsüchtigen könnte die Marke gehören?"

„Bernie? Sie hat die Münze aus dem Bad Bernie gegeben."

„Aber Bernie ist nicht der einzige Spielsüchtige, und du hast selbst bemerkt, dass die Münze von der Toilette anders war."

„Schön", seufzte ich. „Was ist mit dem Coach?"

„Oder Felix selbst."

„Felix ist nicht spielsüchtig."

„Woher willst du das wissen?"

„Weil er …" Ich stockte. Ich hatte kein Argument.

„Dachte ich mir. Wir werden sie auf Fingerabdrücke untersuchen, aber … sie ist nicht Beweis genug. Sie könnte seit Monaten hier liegen. Wir brauchen mehr. Allem voran ein Motiv."

Es schien nur einfach keins zu geben.

Mein Blick flog erneut im Raum umher. „Meinst du, der Einbrecher hat etwas gesucht? Oder wollte er Felix einfach nur umbringen?"

„Ersteres. Die Regale auseinanderzunehmen wäre sonst reine Zeitverschwendung gewesen. Kellser meint, oben sieht es ähnlich aus. Die Spurensicherung kommt gleich noch und untersucht das Ganze, aber bis jetzt sieht es nicht so aus, als sei etwas gestohlen worden. Brüllig wird uns dazu hoffentlich mehr sagen können." Rispo seufzte. „Es ist ein Wunder, dass Brüllig den Einbrecher, bei dem Chaos, das dieser hier veranstaltet hat, erst so spät gehört hat."

„Hat der Einbrecher versucht, Brüllig unter der Dusche zu attackieren?", fragte ich nachdenklich.

„Nein. Brüllig hat das Wasser ausgemacht, Geräusche gehört, ist runtergekommen, hat den Einbrecher überrascht und wurde dann attackiert."

„Das hört sich nicht an, als wäre er das direkte Ziel des Einbrechers gewesen", stellte ich fest.

„Nein", bestätigte Rispo nachdenklich.

„Was meinst du?", fragte ich leise und wandte dem Blutfleck meinen Rücken zu. „Hat Felix gesehen, wer es war?"

„Genau die Frage werde ich ihm gleich stellen."

„Ich habe keine Ahnung." Felix verzog das Gesicht und sah auf seine Wunde, die gerade von einem Arzt genäht wurde. Rispo hatte nicht eingesehen, draußen zu warten, und die verärgerten Einwände des Arztes ignoriert. „Ich weiß es wirklich nicht. Ich war ... es ... ich verstehe das alles nicht. Es sollte nicht ... ich weiß absolut nicht, was los ist!"

Felix' Wunde war wie ein hässliches Baby. Ich wollte meinen Blick abwenden, konnte aber nicht anders, als hinzugaffen. Es war ein blutiger Stich, die obere Hälfte der Wunde von der geriffelten Seite des Messers halb aufgerissen, die untere glatt. Eklig und faszinierend zugleich. Mein Magen gab merkwürdige Geräusche von sich und ich starrte intensiv auf die anatomisch korrekte Zeichnung eines Menschen, die an der Wand neben mir hing. Wow, so viele Akupunkturpunkte gab es in meinem Körper?

„Ich meine, es war ein Mann. Zu breite Schultern und zu groß für eine Frau. Aber er trug einen schwarzen Kapuzenpullover und nur das Licht von der Dunstabzugshaube war an. Hab ihn kaum gesehen. War vielleicht etwas kleiner als ich." Er seufzte, runzelte die Stirn, schüttelte den Kopf und seufzte gleich nochmal. „Ich weiß, ich bin keine echte Hilfe, aber es ging alles so schnell. Ich war in der Dusche, so wie jeden Abend. Ich hatte das Radio an, habe laut Musik gehört. Ich habe das Wasser abgestellt, merkwürdige Geräusche gehört, bin runter in die Küche, weil ich dachte, vielleicht hätte einer eurer Clowns das Wort Überwachung etwas zu ernst genommen. Aber anstelle eines Polizisten hat ein Irrer in meinen Schränken gewühlt. Als er mich bemerkt hat, hat er sich das Messer geschnappt. Ich wollte mich von ihm wegdrehen …", er fuchtelte mit seinen Händen zum Bein, „… zack, steckt ein Messer in meinem Bein. Ich habe geschrien, und dann hat der Eindringling auch schon die Biege gemacht. Hat plötzlich panisch gewirkt. Es … ach, scheiße, es ist wohl doch jemand hinter mir her." Er zog eine Grimasse.

„Sieht so aus", sagte ich entschuldigend und tätschelte seine Schulter. „Aber den finden wir schon. Oder?"

Ich wandte mich an Josh. Er hatte mehrmals während der Erläuterung genickt und sich zwei Notizen in den mir bereits bekannten Block gemacht. Jetzt starrte er auf meine Hand auf Felix' Schulter, dann in mein Gesicht. Ich ließ meine Hand wo sie war. „Oder?", wiederholte ich nachdrücklich.

Er ignorierte mich. „So wie Sie jeden Abend unter der Dusche stehen?", fragte er, anstatt mir zu antworten.

Felix blinzelte. „Was?"

„Herr Brüllig, gehen Sie jeden Abend zur selben Zeit duschen?"

Verblüfft sah Felix zu ihm hoch. „Ähm, ja, schon. Ich mag die Duschen in der Arena nicht und meistens fahr ich nach dem Training zum Duschen nach Hause.

Ich weiß, das ist blöd von mir, aber ... ich ekel mich schnell."

„Aha."

„Was spielt das für eine Rolle?", fragte er misstrauisch.

„Weil es ein ziemlich großer Zufall ist, dass der Einbrecher genau dann in Ihr Haus eindringt, während Sie unter der Dusche stehen und laut Musik aufgedreht haben."

„Sie glauben also, der Einbrecher wusste das?"

„Das glaube ich", bestätigte Rispo. „Wer weiß von dieser Angewohnheit?"

Felix stieß lang und erschöpft Luft aus. „Keine Ahnung. Mein ganzes Team schätze ich. Alle meine Ex-Freundinnen. Meine Trainer. Meine Freunde ..."

Rispo seufzte schwer und murmelte: „Natürlich", bevor er sein Telefon aus der Tasche zog und es Brüllig hinhielt. Ein Foto von der Münze, die er gefunden hatte, war zu erkennen.

„Haben Sie das schon mal gesehen?"

Felix legte den Kopf schief. „Ist das 'ne Anonyme-Alkoholiker-Münze?"

„Ist das ein Nein?", fragte Rispo schroff.

„Noch nie gesehen", bestätigte er und sackte erleichtert im Stuhl zusammen, als der Arzt den Faden abschnitt und seine Arbeit offenbar erledigt hatte.

Rispos Telefon klingelte und er entschuldigte sich, bevor er mich, Felix und den Arzt zurückließ.

„Sie haben Glück gehabt, Herr Brüllig", berichtete der Arzt. „Es wurde keine Arterie getroffen und die Wunde wird relativ schnell wieder verheilen. Trotzdem sollten Sie es ruhig angehen lassen und die nächsten Wochen auf keinen Fall Eishockey spielen."

„Das wird ja immer besser", knirschte Felix. Er fing eine hitzige Diskussion mit dem Arzt an, doch wenn ich ehrlich war, hörte ich gar nicht zu.

Ich starrte auf die mittlerweile genähte Wunde und konnte nicht umhin zu denken, dass die Sache merkwürdig war.

Ein Messer. Der Einbrecher war mit einem Messer auf Felix losgegangen. Was hatte er in Felix' Wohnung gesucht? Wenn er etwas haben wollte, was Felix besaß, warum sich dann die Mühe machen, ihn umzubringen? Das ging doch sicher auch einfacher.

Es erschien mir fast, als wären zwei verschiedene Täter zugange. Gift war ein feiges aber intelligentes Mittel, um jemanden umzubringen. Bei jemandem einzubrechen und zu versuchen, denjenigen mit einem Messer zu töten – und das, nachdem es gerade erst dunkel geworden war – war eine ganz andere Hausnummer vom Kaliber bescheuert und wahnsinnig. Gänzlich anders als ein mit Gift geplanter Mord. Aber wenn man annahm, dass der Einbrecher jemand anderes als der Maskottchen-Mörder war – warum dann auf Felix losgehen? Warum nicht einfach abhauen? Es war einfach seltsam. Vielleicht wurde der Täter langsam nervös. Geriet unter Zeitdruck. Vielleicht wollte er auch nicht, dass Felix Eishockey spielte? Vielleicht hatte er das Ganze auch nur wie einen Einbruch aussehen lassen wollen, um die Polizei von ihrer Fährte abzubringen? Ich schnaubte. Von welcher Fährte bitte?

Ich konnte es mir nicht erklären – und Felix war wirklich keine echte Hilfe bei der Aufklärung des Falls.

Ich wollte mir Felix' Wunde nicht länger ansehen, deswegen verließ ich den Behandlungsraum, bevor der Arzt sie zu Ende behandelte, und stieß beinahe mit Josh zusammen, der vor dem Raum auf und ab ging.

„Natürlich ... ich verstehe. Natürlich ... ich verstehe ... natürlich ..."

Meine Güte, soviel Einverständnis war man von Josh gar nicht gewöhnt.

Interessiert lehnte ich mich an die Wand und beobachtete ihn. Er nickte mehrmals, fuhr sich mit der Hand durch die Haare und war so offensichtlich genervt, dass seine ruhiggehaltene Stimme noch überraschender wirkte als ohnehin schon. Eindeutig sein Vorgesetzter, mit dem er da sprach. Bei jedem anderen hätte er bereits geschrien. Er war nicht der Typ Mann, der auf empfindliche Trommelfelle Rücksicht nahm.

Als er eine Minute später auflegte, sah er mich so düster an, dass ich den Wunsch hatte, eine Kerze vor sein Gesicht zu halten, um es aufzuhellen.

„Alles in Ordnung?", fragte ich vorsichtig.

„Mein Boss ist der Meinung, dass ich der einzig fähige Mitarbeiter im Präsidium bin."

„Solltest du dich darüber nicht freuen?"

„Nicht, wenn es bedeutet, dass sich statt mir meine Kollegen darum kümmern dürfen, die Nachbarn zu befragen, Lohbaums Tochter endlich aufzutreiben und die Münze ins Labor zu schicken, während ich die Nacht über den Babysitter für Brüllig spielen darf."

„Babysitter?", fragte ich verwirrt.

„Ja. Die Spurensicherung stellt Felix' Haus auf den Kopf, das heißt, er kann heute Nacht nicht dorthin zurück. Und was wäre ein sichererer Ort für ihn als die Wohnung des leitenden Ermittlers?"

„Oh", sagte ich aus Mangel an besseren Ausdrücken. „Na, aber das große Vertrauen, das dein Boss offenbar in dich hat, ist doch eine große Ehre für dich. Und ich bin sicher, dass du auch diese Aufgabe toll meistern wirst." Ich klopfte ihm unbeholfen auf die Schulter, und aus einem unguten Gefühl heraus hatte ich es auf einmal eilig. „Ich muss jetzt auch mal nach Hause. Ich habe morgen früh einen Laden zu eröffnen. Ich werde einfach ein Taxi zum Präsidium nehmen und mein Auto abholen. Man sieht sich." Ich hob die Hand und machte mich hastig auf den Weg zu den Aufzügen.

Ich kam zwei Schritte weit, dann packte mich eine Hand am Kragen meines T-Shirts und zog mich zurück.

„Was glaubst du, was du da tust?"

„Meinen Schönheitsschlaf bekommen?", kiekste ich.

„Ich glaube nicht. Ich mag Brüllig nicht. Er ist ein Schmierlappen. Ich will nicht mit ihm reden, ich will mir nicht seine heroischen Eishockeyanekdoten anhören, ich will sein Gesicht nicht allzu lange ansehen und ich will ganz bestimmt nicht für seine Unterhaltung sorgen. Du denkst doch also nicht allen Ernstes, dass ich den Abend alleine mit ihm in meiner Wohnung verbringen werde."

„Natürlich denke ich das. Denn du bist ein großer Junge und es ist dein Job. Ihr könnt Bier trinken, eure Bäuche kratzen und euch über Frauen aufregen. Das hört sich für mich wie ein toller Abend an."

Rispos Gesichtsausdruck nach zu urteilen, hörte es sich für ihn wie sein Horrorszenario schlechthin an. „Ich habe eine Menge zu erledigen, Lou. Ich habe hunderte Telefonate zu führen. Ich muss dafür sorgen, dass meine unfähigen Mitarbeiter endlich Katja aus ihrem Urlaub zurückholen. Ich habe keine Zeit, auf einen eingebildeten Hockeyspieler aufzupassen."

„Aber ..."

„Nichts aber. Ich muss arbeiten, und ich habe absolut keine Geduld, meine Zeit mit Brülligs Geheule darüber, dass ihm nie jemand etwas antun würde, zu verschwenden. Du wolltest am Fall teilhaben: Herzlichen Glückwunsch, du hast eine Freikarte für eine Übernachtungsparty bei mir gewonnen."

Gott, nein! Ich hatte doch gerade entschlossen, nicht mit Rispo zu schlafen. Da war so eine Übernachtungsparty überhaupt keine gute Idee. Gerade, weil ich mich noch sehr gut an die letzte erinnern konnte.

„Aber denk doch nur an den Männerabend, den ihr haben könntet", erinnerte ich ihn scheinheilig. „Da würde eine Lady wie ich doch nur stören."

„In welchem Universum bist du eine Lady – und ich will keinen Männerabend mit Brüllig. Ich will meine Ruhe."

Da wollten wir beide ausnahmsweise mal dasselbe.

„Warum musst du ihn überhaupt mit in deine Wohnung nehmen?", fragte ich und versuchte vom Thema abzulenken während ich etwas Sicherheitsabstand zwischen uns brachte. „Er kann doch wieder aufs Präsidium."

Er schüttelte den Kopf. „Die Presse hat Wind bekommen und belagert uns. Ich habe sehr deutliche Anweisungen erhalten."

„Tja, das tut mir sehr leid, aber solange ich nicht Teil dieser Anweisung war, werde ich jetzt nach Hause gehen", erklärte ich. „Du schaffst das auch ohne mich."

Wieder wollte ich gehen, und diesmal wurde ich von Rispos Arm zurückgehalten, der sich wie ein Schraubstock um meine Schultern legte.

„Lass es mich so sagen, Louisa", flüsterte er an meiner Schläfe. „Wenn du jetzt gehst, erzähle ich dir ganz sicher nicht, welche Fingerabdrücke gefunden wurden. Weißt du, das mit dem Erpressen geht beidseitig."

Ich verengte die Augen. „Das kannst du vergessen. Ich lasse mich nicht erpressen und ich werde heute Nacht nicht bei dir schlafen. Du kannst nichts sagen, was meine Meinung ändern würde."

Kapitel 13

„Möchtest du noch ein zweites Kissen haben, Felix?"
„Schindest du Zeit, weil du nicht mit dem Kommissar alleine in einem Zimmer sein möchtest?"
Ich presste die Lippen aufeinander und schwieg.
Es hatte Rispo dreißig Sekunden gekostet, mich zum Mitkommen zu zwingen – aber das war gewesen, bevor mir erzählt wurde, dass ich mit ihm ein Bett teilen sollte. Felix hatte nicht so zuvorkommend reagiert, wie ich mir das vorgestellt hatte. Als ich ihm angeboten hatte, er und Josh könnten das Bett haben, hatte er mir den Vogel gezeigt.
„Ich schlafe doch nicht mit dem Bullen unter einer Decke!"
Er war ohnehin schon pissig, weil er nicht zu Hause schlafen durfte, da hatte er auch partout nicht einsehen wollen, dass er neben Rispo im Bett einfach am sichersten aufgehoben war. Jedes meiner Argumente, bis hin zu meinem Angebot, mit einem Edding eine Linie in der Mitte des Lakens zu zeichnen, damit beide Männer wussten, welche Grenze sie nicht überschreiten durften, war abgeschmettert worden. Die Männer

wollten einfach nicht vernünftig mit sich reden lassen!

Leider war Joshs Wohnung nicht riesig und er besaß weder eine Isomatte noch eine Luftmatratze. Nicht einmal eine gemütliche Badewanne hatte er, denn *Mister Effizient* duschte ja nur.

Felix und ich hatten die letzte Stunde damit verbracht, zu reden und Bier zu trinken, und jetzt war es nach zwölf und es wurde wirklich Zeit, schlafen zu gehen, nur ... das würde bedeuten, mit Rispo in ein Bett zu krabbeln. Der hatte uns zwei kurz nach unserer Ankunft alleingelassen, und wir hatten ihn durch seine Schlafzimmertür diverse Telefonate führen gehört. Seiner Meinung nach war es meine Aufgabe, unser *Opfer* zu unterhalten.

„Also?", fragte Felix und riss mich aus meinen Gedanken. „Gehst du jetzt oder willst du die Nacht mit mir auf der Couch verbringen?"

Die Couch hatte kaum Platz für ihn.

„Ich habe kein Problem damit, mit Josh in einem Bett zu schlafen", unterrichtete ich Felix pikiert, auch wenn ich eher das Gefühl hatte, es mir selbst nochmal laut vorsagen zu müssen, damit ich mir wirklich glaubte.

Felix grinste wissend, und mir blieb wohl nichts anderes übrig, als es ihm zu beweisen. „Gute Nacht, lass dich nicht erstechen", sagte ich und bewegte mich in Richtung Schlafzimmer. Dem Zimmer ... in dem Dinge passiert waren. Dreckige, dreckige Dinge.

Ich zögerte, die Hand am Türgriff, während mir Joshs Stimme entgegendrang.

„Das kann nicht dein Ernst sein. Du weißt genau, dass ich nicht zurück nach Köln gekommen wäre, wenn du nicht dein Angebot bekommen hättest."

Seine Stimme klang tief und aufgebracht und ernst und ... verzweifelt? Meine Kehle wurde ein Stück enger und ich ließ meine Hand wieder sinken.

„Mo, natürlich habe ich dir nicht deinen Traum kaputtmachen wollen! Natürlich habe ich mein Leben hintenangestellt – und ich habe es gern gemacht, damit du deinen scheiß Traumjob wahrnehmen konntest! Aber du hast versprochen, dass es das letzte Mal ist ... Ist mir egal, wie viel sie dir zahlen! Ich ertrinke hier, Mo. Ich brauche Luft ... Hör auf mit dem Schwachsinn! Finn, Jonas und Flo würden keine Woche überleben, ohne meine Hilfe ... Ja, ist ja schön, dass du dein Verantwortungsgefühl verloren hast, andere sind da nicht so glücklich wie du! ... Papa schafft es nicht allein, und wärst du hier, würdest du das wissen."

Es kam mir auf einmal falsch vor, Josh bei einem so persönlichen Gespräch zu belauschen, und hastig klopfte ich an. Er vertraute mir und das wollte ich so halten.

Ich konnte Schritte hören, bevor die Tür aufgezogen wurde. Rispo musterte mich kurz, bevor er sich, das Telefon immer noch an seinem Ohr, mit dem Rücken zu mir stellte. „Ist mir egal", sagte er leise. „Ist mir alles egal. Du hattest deine fünf Jahre. Zeit, nach Hause zu kommen." Dann legte er auf.

Langsam wandte er sich wieder zu mir um, die Augen leicht verengt, so als würde er etwas von mir erwarten.

Ich schloss die Tür, öffnete meinen Mund – doch Rispo kam mir zuvor.

„Lass es", wies er mich an. „Lass es einfach."

„Ich habe nichts gesagt."

„Wolltest du aber. Du hast einem halben Gespräch gelauscht und willst mir jetzt helfen."

„Ich ..."

„Spar die dein Mitleid, Lou."

Ich reckte mein Kinn, denn er lag goldrichtig. „Und wenn ich dir helfen wollte?", wollte ich wissen. „Was wäre daran so schrecklich?"

Er lächelte müde und fuhr sich mit der Hand übers Gesicht. „Ich bin kein Projekt, Lou. Ich bin kein Kunstwerk, das du aufpolieren und neu gestalten kannst. Ich will nicht, dass du mir hilfst. Ich will kein Mitleid, ich will keinen Rat. Es ist nicht deine Aufgabe, dafür zu sorgen, dass ich glücklich bin. Es ist meine Sache, und du musst aufhören, alles zu deiner zu machen."

Wie konnte ein Mann nur so falsch liegen?

„Josh, ich glaube, diesmal bin von uns beiden nicht ich es, die etwas lernen sollte", sagte ich leise. „Ich glaube, du bist es, der anfangen sollte, Verantwortung abzugeben und Hilfe anzunehmen. Hör auf, es alles alleine machen zu wollen – bevor es zu spät ist und du daran kaputt gehst. Weißt du, Hilfe anzunehmen, ist keine Schande."

Er starrte mich einige Sekunden lang an, dann sagte er: „Ich geh kurz ins Bad", und verschwand.

Ja, Josh war ein Mann, der seine Probleme gerne ansprach und ausdiskutierte. Durch und durch von der höchstsensiblen Sorte.

Ich nutzte die Zeit, in der er weg war, um mich hastig umzuziehen. Ich wollte ihn ja schließlich nicht auf falsche Ideen bringen. Ungeniert zog ich eines seiner T-Shirts aus dem Schrank und eine Boxershorts gleich mit. Er hatte mich dazu gezwungen, hier zu schlafen, da würde er damit leben müssen, dass morgen vielleicht ein weiteres seiner Kleidungsstücke den Besitzer wechselte. Männer-Shirts waren so viel gemütlicher! Keine Taille, schön weit an den Brüsten. Das war die richtige Art zu leben.

Ich ließ meinen BH an, einfach weil ich mir ohne merkwürdig vorgekommen wäre und ich ihn nicht irgendwo über Rispos Nachtschränkchen hängen wollte, und betrachtete dann das Bett.

Es schien sehr viel kleiner, als ich es in Erinnerung hatte. Es sah ... eng aus. Rispos Schultern waren so breit und meine Hüften ebenso – ich würde wohl einige Regeln aufstellen müssen, damit er nicht auf falsche Ideen kam. Ich würde ihm subtil zu verstehen geben, dass heute Nacht nichts passieren würde.

Die Tür hinter mir ging auf und ich schreckte zusammen. Josh drückte sie hinter sich ins Schloss und blieb davor stehen.

Sein Blick glitt über meinen Körper, über das weite T-Shirt und die Boxershorts, meine halbnackten Beine – und seine Augen wurden von jetzt auf gleich irgendwie ... hungrig.

„Ich werde nicht mit dir schlafen!", platzte ich heraus und zeigte mit dem Finger auf ihn. Subtilität konnte ich.

Er zog amüsiert eine Augenbraue in die Höhe und lehnte sich mit der Schulter in den Türrahmen. „Ist das so?"

Ich räusperte mich und zupfte am Saum des T-Shirts herum. „Ja. Der Kuss heute war ganz okay, aber ich bleibe dabei, dass ich keine Affäre will und dass du aufhören musst, mich hinzuhalten – außer du willst etwas Ernstes."

„*Ganz okay?*" Er ließ sich die Worte auf der Zunge zergehen und seine Mundwinkel zuckten amüsiert.

„Ja, ganz okay. Ich hatte bessere." Allesamt mit dir. „Nichtsdestotrotz werden wir das nicht wiederholen."

„Aha."

Er zog sich sein Hemd über den Kopf.

Ich quietschte leise und schlug mir geräuschvoll die Hand über die Augen. „Was tust du da!?"

„Ich ziehe mich um."

„Hättest du das nicht im Bad tun können?"

„Nein."

„Josh!"

Ich konnte Rispo schnauben hören. „Stell dich nicht so an. Du hast mich schon öfter nackt gesehen."

Ja, aber ich wollte mich ehrlich gesagt nicht daran erinnern, denn dann würde ich heute Nacht womöglich gar keinen Schlaf finden.

„Weißt du, du solltest auf dem Boden schlafen", schlug ich vor.

„Ich sollte was?"

„Auf dem Boden schlafen", wiederholte ich und legte nun auch die andere Hand über meine Augen, um mich davon abzuhalten, zu schummeln.

„Ich werde in meiner eigenen verdammten Wohnung nicht auf dem Boden schlafen."

„Warum nicht? Das ist gut für den Rücken. Ich halte eine erholsame Nacht für deinen Rücken für notwendig. Dann bist du vielleicht nicht mehr so grumpig." Zwei Hände schlossen sich plötzlich um meine Unterarme und zogen mir meine Hände mit sanfter Gewalt vom Gesicht.

„Lou, die einzigen Schmerzen, die ich habe, kommen von deinem nervösen Gebrabbel. Ich werde nicht auf dem Boden schlafen."

„Ich brabbel nicht nervös", brabbelte ich nervös und ließ meinen Blick seinen nackten Oberkörper hinunterwandern zu ... Oh, er trug seine Hose noch. Schade. „Gesicht nach oben, Lou", erinnerte mich Rispo, dessen Mund sich zu einem verschmitzten Grinsen verzogen hatte. „Und wenn du denkst, dass du dich nicht beherrschen kannst, dann solltest *du* vielleicht diejenige sein, die auf dem Boden schläft."

Was? Nein. Meinem Rücken ging es gut. „Ich kann mich beherrschen", schnappte ich zurück und entzog ihm mit einem Ruck meine Arme. „Du bist es, der mich dauernd betatscht."

Unschuldig hob Rispo seine Hände auf Brusthöhe. „Ich bin Polizist. Beherrschung ist mein Job."

„Ich dachte, dein Job wäre es, Bösewichte zu jagen."

„Das auch."

„Mhm ... Nur dass du in diesem Bereich ja offensichtlich meine Hilfe benötigst. Was sagt mir da, dass das mit der Beherrschung nicht dasselbe ist?"

Sein Blick verdüsterte sich schlagartig, so wie es nur der von Rispo konnte, bevor er die Augen langsam verengte. „Ich kann meinen Job sehr gut alleine machen. Nur weil du dich allem und jedem aufdrängst ..."

„Du hast *mich* um Hilfe gebeten!"

„Ja, weil du dem Opfer eingeredet hast, dass ich meinen Job nicht machen kann."

„Siehst du, schon fängst du an zu schreien ... Beherrschung ade! Ja, du hast die Kontrolle über dich wirklich gemeistert."

Josh verschränkte die Arme vor der Brust.

Der nackten Brust!

„Wenn du mir sagst, dass du nicht willst, dass ich dich anfasse, dann werde ich dich nicht anfassen", stellte er geduldig fest. „Für was für einen triebgesteuerten Macho hältst du mich eigentlich?"

Oh, zu diesem Thema hätte ich einiges beizutragen gehabt, aber diesen Deckel wollte ich lieber auf Pandoras Box belassen.

„Wirklich? Wenn ich dir sage, du sollst mich nicht berühren, dann wirst du dich daran halten?"

„Natürlich."

Irgendwie hatte er jetzt meinen Ehrgeiz geweckt. Josh gab mir immer wieder zu verstehen, dass er nicht mit mir zusammen sein wollte – und trotzdem war er unfähig, die Finger von mir zu lassen. Mir jetzt zu erzählen, dass *ich* diejenige war, die nur etwas hätte sagen müssen ... oh nein!

„Okay", sagte ich, hob mein Kinn und zog sein T-Shirt wieder über den Kopf. „Heute Abend fasst du mich nicht an, Mister Kontrolliert."

Es erschien mir richtig, das Ganze auf einen limitierten Zeitraum zu beschränken. Nicht dass es da Missverständnisse gab.

„Ähm ..." Er starrte mich an und seine Augen wanderten schamlos an meinem Körper hinab. „Ich weiß nicht, ob dir das bewusst ist, aber du sendest sehr gemischte Signale."

„Tue ich nicht. Eigentlich wollte ich meinen BH anlassen, aber da ich ja offensichtlich nackt vor dir stehen könnte, ohne dass du deine Kontrolle verlierst, habe ich meine Meinung geändert. Ist außerdem auch total ungemütlich und schlecht für die Durchblutung."

„Aber ..." Rispo schien von meinen Brüsten abgelenkt, die – dem Himmel sei Dank – heute in einem schönen lavendelfarbenen Spitzen-BH steckten. „Warum hast du dann nicht dein magisches Frauending gemacht, bei dem ihr den BH aus einem Ärmel des T-Shirts zieht?"

Ich schnaubte. „Ich hab meine ganze Magie aufgebraucht, um meine Geduld mit dir nicht zu verlieren, sorry." Meine Hände wanderten zu dem Verschluss und ich öffnete ihn.

Als der BH fiel und ich meinen Blick hob, stand Rispo an derselben Stelle wie vorher. Die Augen fest geschlossen.

Ich musste lachen. „Wendest du jetzt meine Techniken an, Mister Kontrolliert?"

„Ich habe gesagt, dass ich mich kontrollieren kann", stellte er fest. „Nicht dass es einfach wird."

Oh Mann. Immer, wenn ich ihn als blöden Macho abstempelte, dann war er im nächsten Moment wieder süß. Bastard.

Ich schlüpfte wieder in sein T-Shirt, drapierte meinen BH über dem Nachttisch und meinte: „Du kannst wieder gucken, und ... willst du dir nicht noch was obenrum anziehen?"

Rispo öffnete die Augen und sein Blick blieb augenblicklich an dem BH neben mir hängen. „Du trägst mein letztes sauberes T-Shirt", sagte er abwesend.

„Das ist gelogen. Ich habe in deinen Schrank geguckt. Du hast Unmengen an T-Shirts."

„Die anderen mag ich aber nicht", sagte er bestimmt, bevor er sich auch noch die Hose auszog und dann in nichts als schwarzen Boxerbriefs ins Bett stieg. Die Decke zog er bis zu seinem Bauchnabel, sodass noch das restliche Fourpack und seine Schultern zu sehen waren, die einfach dazu einluden, in sie hineinzubeißen.

Ich legte den Kopf schief und betrachtete den schmalen Spalt Matratze, der für mich übriggeblieben war. So dünn war ich jetzt wirklich nicht.

„Könntest du etwas rücken?"

Er verschränkte die Arme hinter dem Kopf. „Ich weiß nicht, ich bin sehr unflexibel."

„Ich dachte, wir hätten ausgemacht, dass du mich nicht berührst."

„Wir haben von absichtlichen, gezielten Berührungen gesprochen. Keinen, die ganz aus Versehen passieren."

Ganz aus Versehen am Arsch!

„Schön", knirschte ich und zwängte mich neben ihm auf die Matratze. Wenigstens gab es zwei Bettdecken, sodass ich diese hastig um meine Beine wickeln konnte, damit meine Haut nicht die seine berührte.

Rispo beobachtete ein paar Minuten lang belustigt meinen zwanghaften Versuch, möglichst weit weg von ihm zu liegen und trotzdem nicht auf den Boden zu fallen, bevor er sich über mich beugte, um die Nachttischlampe auszuschalten. Dabei streifte sein Arm natürlich meine Brüste und selbstverständlich lagen seine Lippen kurzzeitig auf meiner Stirn.

„Das hätte ich auch machen können", knirschte ich.

„Ah, das, was du da gerade veranstaltet hast, sah so anstrengend aus, da wollte ich dir nicht noch mehr körperliche Arbeit zumuten."

Ich funkelte ihn an, doch bedauerlicherweise konnte er aufgrund der Dunkelheit meinen perfektioniert genervten Blick nicht würdigen.

Er legte sich einfach auf den Rücken, die Arme wieder hinter dem Kopf verschränkt, sodass sein Ellenbogen meine Schläfe berührte. Es war so dunkel, dass ich nur noch seine Konturen erahnen konnte.

Ich legte mich ebenfalls hin, meine Arme eng an meinen Körper gepresst, das Gesicht zur Decke gewandt. Ich konnte Joshs Körperwärme durch beide Stoffe hindurch spüren, und sein Ellenbogen war so nah an meinen Lippen, dass es mir schwerfiel, ihn zu ignorieren. Das machte er mit Absicht. Ich wusste es einfach.

Wir schwiegen, ließen nichts anderes als unseren ruhigen Atem die Stille durchbrechen, und ich beobachtete, wie ab und zu ein Autoscheinwerfer weiße Lichtflecken an die Decke warf.

Ich dachte an Finn, der den leisen Traum, Tierpfleger zu werden, hegte. Ich dachte an Trudi, die womöglich mit ihrer Zauberei ihr Haus oder meinen Laden in die Luft fliegen ließ. Ich dachte an Felix und daran, dass es so schien, als habe niemand ein Motiv, ihn zu töten. Ich dachte an Wein. Ich dachte an Schokolade. Ich dachte an den Artikel für das Kölner Blatt, den ich schreiben musste. Ich dachte an einen schönen Sommerurlaub auf Sizilien. Ich dachte daran, was ich alles mit dem Garten meiner Mutter vorhatte, und dass bald die Hochzeitssaison losgehen würde und ich wirklich dringend einen Blumenvan benötigte.

Aber vor allem dachte ich an Josh, der ruhig neben mir lag, so nah und doch viel zu weit weg. Daran, dass ich so gar nicht über ihn hinweg war. Daran, dass ich es besser wissen sollte. Daran, dass mein dummes Herz immer verliebter zu werden schien, anstatt sich zu erholen.

Ich schloss die Augen.

„Louisa?", murmelte Josh und zog seine Arme hinter seinem Kopf hervor. „Wer ist Chris?"

Ich wandte mein Gesicht in seine Richtung und kaute auf meiner Unterlippe herum. „Warum möchtest du das so gerne wissen?"

„Weil Ariane meinte, ich solle mich nicht als weiterer Chris herausstellen – und ich wissen will, wie ich das verhindern kann."

Ich lächelte milde und schloss die Augen. Sie hatten sich an die Dunkelheit gewöhnt, und ich wollte Rispos Gesicht nicht sehen müssen.

„Du kannst kein weiterer Chris werden", erklärte ich leise. „Denn du bist nicht verheiratet."

„Du hattest eine Affäre mit einem verheirateten Mann?" Rispos Stimme klang so überrascht und zugleich vorwurfsvoll, dass es irgendwie ein Kompliment war.

„Nein. Hatte ich nicht", beruhigte ich ihn. „Ich war nur in einen verliebt."

Ich konnte ihn ausatmen hören. Erleichtert, wie ich fand. Vielleicht darüber, dass mein moralischer Kompass nicht ganz verkehrt war. Aber das stimmte so nicht ganz.

„Er hat ziemlich offensiv mit mir geflirtet, wir waren gute Freunde, er hat mir Hoffnung gemacht ... doch als ich ihm sagte, was ich fühle, hat er mich ausgelacht. Ich bin nicht wirklich stolz darauf, weil ich mich damit in seine Ehe eingemischt habe und ich ihn schamlos seiner Frau ausgespannt hätte, aber ... was soll ich sagen? Mein Herz hat den IQ eines Toastbrots. Offensichtlich."

„Wie lange ist das her?"

„Ein paar Jahre."

„Und du liebst ihn noch?"

Ich prustete leise. „Gott, nein. Und warum komme ich mir auf einmal vor, als säße ich in einem Verhör?"

„Entschuldige. Berufskrankheit."

Ich nickte und zog mir die Decke höher unters Kinn. „Ist deine Neugier jetzt gestillt?", fragte ich leise.

„Ich weiß nicht."

„Was möchtest du denn noch wissen?"

„Warum suchst du dir Männer aus, die dich nicht glücklich machen können, Lou?"

Ich lächelte. „Das tue ich nicht."

Josh sagte nichts. Und sein Schweigen war so bedeutungsschwer, dass es mir auf die Lungen zu drücken schien.

„Ich glaube, du unterschätzt dich, Josh", flüsterte ich.

Er antwortete nicht, und ich fragte mich, was in seinem Kopf vorging. Doch heute war nicht der Tag, an dem ich dieses Rätsel lüften würde.

„Gute Nacht", murmelte ich und drehte mich auf die Seite.

„Gute Nacht, Lou."

Ich wachte auf, weil eine Hand über meine Hüfte fuhr, in meine Taille tauchte und über meinen Rippenbogen strich.

Es war noch dunkel, und erst war ich mir nicht sicher, ob ich noch träumte, aber als jemand auch noch meinen Nacken küsste, war ich mir ziemlich sicher, dass ich wach war.

Ich blinzelte und drehte mich auf den Rücken.

„Was tust du?", murmelte ich verschlafen.

„Es ist nach zwölf. Der Abend ist vorbei. Ich darf dich wieder anfassen."

Ich runzelte die Stirn. „Was?"

Josh lachte leise. „Denk einfach nicht darüber nach." Er küsste mich unter meinem linken Ohr, auf meine Wange, meinen Kieferknochen, meine Lippen. „Wir träumen, da ist das schon in Ordnung."

Und ganz ehrlich? Ich war zu müde und zu schwach und seine Küsse zu verdammt süß, um mich daran zu erinnern, dass ich Regeln hatte festlegen wollen. Dass ich es leid war, hingehalten zu werden.

Meine Hände fuhren seinen Nacken hinauf, in seine Haare und ich lächelte. „Okay. Aber Josh?"

„Ja?" Seine Finger hinterließen federgleiche Spuren auf meinem Bauch, auf der Unterseite meiner Brüste ...

„Ich bin wirklich müde. Du musst die ganze Arbeit machen."

„Kein Problem. Obwohl ich mir ziemlich sicher bin, dass ich dich aufgeweckt bekomme."

Und er hielt Wort.

Kapitel 14

Ich konnte mich nicht erinnern, in den letzten Wochen auch nur eine Nacht so gut geschlafen zu haben. Vielleicht lag es daran, dass ich nicht unter einer Decke, sondern unter Joshs Arm schlief, sein Atem in meinem Nacken, meine Füße zwischen seinen. Vielleicht lag es auch an der weichen Matratze.

Okay, nein, es lag an Josh.

Es war das erste Mal, dass ich aufwachte und er immer noch im Bett lag, sein Arm besitzergreifend um meine Mitte – und ich wusste, dass ich in starken emotionalen Schwierigkeiten steckte. Ich seufzte leise und küsste Rispos Bizeps, der unter meinem Kopf lag.

„Du machst mir nur Probleme", flüsterte ich und wusste nicht, ob ich Josh oder mein Herz meinte.

Ich kuschelte mich tiefer in Joshs Umarmung – denn das Unheil war ohnehin schon angerichtet – und sah auf den Wecker auf seinem Nachttisch. Es war kurz nach sechs, aber ich fühlte mich nicht müde. Ich fühlte mich aufgedreht.

Offenbar war ich nicht die Einzige, denn ich konnte Geräusche aus der Küche vernehmen. Unser Opfer war wach.

Rispo musste das Gleiche gehört haben, denn er fing an, sich zu regen.

„Es ist zu früh", murmelte er, seine Nase in meinen Haaren.

„Also, ich bin wach", flüsterte ich.

„Natürlich bist du wach. Ich musste ja die meiste Arbeit machen."

Ich schmunzelte. „Und das hast du sehr gut gemacht."

„Ich kann nicht alle Lorbeeren einheimsen, du hast dir sehr viel Mühe gegeben, wach zu bleiben."

„Da werde ich dir nicht widersprechen. Ich war super."

Er lachte leise, strich meine Haare aus seinem Gesicht und legte sein Kinn auf meinen Scheitel, seine Finger mit meinen verflochten. „Ein Naturtalent."

„Na, ich hatte schon ein wenig Übung."

„Von der ich nichts hören möchte", stellte Josh fest und zog seinen Arm noch ein wenig enger um mich.

Wir waren für einige Momente still, während das Rumoren in der Küche lauter wurde. Aber wir waren beide noch nicht bereit dazu, aufzustehen.

„Lou", murmelte Josh nach einer Weile, „es tut mir übrigens leid, dass ich davon ausgegangen bin, du hättest etwas mit Thilo. Und es tut mir leid, dass ich kritisiert habe, dass du mit jedem Eishockeyspieler geflirtet hast. Es ist nur ... es macht mich verrückt. Der Gedanke an dich mit einem anderen Mann. Ich weiß, das sollte es nicht. Ich habe ziemlich deutlich gemacht, dass ich keine Beziehung mit dir will. Aber ... es macht mich verrückt."

Ich hielt inne und schlug die Augen auf.

Keine Beziehung mit dir *will*.

Das war ein sehr bestimmtes Präsens gewesen.

Ich drehte mich aus seinem Arm und sah ihn an. „Und?"

„Und was?"

„Ja, genau. Das wäre exakt meine Frage." Josh schien verwirrt. „Ja ... und nichts. Ich wollte mich nur erklären."

„Wow", sagte ich trocken und rückte von ihm ab. „Du sagst mir also quasi, dass ich weder mit dir noch mit einem anderen Mann zusammen sein sollte?"

„Das habe ich nicht gesagt."

„Was hast du dann gesagt? Warum gibst du mir diese Information, wenn nicht, um mir unterschwellig mitzuteilen, dass ich mit niemandem außer dir schlafen, aber trotzdem keine Beziehung mit dir führen soll?"

„Ich ..." Josh öffnete den Mund, rieb sich mit den Fingern über die Stirn und fand keine Worte.

„Du wolltest nur wieder blöd sein", beendete ich den Satz für ihn und stand aus dem Bett auf.

Warum? Warum musste er immer alles kaputtmachen? Warum hatte er nicht einfach die Klappe halten und mich in meiner Traumwelt lassen können?

Stöhnend ließ sich Rispo auf den Rücken fallen. „Und es geht wieder den Bach runter ..."

Ja, aber es lag nicht an mir. Was erwartete er? Dass ich ihm versprach, allein ihm auf ewig zur Verfügung zu stehen, während er keine feste Bindung eingehen musste?

Ich ließ meinen BH zuschnappen und stieg in meine Hose. „Weißt du, das ist genau der Grund, warum ich das hier das letzte Mal beendet habe", ritt Rispo sich weiter rein. „Weil alles zum riesigen Drama wird und mein Leben ums Zehnfache komplizierter! Es ist doch so, oder nicht?"

„Natürlich ist das so!", fauchte ich und fuhr zu ihm herum. „Das Leben wird immer komplizierter, wenn man sich auf eine Beziehung einlässt. Aber das liegt doch nicht an mir! Das ist ein allgemeines Grundgesetz. Und es müsste alles nicht kompliziert sein, wenn du endlich aufhören würdest, Angst davor zu haben, dich mir zu öffnen, du Dummbatz! Denn das ist das Einzige, was hier schiefläuft. Du bist ein Angsthase, Joshua! Nein ... ein Schisser! Angsthase ist zu nett! Wir könnten etwas Gutes haben. Etwas *sehr* Gutes! Mehr als nur atemberaubenden Sex. Aber du hast zu viel Angst davor, dass es in einem Desaster enden könnte, um es auch nur auszuprobieren! Ich bin nicht deine Verlobte. Ja, ich habe gelogen, ja ich flunkere mir den Weg durchs Leben, aber ich würde *nie* über etwas Wichtiges lügen! Ich würde dich nie betrügen, und wenn ich mit etwas unzufrieden in der Beziehung wäre, dann würde ich dir das verdammt noch mal sagen – so wie ich es genau jetzt gerade tue – und nicht hinter deinem Rücken mit deinem besten Freund vögeln. Ich bin da sehr direkt, was das betrifft."

„Bist du fertig?", fragte Josh verkniffen, der sich in seinem Bett aufgerichtet hatte.

„Nein!"

„Was willst du mir denn noch an den Kopf werfen?"

„Ich ... keine Ahnung! Aber ich bin mir sicher, dass es da noch etwas gibt. Das schreibe ich dir dann per SMS."

Ich schnappte mir noch mein T-Shirt, bevor ich aus der Tür rannte.

Felix stand, wie ich erwartet hatte, bereits in der Küche und machte sich einen Tee. Er sah mich fragend an, als ich aus Rispos Zimmer gestürmt kam.

„Kleine Meinungsverschiedenheit?", wollte er unschuldig wissen.

Natürlich hatte er alles mit angehört, denn diese Wohnung war so hellhörig wie meine Mutter!

„Ihr Männer seid doch alles Idioten", sagte ich wütend, griff nach meiner Handtasche und war im nächsten Moment aus der Tür. Ich war ziemlich froh darüber, dass ich Josh gestern dazu gezwungen hatte, mich mein Auto vom Präsidium abholen zu lassen. So stand mein Passat direkt vorm Eingang neben Rispos beschissenem Audi.

Ich ließ mich gerade hinters Steuer fallen, als Josh aus der Tür gehetzt kam. Er trug eine Jeans, die nicht geschlossen war, und das T-Shirt, dass ich zum Schlafen getragen, beziehungsweise mir von ihm hatte ausziehen lassen.

„Könntest du bitte nicht mitten in einem Streit weglaufen?", rief er genervt und hielt sich am Rahmen der Fahrertür fest.

Ungläubig sah ich ihn an. „*Ich* bin es, die wegläuft? *Du* bist es doch, der seinen Schwanz einzieht, sobald er eine unangenehme Wahrheit an den Kopf geworfen bekommt! Du bist es, der groß rumtönt, dass er nichts von mir will, und trotzdem versucht, mich andauernd ins Bett zu bekommen."

Ich zog meine Tür zu und war etwas enttäuscht von Joshs schnellen Reflexen. Es war eine Schande, dass ich seine Finger nicht zerquetschte.

„Lou!", hörte ich ihn gedämpft durch das Fenster rufen. „Ich wollte doch nichts anderes, als mich für mein Verhalten zu entschuldigen."

Ich rammte den Rückwärtsgang rein und zeigte ihm den Mittelfinger. „Wenn jede deiner Entschuldigungen so ausfällt, dann solltest du dich nie wieder an einer versuchen!", brüllte ich zurück, setzte nach hinten ... und stieß gegen etwas.

Scheiße.

Ich wandte meinen Kopf und stöhnte laut auf. Rispos Wagen hatte ein längeres Heck als angenommen.

Josh starrte mit offenem Mund auf sein Auto und dann auf mich.

„Das hast du mit Absicht gemacht!"

Ich ließ mein Fenster runter. „Hab ich nicht!"

Na ja, vielleicht hatte es mein Unterbewusstsein mit Absicht getan. Zuzutrauen wäre es ihm.

„Fährst du jetzt immer mein Auto an, wenn du genervt bist?"

„Es ist erst das zweite Mal", verteidigte ich mich sofort, wandte mich wieder nach hinten und als ich dieses Mal aus der Parklücke fuhr, stieß mein Auto gegen nichts außer stickige Luft.

Josh lief mir auf der Straße nach und stützte die Hände auf mein Dach.

„Könntest du bitte aussteigen und mir nochmal deine Versicherungsdaten geben?"

Ich schnaubte laut. „Das kannst du vergessen. Das geht auf deine Kappe! Das kannst du schön selbst bezahlen." Es war mir egal, wie irrational das klang, und natürlich konnte ich die Schuld nicht auf ihn abwälzen – aber nichts würde mich davon abhalten, es trotzdem zu tun.

„Du bist die Fahrerin!"

„Du setzt mich emotionalem Stress aus!"

„Wenn du emotional gestresst bist, solltest du kein Auto fahren."

„Ja, klar!" Ich warf die Arme in die Luft. „Dann kann ich ja überhaupt nie fahren."

Ich schaltete in den ersten Gang und ließ die Kupplung kommen.

„Lou, ich warne dich! Das ist Fahrerflucht!"

„Ach ja? Dann verhafte mich doch! Ach, Moment. Das hast du ja schon." Ich drückte aufs Gas, und zwei Minuten später war Josh nichts weiter als ein lästiger schwarzer Punkt in meinem Rückspiegel. Ich wünschte nur, ich könnte ihn mit meinem Daumen einfach wegwischen.

Ich war so aufgebracht, durcheinander und unter Strom, dass ich direkt zum Laden fuhr. Erst als ich die Tür aufschloss, wurde mir klar, dass es noch keine sieben war und ich eigentlich erst in einer Stunde hier sein hätte müssen. Es war egal. Ich schloss mich in meinem Büro ein und erledigte den liegengebliebenen Papierkram der letzten Wochen.

Er hatte sich nur entschuldigen wollen. Nur erklären wollen, warum er sich wie ein eifersüchtiger Volldepp aufgeführt hatte.

Ich hasse den Gedanken, dass du was mit jemand anderem hast, Lou! Aber dich wirklich haben möchte ich auch nicht. Ich möchte nur ein wenig mit dir schlafen und dir dann nichts schulden müssen!

Herzlichen Glückwunsch, Josh wusste wirklich, wie man sich entschuldigte!

Um kurz vor acht rief meine Mutter an und wollte wissen, ob ich die Tage vorbeikommen und die Arbeit im Vorgarten beenden könnte.

„Ich weiß nicht, Mama. Am Wochenende vielleicht", antwortete ich gereizt. „Ich habe gerade viel im Kopf."

Meine Mutter schwieg ein paar Minuten, bevor sie sacht fragte: „Ist alles in Ordnung, Loubalou? Du hörst dich aufgebracht an."

„Ich bin aufgebracht", bestätigte ich. „Können wir später über deinen Vorgarten reden?"

„Natürlich. Du weißt, wo ich zu finden bin. Ich hab dich lieb, mein Schatz."

Sie legte auf, und mir traten Tränen in die Augen. Eigentlich war meine Mutter doch ganz in Ordnung.

Eine Stunde später hatte sich mein Blutdruck ansatzweise wieder normalisiert, und als Trudi, Emily und Finn gleichzeitig in den Laden kamen, brachte ich sowas wie ein gequältes Lächeln zustande.

Emmi sah mich mit gerunzelter Stirn an, doch Finn hatte einen vollen Satz Rispo-Gene und merkte überhaupt nichts.

Er grinste breit und zog mich zur Begrüßung kurz in eine enthusiastische Umarmung. „Hey, Lou, ich hab die Bewerbungsbilder gemacht – wir können dann meine Bewerbung schreiben."

Wenigstens einer von uns beiden fing an, etwas auf die Reihe zu bekommen.

„Gerne", sagte ich. „Ich sag dir nochmal Bescheid, wann ich Zeit für dich hab. Könntest du heute Morgen zum Großmarkt fahren und mir etwas einkaufen? Ich hab hier eine Liste."

Ich drückte ihm meinen Autoschlüssel und ein Stück Papier in die Hand.

„Klar. Und du hast nicht vergessen, dass ich heute Nachmittag den Wagen mit Emily leihe?"

„Habe ich nicht, das ist kein Problem." Ich würde das Auto heute nicht brauchen.

„Danke, Sis", sagte Emily und zog mich ebenfalls in eine Umarmung. „Ist alles okay?", flüsterte sie in mein Ohr. „Du siehst fertig aus."

„Danke, aber ich komm schon klar."

„Oki. Wenn du deine Meinung änderst ... ich kann dir ein Tinder-Profil anlegen."

Ich musste lachen, und sie entließ mich aus ihrer Umarmung. „Inwiefern hilft mir ein Tinder-Profil?"

„Lou will ein Tinder-Profil?", fragte Finn.

„Was ist Tinder?", wollte Trudi neugierig wissen.

„Wenn du dich von Männerstress ablenken musst, hilft Tinder", erklärte mir Emily weise.

„Hat mein Bruder wieder Mist gebaut?"

„Ist dieses Tinder so etwas wie eine Partnerbörse?", fragte Trudi interessiert. „Lou würde es sicher guttun, auch mal wieder ein paar lebendige Männer zu sehen. Nicht nur immer tote. Vielleicht sollte ich mich gleich mit anmelden. Seitdem ich mit dem Zaubern angefangen habe, fühle ich mich geheimnisvoller und bereit dazu, einen neuen Mann zu suchen."

„Ich werde mich nicht bei Tinder anmelden", stellte ich klar.

„Warum nicht?" Emily schien irritiert. „Ich kann dir die Formel für die besten Matches geben: Du brauchst ein süßes Bild, ein heißes Bild, ein witziges Bild, eines mit Freunden und dann noch ein süßes. Ja, genau: Den Gesichtsausdruck, den du jetzt hast, könnten wir als witziges Bild nehmen."

Ich verdrehte die Augen. „Ich will keine Männer kennenlernen, ich habe genug von ihnen. Wenn es nach mir geht, können sie alle zu Staub zerfallen."

Finn nickte. „Ja, mein Bruder hat etwas angestellt. Nimm Joshi nicht als Maßstab, Lou. Er hat Probleme."

Was er nicht sagte!

„Ist jetzt auch egal. Finn, fahr los. Emmi, zieh dich um und – oh mein Gott, filmst du das hier gerade?!" Entgeistert hatte ich meinen Blick gesenkt, der sofort auf die Kamera gefallen war, die auffällig aus ihrer Umhängetasche ragte. Ein besorgniserregender roter Punkt leuchtete grell an ihr auf.

Hastig legte Emmi die Finger über die Linse – ließ aber immer noch einen Spalt frei. „Nein, nein. Ich filme nicht. Die Lampe leuchtet, wenn die Kamera aus ist."

„Emmi, ich bin verdammt nochmal nicht bescheuert", fluchte ich. „Schalt die verdammte Kamera aus!"

„Aber das hier könnte so gutes Material werden."

„Material wofür?"

„Für mich. Zum Üben."

„Wenn du das Ding weiterlaufen lässt, hast du gleich Material, auf dem zu sehen ist, wie ich dich verprügle", fuhr ich sie an. Ich hatte jetzt wirklich keinen Nerv dazu, ihre kreative Ader zu fördern.

„Also, ich geh dann mal", sagte Finn unangenehm berührt. „Ich glaube, ich werde hier nicht mehr gebraucht."

Im nächsten Moment war er aus der Tür geflohen.

Sollte mir nur recht sein. Weniger Augenzeugen.

„Loubalou, du bist schlecht gelaunt. Das ist ja auch in Ordnung, aber findest du nicht, du projizierst deine miese Stimmung gerade auf ein unschuldiges, silberglänzendes Objekt, das überhaupt nichts dafür kann? Ich bin sicher, wenn du dir das Videomaterial irgendwann ansiehst, wirst du verstehen, dass ..."

Kurzerhand riss ich die Kamera aus ihrer Handtasche und betätigte den Aus-Knopf, bevor ich sie in eine meiner Schubladen warf und einschloss. „Die bekommst du am Ende des Tages zurück. Und jetzt zieh dich um, während du, Trudi –"

„Ich habe einen neuen Trick", unterbrach mich die alte Dame.

Natürlich hatte sie das. „Kann der vielleicht warten?", bat ich.

„Nein. Ich bin alt, nichts kann warten. Moment, ich bereite ihn hinten vor."

Alarmiert sah ich sie an. „Was genau hast du vor, Tru–"

Doch sie war schon in meinem Büro verschwunden.

Klasse. Einfach klasse.

„Wenn du mir meinen Tag schon vermiesen musst, lass ihr doch wenigstens den Spaß", meinte Emily schulterzuckend. „Sie tut doch niemandem was."

Zwei Minuten später drang Rauch unter meiner Bürotür hervor.

Ich durchquerte den Raum, riss die Tür auf und konnte gerade noch sehen, wie die Abrechnungen, die ich den ganzen Morgen über geschrieben hatte, in Flammen aufgingen.

„Raus, Trudi!", rief ich, rannte zum Tresen, unter dem ich meinen Feuerlöscher aufbewahrte, und sprühte meinen Schreibtisch mitsamt geschlossenem Laptop mit weißem Zeug ein. Es stank und verteilte sich überall im Raum, inklusive auf meinem T-Shirt, aber das Feuer war aus.

Mit geöffnetem Mund, die Hand an meiner Stirn, starrte ich auf das Desaster in meinem Büro. An den Stellen des Schreibtischs, die nicht mit Schaum befleckt waren, konnte man Ruß erkennen.

Ich sah Bewegungen aus meinen Augenwinkeln, bevor sich Emily und Trudi neben mich in den Türrahmen stellten.

„Bei Mister Google sah der Trick ganz einfach aus", meinte Trudi enttäuscht.

Emmi schwieg.

Ich schloss die Augen und versuchte meine Fassung zu bewahren. Es würde alles gut werden. Mein Leben war nicht so chaotisch, wie es im Moment aussah. Alles würde sich wieder richten.

Ich wiederholte das Mantra in meinem Kopf, schluckte den Kloß in meinem Hals mehrfach herunter und wandte mich dann an meine Nicht-Angestellte des Monats.

„Geh nach Hause, Trudi", sagte ich erschöpft.

„Aber meine Schicht ist noch gar nicht vorbei."

„Das ist mir egal. Geh einfach nach Hause. Okay?"

Mein Blick war wieder nach vorne gerichtet, während Trudi stillschweigend den Raum verließ.

„Du hast heute einen schlechten Tag, oder?", fragte Emily, als die Tür ins Schloss fiel.

„Ja", seufzte ich. „Einen sehr schlechten Tag."

Der Laptop funktionierte noch, aber die Abrechnungen und eine Menge anderen Papierkram konnte ich vergessen. Emily kümmerte sich um den Verkaufsraum, während ich versuchte zu retten, was zu retten war. Den ganzen Nachmittag über hatte ich mit hartnäckigen Tränen in meinen Augenwinkeln zu kämpfen, dessen Ursprung ich nicht zu nah betrachten wollte.

Mein Leben war ein Chaos.

Wie konnte ich Josh da vorwerfen, dass er kein Teil davon sein wollte?

Im Laden war wenig los, also versuchte ich mich mit dem Schreiben des Artikels fürs Kölner Blatt abzulenken. Nach einer halben Stunde nahm er langsam Form an. Und zwar die Form eines Papierfliegers, den ich immer wieder in den Müll fliegen ließ.

Frustriert trommelte ich mit den Fingern aufs Holz und sah in den leeren Verkaufsraum. Emmi und Finn waren bereits zum Paintball gefahren und hatten mich mit meiner schlechten Laune alleingelassen. Die Puzzleteile des Falls schwirrten in meinem Kopf herum, aber ich schaffte es einfach nicht, sie in eine vernünftige Ordnung zu bringen. Blausäurevergiftung und Messerangriff. Mordversuch im Stadion und ein zeitlich perfekt geplanter Einbruch. Der Einbrecher musste jemand sein, der Felix kannte. Jemand, der wusste, wann er in sein Haus einsteigen konnte, ohne direkt erwischt zu werden. Aber nach was hatte er gesucht? Vielleicht nach dem Pornovideo von Franzi und Felix. Ich schnaubte und schüttelte den Kopf. Nicht dass ich es Felix' verrückter Ex-Freundin nicht zugetraut hätte, bei ihm einzubrechen – aber Felix hatte einen Mann erkannt.

Vielleicht wollte jemand auch sein Geld zurück und hatte nach Wertsachen gesehen.

Nein, das war Blödsinn, es war nichts gestohlen worden. Felix hatte heute Morgen alles noch einmal abgesucht und mir geschrieben, dass nichts mitgenommen worden war.

Das machte alles keinen Sinn. Ich drehte mich im Kreis. Ich brauchte mehr Informationen. Informationen, die Katja Lohbaum zu haben schien. Ungeduldig tippte ich mit meinem Fuß auf den Boden und ließ meinen Blick durch den Raum wandern, bevor er auf meinem Telefon zum Ruhen kam. Rispo würde ich sicher nicht anrufen, um zu fragen, ob Katja bereits aus ihrem Urlaub zurück war. Aber es gab da ja noch jemand anderen, der für den Fall zuständig war …

Einen Versuch war es wert. Ich wählte die Nummer des Polizeipräsidiums und bekam nach dem dritten Klingeln die freundliche Rezeptionistin an den Apparat, die ich bat, mich zum Recherchisten des Hauses durchzustellen.

„Marvin Held?"

Oh. Mir war bis zu dem jetzigen Zeitpunkt nicht klar gewesen, dass ich Marvins Nachnamen überhaupt nicht kannte. Held? Wirklich? „Hey, Marvin, hier ist Louisa. Ich hab mich gefragt, ob Katja Lohbaum schon zum Verhör bei euch erschienen ist?"

„Hey, Lou, nein. Die kommt erst in einer Stunde rein. Wollte erst noch vom Flughafen nach Hause. Wieso?"

Ruckartig richtete ich mich in meinem Sitz auf. „Sie ist wieder in Deutschland?"

„Ähm ... ja, ich ... oh. Jetzt, wo ich darüber nachdenke, hätte ich dir das gar nicht erzäh-"

„Danke, Marvin, wir sehen uns", unterbrach ich ihn und legte auf.

Mein Herz trommelte in meiner Brust. Nach dem heutigen Streit lag die Wahrscheinlichkeit, dass Rispo mich bei der Befragung dabei sein ließ, bei minus einhundert Prozent. Aber er konnte mich nicht davon abhalten, gleich jetzt zu ihr zu fahren.

Keine Kamikaze-Recherchen alleine, Lou, flüsterte Rispos Stimme in meinem Kopf.

Du kannst mich mal, Josh, flüsterte ich zurück und sprang auf.

Ich wollte schon nach meinen Autoschlüsseln greifen, als mir einfiel, dass Finn und Emmi meinen Wagen hatten. Leise fluchend griff ich nach meiner Handtasche. Ich würde den Laden frühzeitig schließen und mit der U-Bahn vorliebnehmen müssen. Dieser Mittwoch wurde immer beschissener!

Eine halbe Stunde und eine Menge stickige Luft später stand ich in Lohbaums Einfahrt. Ich hatte nie den

Reiz eines großen Hauses verstanden. Die zu putzende Fläche war zu groß und der Weg vom Schlafzimmer zur Küche viel zu weit. Allein schon diese ellenlange Einfahrt hochzulaufen, kostete mich eine ganze Menge Geduld, die ich heute gewiss noch für andere wichtige Dinge hätte gebrauchen können. Im hellen Tageslicht sah der ungepflegte Vorgarten noch schlimmer aus als vor zwei Tagen im Dämmerlicht, was meine Laune gleich noch ein wenig verschlechterte. Sobald ich die Tür erreicht hatte, fackelte ich nicht lange und drückte die Klingel. Ich würde mir weder eine Ausrede, noch eine Geschichte einfallen lassen. Dafür hatte ich heute einfach keinen Nerv. Ich würde meine Fragen einfach geradeheraus stellen und –

„Ja, hallo?" Die Tür schwang auf und Katja Lohbaum sah mich mit gelangweilt gehobenen Augenbrauen an. Sie sah nicht sehr erholt aus, was in Anbetracht der Tatsache, dass ihr Urlaub kaum einen Tag angedauert hatte, wohl nicht verwunderlich war.

„Hey", sagte ich mit einem souveränen Lächeln. „Ich arbeite mit der Polizei zusammen und würde dir gerne ein paar Fragen stellen."

Katja verengte skeptisch die Augen. „Kenne ich Sie von irgendwo her?", wollte sie wissen.

„Nein", versicherte ich ihr. „Und es wäre vielleicht besser, wenn wir reingehen."

„Sind Sie sicher? Ihr Gesicht kommt mir bekannt vor."

„Vielleicht haben Sie ja schon einmal von mir geträumt", schlug ich vor, und bevor sie mich davon abhalten konnte, drängte ich mich an ihr vorbei in die Eingangshalle. Es war kein Hausfriedensbruch, wenn man vorher geklingelt hatte. Da war ich mir fast sicher.

„Ich verstehe nicht ganz", meinte Katja und schloss die Tür hinter mir. „Ich wollte mich gleich sowieso auf den Weg zum Präsidium machen, und ..."

„Meine Fragen dauern nicht lange", unterbrach ich sie, bevor sie noch ernsthafte Zweifel an meinem rechtmäßigen Eindringen in ihr Haus bekommen konnte.

Ich schritt weiter in den Salon, in dem am Montag das Möchtegern-Casino errichtet worden war. Es war verblüffend, wie anders es hier jetzt aussah. Anstelle der Spieltische zierte eine große mintgrüne Eckcouch das Zimmer, und erst jetzt, ohne den vielen prunkvollen Goldschmuck, den Lohbaum aufgehängt hatte und der meiner Meinung nach die Jahreszeit verfehlt hatte, konnte ich erkennen, dass eine Reihe von Fotos an den Wänden hing. Allesamt zeigten das Team der Kölner Haie oder Katjas Vater in Eishockeymontur, wahrscheinlich Bilder aus seinen jungen Tagen. Das Maskottchen war auf keinem einzigen der Bilder zu sehen.

„Also, was wollen Sie wissen?"

Ich wandte mich wieder zu Katja um und beschloss, nicht um den heißen Brei herumzureden. „Wo ist die CD, die Timo zusammengestellt hat?"

Katjas Augenbrauen flogen in die Höhe. „Bitte was?"

„Die CD, auf der Timo all die Geheimnisse der Haie verwahrt hat. Wo ist sie?"

Katjas Mund öffnete sich verwirrt. „Woher wissen Sie von der CD? Hat Ihnen Bernie davon erzählt?"

„Möglicherweise", sagte ich vage.

Katja runzelte die Stirn. Legte den Kopf zur einen und dann zur anderen Seite – bevor sie laut anfing zu lachen, die Hand auf ihre Brust gelegt.

„Oh mein Gott, es geht um die CD? Deswegen wurde ich aus meinem Urlaub zurückbeordert?" Sie lachte noch lauter, was mich zugegebenermaßen sehr irritierte.

„Ähm, nun ... ja", sagte ich lahm.

„Meine Güte." Sie prustete. „Ich dachte, es ginge um Bernie. Ich dachte, die Polizei ermittelt und hätte meinen Nam–" Sie brach ab und wirkte auf einmal so erleichtert, dass sie drei Jahre jünger schien. „Dann hätte ich mir das Ganze ja sparen können."

„Was sparen können?", fragte ich verwirrt und hatte auf einmal das Gefühl, dass wir aneinander vorbeiredeten.

„Zurückzukommen", sagte sie lachend. „Ich weiß nicht, wer es auf Felix abgesehen hat. Franzi hat mir erzählt, dass die Polizei denkt, der Falsche sei gestorben – aber ich habe keine Ahnung, wer einen Grund hätte, Felix umzubringen. Ich weiß überhaupt nichts." Sie seufzte und lächelte mir zu. „Also muss ich nicht mehr zur Wache, ja?"

Ich verstand gar nichts mehr.

„Aber die CD ...", bemerkte ich dümmlich. „Sie sagten, Sie hätten keine Ahnung gehabt, dass so viele Leute Felix ..."

„Ich habe die CD erfunden", rief Katja lachend. „Es gibt sie nicht. Timo hat oft mit mir geredet, den Tratsch und Klatsch der Mannschaft mit mir geteilt. Ich habe das, was ich von ihm weiß, einfach aneinandergereiht, um Bernie Angst zu machen. Ich schulde ihm ein wenig Geld und ... na ja, ehrlich gesagt, Bernie ist ein Halsabschneider, und ich wollte Urlaub machen. Ich habe ihm einfach ein wenig Druck gemacht, damit er mir meine Schulden erlässt." Sie hob unschuldig ihre Schultern. „Und Bernie kann man nun einmal am besten Druck mit Ingos kleinem Geheimnis machen. Ingo ist Bernies bester Freund, und er würde alles tun, um ihn zu schützen. Für Ingo hängt eine Menge daran, dass sein kleines Geheimnis –" Sie hielt inne und fing wieder an zu lachen. „Hätte ich gewusst, dass die CD von der Polizei so ernstgenommen wird, hätte ich Sie früher aufgeklärt, glauben Sie mir."

„Aber ..."

„Nichts aber. Ich habe überhaupt nichts mit dem Mord zu tun. Das Einzige, was ich mir zu Schulden kommen lassen habe, ist Franzi dazu zu überreden, eine Szene zu veranstalten, damit ich abhauen kann, bevor Bernie wütend und handgreiflich wird. Aber ansonsten ..." Sie hob beide Hände in die Höhe. „Ansonsten bin ich nur ein einfaches Mädchen, das sein Geld nicht an ein Wiesel wie Bernie verlieren wollte." Ungläubig starrte ich sie an. War das ihr ernst? Wir hatten wegen nichts und wieder nichts nach der CD gesucht? Und sie war schuld daran, dass Franzi mich praktisch attackiert hatte?

Ich blinzelte und schüttelte den Kopf, um meine Gedanken zu ordnen. „Moment, aber Sie sagten gerade selbst, dass Sie sich die Informationen nicht ausgedacht haben! Timo hat ihnen eine Menge erzählt, also ... dann gibt es wirklich viele Leute, die Felix hassen?"

„Ja, natürlich." Sie schnaubte. „Er ist ein Großkotz und gibt andauernd an. Alle tun so, als würden sie ihn mögen, weil er so viel Einfluss in der Mannschaft hat, aber er geht vielen auf den Geist."

„Groß genug, um ihn tot sehen zu wollen?"

Sie prustete. „Nein! Nur, weil man jemanden hasst, bringt man ihn doch nicht gleich um. Ich weiß wirklich nicht, warum jemand so drastisch vorgehen sollte. Die Hockeyspieler sind Diven, aber zahm. Wirklich. Also, war's das jetzt?", fragte sie hoffnungsvoll. „Kann ich jetzt anstatt zur Wache in den Pool gehen?"

Wenn ich ehrlich war, war ich gerade ziemlich wütend. Die Polizei hatte nach etwas gesucht, das nicht existierte, nur weil Katja sich etwas Geld hatte sparen wollen. Und es konnte doch nicht sein, dass ich schon wieder in eine Sackgasse geraten war.

„Nein, das war noch nicht alles", sagte ich und presste meine Lippen aufeinander. „Was war das für ein Spielchip auf der Toilette, den Sie Montag aus dem Mülleimer genommen haben. Der Spielchip, mit dem Sie Bernie später gedroht haben."

„Montag?"

„Am Casinoabend."

Ihr Blick erhellte sich. „Ach, daher kenne ich Sie! Sie sind die Verrückte, die Selbstgespräche geführt hat ... hey, Sie sind gar keine Polizistin!"

„Sagen Sie mir einfach, was das für ein Chip war", sagte ich gereizt und musste meine Hände davon abhalten, sich zu Fäusten zu ballen. Katja Lohbaum ging mir gehörig auf die Nerven.

Sie schob ihren Kiefer hin und her, während sie scheinbar angestrengt über meine Frage nachdachte. „Mhm, nein, ich weiß nicht, was Sie meinen. Ich habe überhaupt nichts mitgenommen. Und Sie sollten jetzt besser gehen."

Ich glaubte ihr kein Wort.

„Es war sehr nett mit Ihnen", sagte Katja fröhlich und fing an, mich an den Schultern aus dem Salon zu schieben. „Aber ich muss Ihnen überhaupt nichts sagen."

Meine Güte, wieso war sie so stark!? Ich war viel älter als sie, es wäre doch gelacht, wenn ich nicht ...

Dreißig Sekunden später hatte sie mir die Tür vor der Nase zugeschlagen.

Genervt schob ich mir meine Handtasche höher auf die Schulter. Ich war eine U-Bahn-Fahrt davon entfernt, irgendeinen wildfremden Passanten zu schlagen – einfach weil ich nicht wusste, wohin mit meinen Aggressionen. Alles, was Katja getan hatte, war, mir zu bestätigen, dass Bernie Dreck am Stecken hatte. Aber er hatte kein Motiv, Felix umzubringen, er ... ach, Mist.

Ich wandte mich zum Gehen – und sah einen schwarzen Audi A5 die Einfahrt hinaufkommen.

Klasse. Einfach nur klasse. Genau das Letzte, was ich jetzt noch gebrauchen konnte.

Ich reckte mein Kinn in die Höhe und versuchte das Auto so gut wie möglich zu ignorieren. Angesichts der Tatsache, dass es mir im nächsten Moment den Weg versperrte und der Hauptgrund meiner schlechten Laune daraus ausstieg, gestaltete sich das jedoch als etwas schwierig.

Ich blieb gezwungenermaßen stehen, atmete einmal tief durch und fixierte dann Josh, der mit gewohnt ausdrucksloser Miene auf mich zu stapfte.

Ich schwieg.

Einfach weil ich keinen Nerv hatte, mich zu verteidigen. Weil ich keine Lust mehr hatte, immer wieder den gleichen Streit zu führen. Weil ich nicht mehr die Energie hatte –

„Du hast Finn einen Job gegeben."

Ich blinzelte verblüfft und machte einen Schritt nach hinten. Mit diesem Satz hatte ich nicht gerechnet. Er hatte sich noch nicht einmal wie ein Vorwurf angehört und ich wusste nicht, ob ich damit umgehen konnte.

„Habe ich", antwortete ich verwirrt.

„Es ist Finn", murmelte Josh, seine Augen unleserlich. „Er ist eine Gefahr für den Straßenverkehr."

„Ich mag Finn. Er hat eine Chance verdient."

Josh nickte langsam, bevor er sagte: „Du hast Jonas Nachhilfe gegeben."

War heute Tag der laut ausgesprochenen Fakten? „Habe ich."

„Warum?"

„Weil er mich darum gebeten hat."

„Und ich hatte dich darum gebeten, dich nicht in mein Leben einzumischen."

Josh klang nicht wütend. Er klang nicht enttäuscht. Er klang einfach nur nachdenklich. Als würde er versuchen, den Worten, die aus meinem und seinem Mund kamen, einen Sinn zu geben. Ich wünschte ihm viel Glück dabei, denn mir erschloss sich die Bedeutung keineswegs.

„Und ich hatte dich darum gebeten, kein Vollidiot mehr zu sein", bemerkte ich. „Scheint so, als hätten wir beide nicht aufeinander gehört."

Josh nickte, sah zum Haus der Lohbaums, sah zu mir, seufzte, öffnete den Mund, schloss ihn wieder ... mein Handy klingelte. Erleichtert um die Unterbrechung zog ich es aus meiner Tasche, wandte Josh den Rücken zu und hob ab.

„Ja?"

„Hey, Loubalou." Es war Emily. „Also, jetzt raste bitte nicht aus, aber es ist etwas passiert."

Ich schloss die Augen und meine Finger zerquetschten das Telefon. „Und was genau wäre das?"

„Vielleicht wäre es besser, wenn du einfach herkommst."

„Wohin?"

„Nun." Stille. „Wir sind im Krankenhaus."

Kapitel 15

Rispo sprach kein Wort, bis wir vorm Krankenhaus anhielten und er mir sagte, ich sollte schon einmal vorgehen, während er einen Parkplatz suchte.

Ich nahm ihm beim Wort und eilte im nächsten Moment durch weiße, sterile Gänge mit hässlichen Aquarellbildern, die entweder Landschaften oder offene Fleischwunden darstellten. Der Künstler schien sich da sehr unsicher gewesen zu sein.

Emily war am Telefon nicht sehr spezifisch gewesen. Alles, was mir im Kopf geblieben war, waren die Worte *Unfall*, *Arm gebrochen* und *Krankenhaus*.

„Ich möchte zu Emily Manu", sagte ich der Empfangsdame, die angestrengt damit beschäftigt war, sich die Nägel abzukauen.

„Manu?", wiederholte sie.

Ich nickte. „Sie ist vor ein paar Stunden mit einem gebrochenen Arm eingeliefert worden."

„Komischer Name. Manu. Hört sich fast an wie nanu, oder? Wie ein Ausruf."

Ich schielte auf ihr Namensschild. „Und Sie sind auf Müller stolz, oder was?", fragte ich pampig.

Die Frau zog eine Schnute und tippte etwas in ihren PC ein. „Frau Manu ist noch im Untersuchungszimmer drei, den Gang runter. Sie wird aber schon fertig sein und ..."

Ich hörte den Rest nicht, denn ich war schon an ihr vorbei und den besagten Gang hinuntergeeilt. Untersuchungszimmer drei war der zweite Raum zur Rechten, und ich machte mir nicht die Mühe anzuklopfen.

Fünf Köpfe wandten sich zu mir um, als ich den Raum betrat.

Der von Emily, der von Finn, der von Jonas, der von Trudi – was zum ...? – und der eines jungen Mannes mit schwarzen Haaren und blauen Augen, Anfang zwanzig.

Na super. Ein Blick genügte, um zu wissen, dass ich die Ehre hatte, einen weiteren Rispo kennenzulernen. Sie waren einfach überall und infiltrierten mein Leben, sie ...

„Es war meine Schuld, Lou!", rief meine Schwester und sprang von der Liege auf, auf der sie gesessen hatte, ihren linken Arm in einen hübschen Gips verpackt und mit einer Schlinge vor ihrer Brust befestigt. „Ich bin gefahren. Du kannst Finn deswegen nicht rauswerfen. Ich habe ihn überredet, weil ich unbedingt Landstraße fahren wollte, und ..."

„Es ist nicht deine Schuld", unterbrach sie Finn. „Es ist die Schuld von diesem Idioten von Lastwagenfahrer, der die Vorfahrt nicht beachtet hat."

„Deinem Auto geht es aber gut. Hat nur eine zerbeulte Stoßstange", fuhr Emily unbeirrt fort. „Ich hatte Pech mit dem Arm, bin blöd gegen das Lenkrad gestoßen. Aber sonst geht es allen gut, und die Polizei meinte, dass wir wirklich keine Schuld haben ..."

„Natürlich meinte sie das, denn wir *hatten* keine Schuld", sagte Finn. „Du musst uns glauben, Lou, wir haben nichts falsch gemacht. Flo, sag's ihr!" Er nickte zum neuen Rispo in der Runde. „Dich kennt sie noch nicht, und du bist sowieso der gute Bruder. Dir muss sie glauben."

„Warum bin ich der gute Bruder?", fragte Flo irritiert.

„Weil du studierst", sagten Finn und Jonas aus einem Mund.

„Du bist der stattlichste von ihnen allen", stellte Trudi ebenfalls fest.

„Ist auch egal", fuhr Finn fort, sein Gesicht wieder zu mir gewandt. „Der Wichser hat uns die Vorfahrt genommen und ..."

„Er hat uns wirklich die Vorfahrt genommen, Lou!", bestärkte Emily eindringlich.

„Das musst du Josh sagen, okay? Dir glaubt er alles", sagte Finn. „Sonst wird er nur wieder scheiße wütend, wenn er das mit dem Unfall herausfindet, und versucht mein Leben kaputtzumachen und ..."

„IHR HALTET JETZT ALLE DIE KLAPPE!", schrie ich, beide Hände erhoben.

Dieser Tag war zu viel für mich und ich brauchte Ruhe, um meine Gedanken zu ordnen.

Ich atmete tief ein und aus und schloss für einen Moment die Augen, bevor ich die Rispo-Jungs einen nach dem anderen fixierte.

„Ihr hört mir jetzt mal zu: Josh opfert sein Leben für euch und seinen Job auf. Er kümmert sich um euch, holt euch aus der Scheiße, bezahlt eure Fehler, und was gibt ihr ihm im Gegenzug? Eine kack Einstellung, Wut und Undankbarkeit! Das ist weder fair noch richtig. Es ist nicht Joshs Problem, dass ihr nicht erwachsen werden könnt, und trotzdem macht er es zu seinem. Also reißt euch zusammen und wisst verdammt noch mal zu schätzen, was er alles für euch tut! Finn, du säßest längst im Knast, wenn Josh nicht wäre. Jonas, du hättest deine Ausbildung wahrscheinlich abgebrochen und wärst durch deine Führerscheinprüfung gefallen", ich wandte mich zum dritten Bruder, „und du ... dich kenne ich nicht. Florian, richtig? Schön, dass meine Sammlung an Rispos bald vollständig ist. Ich bin mir sicher, auch du nimmst das, was Josh dir gibt, als selbstverständlich an. Ich weiß zum Beispiel, dass er deinen Semesterbeitrag bezahlt. Übrigens nett dich kennenzulernen, ich bin Louisa." Ich schenkte ihm ein kurzes Lächeln, bevor ich sofort wieder ernst wurde. „Ihr habt ein verdammtes Glück, einen solchen Bruder zu haben, das ist alles andere als normal, also reißt euch zusammen und hört alle auf zu nörgeln, das lässt euch nämlich wie kleine sechsjährige Mädchen wirken."

Die drei Jungs sahen mich mit offenen Mündern an.

Dann blickte Finn zu Jonas. „Ich glaube, ich hab mich gerade ein wenig eingepinkelt."

„Alter, ich auch."

Flos Blick hingegen war über meine Schulter gewandert und jetzt hob er die Hand. „Hey, Joshi."

Mein Kopf lief feuerrot an, und ich wandte mich langsam auf den Fersen um. Ich hatte offenbar die Tür nicht geschlossen, und das hatte Josh, seinem verschmitzten Grinsen nach zu urteilen, schamlos ausgenutzt, um sich von hinten anzuschleichen.

„Ihr solltet alle auf sie hören", bestätigte der älteste Bruder und sah in die Runde. „Ich bin ein verdammter Held, könnt ihr jeden fragen." Dann landete sein Blick auf mir. „Und bei dir bin ich mir nicht sicher, ob ich jetzt wieder wütend darüber sein soll, dass du dich in mein Leben einmischst, oder dankbar."

Ganz ehrlich? Das war mir scheißegal!

„Du!", sagte ich laut, den Zeigefinger fest auf seine Brust gedrückt. „Du bist genauso wenig unschuldig wie deine Brüder!"

„Oh oh", flüsterte Finn, während Florian murmelte: „Sie schreit genauso viel und laut wie Joshi. Ein richtiges Traumpaar."

Ich ignorierte sie alle beide. „Wenn du mir noch einmal erzählst, dass du keine Hilfe brauchst, Josh, dann raste ich aus! Du brauchst jede Hilfe, die du kriegen kannst, bist aber zu stolz, dir das einzugestehen. Du gehst in deinem Verantwortungsgefühl für deine Brüder unter und nimmst es als Ausrede dafür, kein Privatleben zu haben. Dabei hast du nur Angst, verletzlich zu sein! Es ist dein Leben, Josh. Wie wäre es, wenn du zur Abwechslung mal die Verantwortung für *dein* Leben übernimmst anstatt für das deiner Brüder?"

„Lou", sagte er, offenbar bemüht, ruhig zu bleiben, „hier geht es gerade nicht um mich und überhaupt ... du weißt nicht, was das Beste für mich ist. Du weißt ja noch nicht einmal, was das Beste für *dich* ist! Du ..."

„Ich weiß verdammt gut, was das Beste für mich ist", brüllte ich ihn an. „Denn das Beste für mich bist du!

Ich weiß, es ist dumm. Ich weiß, ich sollte es besser wissen, aber so ist es nun einmal. Du bist derjenige, der nicht weiß, was das Beste für ihn ist! Du bist derjenige, der behauptet, nichts in seinem Leben gehöre ihm – aber eigentlich bist du nur zu ängstlich, es dir einfach zu nehmen!"

Abrupte Stille senkte sich über den Raum. Doch auch das war mir egal. Denn verdammt nochmal, es wurde Zeit, dass er es endlich hörte!

„Und bitte, Josh, erzähl du mir nichts von einmischen. Du bist viel schlimmer als ich. Du versuchst das Leben deiner Brüder zu kontrollieren und nimmst deine verkorksten Geschwister als Ausrede dafür, dich nicht auf eine ernste Beziehung einlassen zu können."

„Hey! Verkorkst?", beschwerte Finn sich sofort.

„Halt die Klappe, Finn!", fuhr ich ihn an. „Du bist am schlimmsten von allen. Pöbelst rum, lässt dich verhaften, nur um Josh zu beweisen, dass du nicht er bist. Nun: Realitätscheck. Ihr seid euch verdammt ähnlich, denn auch du hast so eine große Angst davor, dich zu verlieben, dass du lieber mit der halben Erdbevölkerung schläfst, als zuzugeben, dass du dich nach einer stabilen Partnerin sehnst!"

„Wer hat dir erzählt, dass ich mit der halben Erdbevölkerung schlafe?"

„Oh bitte!" Ich schnaubte verächtlich. „Das ist es doch, was dich und Emily verbindet."

Finn legte theatralisch eine Hand auf die Brust. „Tja, was soll ich sagen: Ich bin Kleptomane. Ich stehle zwanghaft Herzen."

Wieder schnaubte ich. „Du stiehlst zwanghaft Nerven – und sag Josh verdammt nochmal, dass du dich auf eine Ausbildung bewerben willst! Dann kann er vielleicht aufhören, sich Sorgen zu machen."

„Was für eine Ausbild–"

Ich hielt Josh die Hand vors Gesicht, damit er innehielt. „Ich bin noch nicht fertig!"

Ich war so richtig schön in Fahrt, und es gab noch einiges zu ordnen. Es wurde Zeit, erwachsen zu werden. „Emily", wandte ich mich an meine Schwester, „es ist mir egal, ob du Schuld am Unfall hast oder nicht. Du musst lernen, Verantwortung für dein Handeln zu übernehmen. Du bekommst keinen einzigen Cent mehr von mir und wirst von morgen an jeden Tag arbeiten, bis das Geld für die zerbeulte Stoßstange oder die Erhöhung der Versicherungspolice drin ist. Zusätzlich zu dem Geld, das du mir noch für deine Klamotten, Schuhe und was weiß ich was alles schuldest. Und wenn ich dir einen Tipp geben darf: Wirf dein Studium hin und mach eine Ausbildung zur Verkäuferin. Du bist nämlich verdammt gut darin, Leuten Dinge anzudrehen. Und Trudi ..." Schwer seufzend sah ich meine alte Angestellte an, die interessiert und mit wippenden, stahlgrauen Locken das Geschehen beobachtet hatte. „Ich weiß nicht, warum du hier bist, und wenn du mit Paintball spielen warst, möchte ich bitte die Fotos sehen, aber ... es tut mir leid: Ich muss dich gehen lassen. Du bist gefeuert. Zumindest als meine Angestellte. Deine Kekse würde ich gerne weiterhin beziehen. Und du solltest das Zaubern aufgeben. Du besitzt keinerlei Talent darin. Tut mir leid."

Trudi blinzelte mich einige Sekunden lang verdutzt an, dann zuckte sie die Schultern. „Um ehrlich zu sein bin ich das Arbeiten auch ein wenig Leid geworden. Es war schön, es mal auszuprobieren, aber es war doch sehr stressig, vor allem da du eine enge Hand führst."

Ich hätte beinahe angefangen zu lachen. Ja, ich führte eine *unglaublich* enge Hand. Es war ein Wunder, dass Emmi und sie noch nicht erstickt waren.

„Gut. Dann ist ja alles geklärt", sagte ich erleichtert. „Und jetzt entschuldigt mich, ich bin nicht eure Mutter, ihr könnt euch selbst um euren Kram kümmern. Emmi, gute Besserung, Trudi, wegen der Kekse reden wir noch, Finn, melde dich bei mir wegen der Bewerbung, Jonas, viel Glück bei der Klausur morgen, Flo, wirklich nett dich kennenzulernen – und mit dir ..." Ich wandte mich zu Josh um. „Mit dir möchte ich erst wieder reden, wenn du weißt, was du willst. Ganz ehrlich: Ich habe keine Lust mehr auf das Hin und Her. Auf das Ja und Nein. Auf das ‚ich will dich', ‚ich will dich nicht'. Ich habe etwas Besseres verdient und vielleicht wäre es einfacher, wenn wir uns überhaupt nicht mehr sehen." Ich atmete tief durch und straffte meine Schultern. „Ich gehe jetzt. Schreien ist anstrengend, ich will nach Hause in mein Bett."

Dann ließ ich die Meute hinter mir, achtete nicht auf die teils überraschten, in Emilys Fall schockierten Blicke – oder auf die verdammte Kamera, die plötzlich in ihrer Hand erschienen war –, sondern schritt mit gerecktem Kinn aus der Tür. Ich war irgendwie stolz auf mich.

Diese Ansage war lange überfällig gewesen.

Manchmal war es wichtiger, sich selbst zu helfen, bevor man an die anderen dachte.

Mit so leichter Brust wie schon lange nicht mehr verließ ich das Krankenhaus und holte mein Handy aus der Tasche. Ich musste mir ein Taxi rufen, denn Rispo würde ich sicher nicht um eine Mitfahrgelegenheit bitten. Doch bevor ich die Nummer wählen konnte, sah ich einen verpassten Anruf und eine neue Mailbox-Nachricht in meinem Display aufblinken.

Ich rief die Nachricht ab und hielt das Telefon an mein Ohr.

„Hey, Lou, hier ist Felix. Mir ist da gerade etwas eingefallen. Ich glaube, ich weiß doch, wem die Münze gehört. Und ... da ist noch etwas anderes. Mhm, ich weiß nicht. Kannst du vorbeikommen? Zur Not bring auch deinen Affenmann mit. Ich bin bei mir im Haus, also, komm vorbei."

Eine halbe Stunde später bezahlte ich den Taxifahrer und gab mir Mühe, im düsteren Schlachtfeld von Vorgarten nicht umzuknicken. Es war bereits stockdunkel, und Felix hatte noch keine Lampe an seiner Vordertür angebracht, sodass ich das Polizeiauto, das in seiner Einfahrt stand, nur erahnen konnte.

Ich klopfte an die Haustür und nach ein paar Momenten öffnete mir Marvin.

Er war der Personenschutz? Na, dann wünschte ich Felix viel Glück.

„Oh, Lou", sagte er freudig und ließ seine Hand fallen, die auf seiner Waffe gelegen hatte. „Was machst du denn hier? Kommt Kommissar Rispo auch?"

„Nein", sagte ich und wischte mir die Schuhe auf der Matte im Flur ab. „Felix hat angerufen, er ..."

„Da bist du ja, Louisa." Felix kam aus der Küche geschlendert. „Wo ist der Affenmann?"

Den Namen würde ich mir für Rispo merken müssen. „Nicht hier. Er hat ... ein Familienproblem. Was wolltest du mir sagen? Was ist dir eingefallen?"

„Ihnen ist etwas eingefallen?", fragte Marvin perplex.

Felix winkte ab und meinte: „Ich glaube, ich habe die Fenster oben offengelassen. Könnten Sie mal nachschauen? Nicht dass hier jemand einsteigt."

Marvin sah unsicher zwischen mir und Felix hin und her. „Ähm ... okay", sagte er schließlich langsam und stapfte die Treppen hoch. Konfrontationen waren nicht so seine Sache.

Kopfschüttelnd sah Felix ihm nach. „Meine Güte, die Polizei ist echt ein Haufen Dummköpfe. Die würden den Mörder nicht finden, wenn er direkt vor ihnen stünde. Komm mit. Willst du was trinken?"

„Warum nicht. Tee oder Wodka vielleicht?"

Ich folgte ihm in die Küche, wo Felix auf einen Stuhl deutete, auf den ich mich setzen konnte. Er stand vor einem schmalen Holztisch, auf dem ein Haufen Papiere verstreut lag. Es war ein Vertrag. Eine Menge Absätze und Paragraphen leuchteten mir entgegen, alle mit verschiedenen Farben markiert.

„Mit Wodka kann ich nicht dienen, tut mir leid", sagte Felix. „Aber Tee habe ich in rauen Mengen da. All den japanischen Scheiß, den Franzi mit angeschleppt hat."

„Japanischer Scheiß klingt gut", sagte ich abwesend, während mein Blick über einen grellrot markierten Abschnitt glitt. Mir sprang eine hohe fünfstellige Summe ins Auge, die sich meiner persönlichen Meinung nach sehr gut auf meinem Konto machen würde. Meine Güte, das war eine Menge Geld.

„Also", fuhr Felix fort, während er einen Wasserkocher anstellte. „Ich habe über diese Plastikmünze nachgedacht und ich glaube, ich habe sie bei Bernie schon mal gesehen. Er hat zumindest mal durchblicken lassen, dass seine Frau ihn schon mal zu solchen Spielsucht-Treffen gezwungen hat, aber ich bin nicht sicher. Außerdem hätte er die hier auch schon vor Monaten verlieren können."

Der Hockeyspieler ließ sich mir gegenüber nieder.

„Was wirklich Fundiertes ist das aber nicht."

Was hatte Katja noch gesagt? Sie hatte geglaubt, ich sei wegen Bernie bei ihr …

Ich ließ meinen Blick kurz zu ihm hochhuschen, bevor ich wieder die rotmarkierte Stelle betrachtete.

Die Treueabfindung wird nach beendeter Saison 2017 an beide Parteien zu gleichen Teilen ausgeschüttet. Bei Versterben oder Verhinderung einer Partei geht die Abfindung zu ganzen Teilen an die jeweils andere Partei. Bei Vertragsbruch von Seiten des Agenten oder einer durch ihn bedingten Vertragsauflösung, geht die Summe zu ganzen Teilen an den Klienten.

„Was ist das hier?", wollte ich wissen und wedelte mit den Händen über die Papiere.

„Oh, sorry für das Chaos." Felix fing an, die Papiere zusammenzuschieben. „Das ist mein Vertrag mit Bernie. Ich hab dir doch erzählt, dass ich unzufrieden mit ihm bin und den Vertrag auflösen will. Sieht so aus, als hätte mein Anwalt da eine Lücke gefunden", sagte er zufrieden. „Ich kann also endlich aus dem Mist raus. Bernie kriegt keinen Cent mehr. Also, wegen der Münze. Ich weiß, das ist nicht viel, aber ..."

Ich blendete Felix' Stimme aus.

Keinen Cent mehr.

Keinen Cent mehr für den Agenten, der in Mount-Everest-großen Schulden steckte. Keinen Cent – erst recht nicht von dieser abnormal hohen Treueabfindung, die in den nächsten Wochen fällig wurde. Nicht mehr viel Zeit, um den Vertrag aufzulösen. Oder um den Klienten daran zu hindern, es zu tun.

„Felix", unterbrach ich mein Gegenüber. „Wusste dein Agent das? Bernie? Wusste er, dass du aus dem Vertrag aussteigen wolltest?"

„Nein, woher denn?"

Woher? Ja, woher ...

„Hast du es Ingo erzählt?"

Der Hockeyspieler sah mich verständnislos an. „Warum ist das wichtig?"

„Es ist wichtig! Hast du es ihm erzählt?"

„Klar. Er ist mein bester Kumpel. Er versteht mich. Wieso fragst du?"

Ingo. Derjenige, der noch vor ein paar Tagen gemeint hatte, er würde Bernie alles anvertrauen. Ingo, der so eine Information sicher nicht für sich behalten hätte.

Oh Mann. Es gab da auf einmal eine Menge Leuchtpfeile, die auf eine Person deuteten.

Ich strich mir mit der Faust über meine Schläfe. „Du denkst, die Münze ist von Bernie?"

„Ja, könnte gut sein. Ich wollte ihn fragen, er war gerade noch im Stadion, als ich dort war, um dem Coach zu sagen, dass ich wegen des Beins ausfalle", er deutete auf seinen Verband, „aber dann dachte ich: Was, wenn er es wirklich ist? Wenn der Bastard es war, der mit einem Messer auf mich losgegangen ist. Dann wäre es nicht sehr schlau gewesen, ihn auf mein Wissen aufmerksam zu machen, oder?"

„Nein, wäre es nicht", bestätigte ich und stand auf. Meine Fingerspitzen kribbelten, und noch einmal warf ich einen Blick auf den Vertrag.

Bei Versterben oder Verhinderung einer Partei geht die Abfindung zu ganzen Teilen an die jeweils andere Partei. Bei Vertragsbruch von Seite des Agenten oder einer durch ihn bedingten Vertragsauflösung, geht die Summe zu ganzen Teilen an den Klienten.

„Ich muss gehen, Felix", sagte ich. „Danke, dass du dich gemeldet hast. Das war sehr hilfreich."

Verwirrt sah er mich an. „Wo musst du hin?"

„Was überprüfen", murmelte ich und lief zur Haustür.

Ich holte das Handy aus meiner Tasche, bereit, ein Taxi zu rufen, und hielt inne.

Unschlüssig starrte ich auf das Display. Ich wollte Bernie befragen. Jetzt sofort. Ich wollte wissen, was er zu sagen hatte. Wissen, wie er sich verteidigen würde. Ich wollte los, war so unglaublich neugierig – und ich wollte nicht mit Josh reden. Am liebsten hätte ich es alleine gemacht, wäre einfach auf eigene Faust zum Stadion gefahren, aber da war diese kleine Stimme in meinem Kopf, die mich warnte, nicht dumm zu sein. Die mir sagte, dass ich meinen Streit mit Josh nicht über meine Sicherheit stellen durfte. Dass ich es besser machen sollte, als das letzte Mal.

Ich seufzte leise, verärgert über meine Rationalität, bevor ich Joshs Nummer wählte.

„Hey, Lou", antwortete er nach dem zweiten Klingeln. „Alles okay bei dir?"

Seine Stimme klang sanfter als sonst, beinahe vorsichtig, oder zumindest bildete ich mir das ein. Aber vielleicht hatte ich heute auch einfach so viel geschrien, dass mir alles im Vergleich dazu ruhig vorkam.

„Josh", sagte ich und seufzte, „ich habe ein Motiv gefunden."

Die erwartete Stille setzte ein, dann: „Wo das?"

„Nun, es lag auf dem Tisch." Ich erzählte ihm von der Klausel im Vertrag und davon, dass Ingo wusste, dass Felix den Vertrag beenden wollte, und er es wahrscheinlich weitererzählt hatte.

„Nun", sagte er, als ich fertig mit meiner Erklärung war. „Das passt ganz gut, denn das Labor hat soeben Bernies Fingerabdrücke auf der Münze festgestellt. Außerdem habe ich gerade den Besuch bei Lohbaums Tochter nachgeholt, die mir nach einiger Überzeugungsarbeit eine interessante Geschichte zu den Marken erzählt hat."

Mein Herzschlag beschleunigte sich. „Also haben wir Grund genug, ihn zu verhaften?"

„Grund genug, ihn für eine erneute Befragung aufs Präsidium zu holen. Du bist noch bei Brüllig?"

„Ja, wir können uns beim Stadion treffen, ich kann ein Taxi nehmen."

„Nein", sagte Rispo bestimmt. „Beweg dich nicht vom Fleck. Ich komme dich abholen."

Er legte auf, und ich fragte mich, ob er immer noch nicht darauf vertraute, dass ich wirklich auf ihn warten würde.

Meine Mundwinkel zuckten.

Das war nicht blöd. Ich vertraute mir ja selbst nicht.

Kapitel 16

Ich war nicht dafür bekannt, zu schweigen – und ich hätte noch eine Menge zu sagen gehabt –, aber als Rispos Audi vorfuhr, sein Heck beeindruckend zerkratzt, und er ausstieg, riss ich mich zusammen und sagte nichts.

Ich war alles losgeworden, was ich hatte loswerden müssen, und jetzt war er an der Reihe.

Josh hatte den Wagen rückwärts in die Einfahrt gesetzt und lief um seine Motorhaube herum, um mir die Tür aufzuhalten.

Ich setzte mich, doch er warf die Tür nicht wieder ins Schloss. Stattdessen blieb er stehen, einen Arm über den Rahmen gelegt und sah auf mich hinab.

Ich blickte stumm zurück.

Er öffnete den Mund, verharrte und schloss ihn wieder.

Ich blickte stumm zurück.

Er wiegte den Kopf zur anderen Seite.

Ich blickte stumm zurück.

Das Schauspiel wiederholte sich, bevor er seufzte, die Tür schließlich doch zufallen ließ und zehn Sekunden später hinterm Steuer saß.

Wir fuhren los und ich betrachtete intensiv meine Fingernägel, die wirklich schon bessere Tage erlebt hatten. Aber eine Maniküre wäre bei meinem Job einfach nur Geldverschwendung gewesen.

„Woher weißt du, dass Hartmann im Stadion ist?", brach Rispo schließlich die Stille mit einer unverfänglichen Frage.

Feigling.

„Felix hat es mir gesagt", unterrichtete ich ihn.

„Mhm."

Wieder wurde es still.

„Glaubst du, er ist schuldig?", wollte ich schließlich leise wissen. Ich war so verdammt neugierig.

„Er sieht im Moment zumindest sehr schuldig aus. Jetzt, wo wir wissen, dass die CD ein Fake ist. Ich gehe davon aus, das hast du bei Katja bereits herausgefunden?"

Ich nickte. „Habe ich. Und du hast die Frage nicht beantwortet."

Rispos Finger trommelten auf das Lenkrad. „Lass es mich so sagen: Traue ich Bernhard Hartmann zu, jemanden zu vergiften? Ja. Traue ich ihm zu, jemanden mit einem Messer auf äußerst dumme und unüberlegte Weise anzugreifen? Nicht wirklich."

Ich hatte bereits denselben Gedanken gehabt. „Vielleicht ist er panisch geworden, weil er nicht mehr viel Zeit hat, bis die Saison vorbei ist."

„Vielleicht."

Doch Josh hörte sich nicht so an, als würde er das wirklich glauben.

„Wir können ihn ja danach fragen", schlug ich vor.

„Können wir."

Er schien nicht ganz bei der Sache, deswegen verfiel ich wieder der Stille.

Zwanzig Minuten später fuhren wir neben einem Subway-Sandwich-Shop auf einen Haltestreifen vor der Lanxess Arena, der eigentlich nicht zum Parken gedacht war. Doch wir waren offensichtlich nicht die einzigen, die diese Idee gehabt hatten, denn zwanzig Meter vor uns stand bereits ein Wagen mit getönten Scheiben, der von einer der Straßenlaternen fahl erleuchtet wurde. Zwei Männer in dunklen Anzügen waren ausgestiegen und schlenderten nun auf die Arena zu. Der Linke der beiden hob seinen Arm, um das Auto elektrisch abzuschließen und entblößte dabei den Bund seiner Hose.

„Das kann doch verdammt nochmal nicht wahr sein", fluchte Rispo leise.

Ich hatte mich also auch nicht verguckt. Der Typ hatte eine ziemlich offensichtliche Pistole an seinem Gürtel hängen.

„Das ist ja ganz wunderbar", knirschte Josh, bevor er zu seinem Telefon griff. „Zentrale, ich brauche hier Verstärkung, Köln-Deutz, Lanxess Arena, bewaffneter Mann, Mitte dreißig ..."

Ich hörte nicht zu, sondern starrte weiter den Männern nach, die jetzt in der Dunkelheit verschwanden. Was ging denn jetzt ab? Das konnte nur ein schlechter Zufall sein – was gar nicht so abwegig war, wenn man meine Historie näher betrachtete. Die Männer könnten wegen allem Möglichen hier sein. Vielleicht waren es ja selbst Polizisten, die wegen eines anderen Falls ermittelten? Oder ...

„Lou?"

Ich schreckte zusammen, als Rispo meinen Namen sagte und wandte mich zu ihm um. „Ja?"

Sein Blick glitt forschend über mein Gesicht, und er brauchte eine Weile, bis er die nächsten Worte formulierte. „Ich glaube ... du hast recht."

Verdutzt hob ich die Augenbrauen. „Damit, dass Bernie ein Motiv hat, Felix umzubringen?"

„Nein. Obwohl damit vielleicht auch. Aber ... ich meine mit dem anderen. Mit dem, was du heute gesagt hast. Bei mir zu Hause. Und im Krankenhaus."

Ich sah ihn mit offenem Mund an. Das war so aus dem Kontext mit dem bewaffneten Mann gerissen, den wir gerade gesehen hatten, dass ich Mühe hatte, ihm zu folgen.

„Mit was jetzt genau?"

„Damit, dass ich ein Feigling bin und Ausreden gesucht habe. Damit, dass es ziemlich unfair von mir ist, dich hinzuhalten, und nicht deutlich zu sagen, was ich will." Sein Arm lag nun über meiner Rückenlehne.

„Ich weiß, dass ich damit recht habe", stellte ich überrascht fest.

Seine Mundwinkel hoben sich. „Natürlich tust du das. Es gibt aber auch eine Sache, mit der du unrecht hast."

„Womit?"

„Damit, dass ich nicht wüsste, was ich will."

„Oh."

„Ich weiß sehr genau, was ich will", fuhr er fort, und jetzt lag seine Hand in meinem Nacken. „Und ich glaube, ich sollte aufhören, vernünftig zu sein, und es einfach mit dir versuchen. Auch wenn dein Leben ein Desaster ist und du meine Knöpfe drückst, wie niemand anderes."

„*Dein* Leben ist auch ein Desaster!", verteidigte ich mich sofort.

Wieder lächelte er. „Ich weiß und ... da ich ohnehin schon ein hoffnungslos verknallter Idiot bin, warum mich dann nicht kopfüber in den Wahnsinn stürzen, dem ich ohnehin jeden Tag weiter verfalle?"

Meine Wangen wurden heiß und ich musste mehrmals schlucken. „Wüsste ich auch nicht, warum du das nicht tun solltest."

„Eben. Solange ich dann endlich das Recht eingeräumt bekomme, ab und an ein eifersüchtiger Depp zu sein und dich für mich zu beanspruchen?"

„Das würdest du bekommen", sagte ich ernst und mein Magen flatterte so heftig, dass ich für einen Moment glaubte, mir würde übel werden.

„Okay", sagte er nickend. „Dann ist ja alles geklärt."

„Ist es?"

Was passierte hier gerade? Ich fühlte mich, als wäre ich in ein Paralleluniversum gefallen, in dem Rispo plötzlich kein Vollpfosten mehr war.

„Ist es", schloss er, und bevor ich den Rest der Fragen stellen konnte, die mir zu hunderten auf der Seele brannten, angefangen damit, warum er gerade jetzt zu dieser Einsicht gekommen war, küsste er mich. Beide Hände in meinem Nacken, seine Daumen über meine Wangen streichend, hob er mich fast aus meinem Sitz.

Seine Hände begannen zu wandern, aber ich bekam nicht wirklich mit, was genau sie taten, da ich schon genug mit seinen Lippen zu tun hatte und gerne von meinem Platz auf seinen Schoß gekrabbelt wäre. Es war viel zu eng hier. Wir brauchten Platz, damit wir beide unsere breite Persönlichkeit entfalten konnten.

Rispos Hände waren an meinen angelangt, seine Finger kalt um mein Handgelenk und ... Moment.

Seine Finger waren doch etwas *zu* kalt. Merkwürdig kalt. Sie fühlten sich auch gar nicht wie Finger an, eher wie ... *Klick*.

Was zum Teufel!?

Ich schnappte nach Luft und wollte ihn von mir stoßen, konnte jedoch nur meine linke Hand dafür verwenden, weil die rechte gegen einen Widerstand stieß. Ungläubig starrte ich meinen Arm hinunter. Der Bastard hatte mich mit einem Paar Handschellen an meine Tür gekettet.

„Willst du mich verarschen!?"

„Sorry." Rispo küsste mich ein letztes Mal, bevor er sich hastig aus meiner Reichweite zog. „Das musste sein."

„Die Ablenkung oder die Handschellen!?", fauchte ich und zog erneut an meinem Arm.

Rispo öffnete seine Autotür und hob die Hand. „Bis gleich. Zieh nicht zu fest dran. Die Teile sind echt, nicht die Billigversion fürs Bett. Sie ziehen sich nur fester, je mehr du dran ruckelst. Also, halte still."

„Still!?" Meine Stimme überschlug sich. Die Wahrscheinlichkeit, dass ich still hielt, tendierte zu minus dreitausend! *„Du Arschloch!"*

Die Tür fiel ins Schloss.

„*Josh!*", brüllte ich. „Komm sofort zurück!"

Doch er war schon in der Dunkelheit verschwunden, auf dem Weg Richtung Lanxess Arena.

Wütend schlug ich mit meiner Faust aufs Armaturenbrett. Das konnte nicht sein beschissener Ernst sein! Und verdammt nochmal, es konnte auch nicht *mein* beschissener Ernst sein! Natürlich hatte er es sich nicht auf einmal anders überlegt. Natürlich war er nicht plötzlich zur Vernunft gekommen und wollte sich binden. Gott, wann sah ich die Realität denn endlich wie sie war?!

Ich presste meine Hände so fest zu Fäusten, dass sich meine Nägel in mein eigenes Fleisch bohrten, und starrte mit zusammengepressten Zähnen in die Dunkelheit hinaus, zu den Lichtern der Arena.

Die Minuten strichen dahin und nichts passierte.

Keine Sirenen, die die Stille durchbrachen. Keine Menschen. Und mein Herzschlag verlangsamte sich auch nicht. Ich bezweifelte, dass ich mich je von meiner Wut erholen würde.

Gott, wie konnte er nur? Wie konnte er meine Gefühle so gegen mich benutzen, wie konnte er ... wie konnte er alleine in ein Gebäude stürmen, in dem es zwei bewaffnete Männer gab? Wieso hatte er nicht auf die Verstärkung gewartet? Und wo zur Hölle war diese Verstärkung!?

Neue Gefühle mischten sich zu meiner Wut und klammerten sich um mein Zwerchfell. So sehr ich Josh in diesem Moment hasste, das Gefühl war nicht stark genug, um meine plötzliche Angst um ihn zu überdecken.

Er mochte sich für Superman halten, aber er war kein Held. Kugeln konnten ihn verletzen, und er war alleine, und sein Ego war viel zu groß und ...

„Scheiße", fluchte ich und legte die Stirn kurzzeitig in meine linke Hand. „Scheiße, scheiße, so eine verdammte scheiß–" Ruckartig fuhr mein Kopf in die Höhe.

Da war eine Bewegung gewesen.

Ich verengte die Augen und starrte die Auffahrt zum Stadion hinauf. Ich hatte mich nicht geirrt. Dort war ein Mann. Ein Mann, der die Straße hinunterrannte, direkt auf mich zu. Schlaksig, dick umrandete Brille, anfängliche Glatze – Bernhard Hartmann. Und wie es aussah, war er auf der Flucht. Immer wieder wandte er sich um, während seine klatschenden Schritte sogar durch das Fensterglas zu hören waren. Nur, vor was rannte er weg? Vor den beiden Männern oder vor Rispo?

Ich richtete mich in meinem Sitz auf, umklammerte mit beiden Händen den Türgriff und starrte auf die näherkommende Gestalt.

Bernie war jetzt nur noch wenige Meter entfernt, wandte sich erneut zur Arena um, aus der jetzt eine weitere Gestalt gerannt kam – und ich stieß mit voller Wucht und meinem ganzen Körpergewicht die Tür auf.

Wumm.

Ein abartiges Klonk-Geräusch, gefolgt von einem lauten Knirschen war zu hören und Bernie brach augenblicklich zusammen. Das hätte Thilo uns beim Selbstverteidigungskurs beibringen sollen!

„Verdammt", fluchte ich, denn Rispo hatte recht behalten. Die Handschelle hatte sich unangenehm eng um mein rechtes Gelenk gezogen. Abgesehen davon hing ich äußerst unelegant aus dem Auto. Mein Hintern halb auf dem Sitz und halb in der Luft, mich mit der Handschellenhand am Türgriff festklammernd, damit ich nicht fiel und mir den Arm auskugelte. Gleichzeitig versuchte ich meinen Kopf auf Fensterhöhe zu halten, damit ich sehen konnte, wer da noch auf uns zugerannt kam. Wenn es einer der fremden bewaffneten Männer war, hatte ich Bernie und mich möglicherweise gerade umgebracht.

Aber es war Rispo und erleichtert stieß ich meinen angehaltenen Atem aus.

„Was zum Teufel ist denn hier passiert!?", wollte er wissen, sobald er uns beide erreicht hatte. „Großer Gott, nicht einmal an ein Auto angekettet kann man dich davon abhalten, Verderben und Zerstörung anzurichten."

„Er ist weggelaufen und ich habe ihn aufgehalten."

„Du hast ihn ausgeknockt!"

„Ein- und dasselbe", zischte ich. „Und könntest du mir hier womöglich mal helfen?"

Rispo kam um die Tür herum und betrachtete meine verfängliche Lage. „Ich hab dir gesagt, du sollst dich nicht zu viel bewegen", belehrte er mich.

„Josh, ich schwöre dir, du wirst dir wünschen, mich nie kennengelernt zu haben, wenn ich in den nächsten zehn Sekunden nicht befreit werde und du mir erlaubst, dir mindestens dreimal ins Gesicht zu schlagen. Du bist das größte Arschloch der Weltgeschichte, und wenn du mir je wieder etwas vormachst und auf meinen Gefühlen herumtrampelst, nur damit ich abgelenkt werde, dann Gnade dir Gott, denn ich wer–"

„Ich habe dir überhaupt nichts vorgemacht", unterbrach er mich, und der Bastard besaß die Dreistigkeit zu lächeln, während er sich bückte, um meine Handschellen zu öffnen. „Ich habe alles ernst gemeint. Dass ich dich damit ablenken konnte, war nur ein Bonus. Zwei Fliegen mit einer Klappe sozusagen."

Die metallene Schnalle glitt von meinem Handgelenk und er fing mich auf, bevor ich gänzlich vom Sitz rutschen konnte.

Ich glaubte ihm kein Wort.

„Einen Scheiß hast du ernst gemeint!" Ich schlug seine Hände von meinem Körper, sobald ich stand.

„Jedes Wort, Lou", sagte er unbewegt, während er sich zu dem Opfer hinter der geöffneten Tür bückte, und ihm die Handschellen anlegte, die soeben noch an mir angekettet gewesen waren. Bernie stöhnte leise und seine Augenlider flatterten.

„Du hast mich an dein Auto gefesselt", erinnerte ich Rispo und schnaubte. „Du hast recht, das zeugt von sehr großer Zuneigung."

„Tut es!", versicherte er mir. „Ich wollte nicht, dass du dich umbringst."

„Oh bitte, das ist deine Ausrede für alles!"

„Ja, weil du eine Gefahr für dich und deine Umwelt bist – und könnten wir da wann anders drüber reden? Vielleicht nicht dann, wenn ein potentieller Mörder dabei ist, aufzuwachen?"

Ich verschränkte meine Arme und biss mir auf die Zunge. „Schön! Und was ist überhaupt mit den beiden Männern? Diejenigen, die bewaffnet waren."

„Kredithaie, denen Bernie Geld schuldet. Hat sich herausgestellt, dass sie Schiss vor jemandem haben, der eine Waffe wirklich bedienen kann. Hab sie in einen Schrank gesperrt."

„Oh. Okay."

Ich starrte Josh immer noch etwas verdattert an, als zwei Streifenwagen neben uns anhielten und vier Polizisten herausgesprungen kamen.

„Natürlich wie immer viel zu spät", hörte ich Josh murmeln, bevor er sich an die Neuankömmlinge wandte, die mit geöffneten Mündern die Situation in sich aufsogen. „Schön, dass Sie dann auch noch eintreffen", sagte er scharf, und den zuckenden Gesichtern nach zu urteilen, kannten die Polizisten Rispo schon. „Sie könnten sich nützlich machen, zwei Kredithaie einsammeln, die im Erdgeschoss in den Vorratsschrank des Nachostandes eingeschlossen sind, und das Büro von Herrn Hartmann nach Überresten von Blausäure oder anderen Giftstoffen durchsuchen."

Die vier Uniformierten starrten ihn an.

„Jetzt", sagte Rispo genervt.

Hastig wuselten die Beamten zur Arena, der eine eifriger als der andere.

Während ich ihnen noch nachsah, packte Rispo derweil Bernie unter den Achseln und setzte ihn auf den Beifahrersitz seines Wagens. Der Agent sackte augenblicklich seitlich gegen die Lehne und sah äußerst belämmert zu uns hoch – so als hätte ihm gerade jemand eine Tür ins Gesicht gerammt.

„Herr Hartmann", sagte Rispo laut und schlug dem Verdächtigen mehrfach mit den flachen Händen gegen die Wangen. „Herr Hartmann, kommen Sie zu sich!"

Die Augen des Verdächtigen drehten sich mehrfach in ihren Höhlen nach hinten, bevor er uns endlich fixierte. „Was? Was ist passiert?"

„Sie sind weggelaufen und hingefallen", behauptete Rispo, ohne mit der Wimper zu zucken. „Erklären Sie mir doch mal, Herr Hartmann: Warum sind Sie weggelaufen?"

„Weggelaufen?"

„Ja, weggelaufen."

„Da ... da waren zwei Männer. Ich schulde ihnen Geld", sagte Bernie mit erstickter Stimme. „Ich habe das Geld nicht. Und sie haben versprochen, mir wehzutun, wenn ich es nicht habe. Deshalb ... bin ich weggelaufen."

Rispo nickte und hielt ihm dann im nächsten Moment sein Telefon vor die Nase. Er schien ungeduldig. „Erkennen Sie diesen Gegenstand, Herr Hartmann?"

„Das ist ein Handy."

„Den Gegenstand auf dem Foto, Herr Hartmann", sagte Rispo genervt.

Bernies Augen weiteten sich und sein Gesicht wurde bleich. „Das ist ... eine meiner GA-Marken."

Rispos Kiefer verhärtete sich. „Sie wurde bei Felix Brüllig im Haus gefunden, Herr Hartmann. Nachdem jemand dort eingebrochen ist und ihn mit einem Messer angegriffen hat."

„Aber ... aber ..." Bernies Blick schwankte nun von Josh zum Foto und zurück. „Ich war seit Wochen nicht bei Felix zu Hause. Es ist unmöglich, dass meine Marke dort zu finden war ... oh mein Gott, Sie denken, dass ich ihn angegriffen habe!?"

„Haben Sie?"

„Nein!" Ich konnte erkennen, wie Panik in Hartmanns Blick schimmerte. „Nein, natürlich nicht! Wieso hätte ich denn bei ihm einbrechen sollen? Er hat doch überhaupt kein Geld, das er verstecken könnte. Und ihn angreifen!? Warum sollte ich? Ich ... es muss nicht meine Marke sein. Es könnte die von jedem anderen sein."

„Wem anderen?"

„Allen meinen Kunden", versicherte er, während seine Augen aus seinen Höhlen zu springen drohten. „Ich benutze sie für mein Wettbüro. Meine Kunden schreiben das Ergebnis für das nächste Spiel, auf das sie wetten, darauf, und verstecken sie dann an einem vorher vereinbarten Übergabeort. Das sind meistens öffentliche Orte, auf die jeder Zugriff hat. Ja, ich habe einen illegalen Wettring, ja, ich habe Schulden, die ich nicht zahlen kann – aber ich bin doch kein Mörder! Diese Marke könnte jedem gehören, wirklich. Jedem!"

Ich stöhnte innerlich. Natürlich. Der Mülleimer in Lohbaums Badezimmer. Er war der Übergabeort für Bernies blöde Spielchips gewesen! Und 4:2 war der Spielstand, auf den jemand gewettet hatte. Wie makaber, die Marken, die Spielsüchtige daran erinnern sollten, stark zu bleiben, für sein Wettbüro zu nutzen.

„Herr Hartmann, wir haben Ihre Fingerabdrücke darauf gefunden."

„Was!? Nein! Nein, nein, nein, das kann nicht sein, das muss ein Fehler sein, suchen sie noch nach anderen, es ..."

„Es wurden *nur* ihre Fingerabdrücke gefunden. Sie sind bereits in der Polizeikartei, Herr Hartmann. Es besteht kein Zweifel daran."

„Nein!" Blanke Panik verzerrte Bernies Gesicht. „Das ist ein Fehler. Das können Sie nicht machen. Ich habe Kinder! Sie brauchen mich, sie ..."

„Kommissar Rispo?"

Bernie verstummte und Josh und ich sahen beide zu dem Uniformierten auf, der gerade hinter uns aufgetaucht war.

„Ja?"

„Wir haben das hier in der untersten Schublade von Hartmanns Schreibtisch gefunden." Der Uniformierte hielt die Hand hoch und eine Plastiktüte faltete sich daraus hervor. Es war eine einzelne schwarzrote Beere darin zu erkennen.

Rispos Blick schweifte zu mir und fragend hob er eine Augenbraue.

„Das ist ..." Ich schluckte und mein Blick huschte zu Bernie. „Das ist Kirschlorbeer", bestätigte ich.

Rispo seufzte laut auf. „Schön. Es tut mir sehr leid, Herr Hartmann, aber sie sind vorläufig wegen Mordes und versuchten Mordes festgenommen."

„Was!?" Blankes Entsetzen mischte sich zu Bernies Panik und er sprang vom Sitz auf. „Nein! Das können Sie nicht machen. Ich bin unschuldig! Ich bin kein Einbrecher und ganz sicher kein Mörder! Ich bin ein schlechter, gieriger Mensch, aber ich würde doch niemanden *umbringen!*"

„Das können wir in aller Ruhe im Präsidium besprechen", versprach Josh und fuhr sich einmal mit der flachen Hand übers Gesicht, bevor er Bernie an seinen

Kollegen weiterreichte, der ihn brav auf die Rückbank seines Streifenwagens verfrachtete.

Ich starrte Bernie nach und wusste nicht, was ich denken sollte. Ich fand seine Vorstellung ziemlich überzeugend. Aber die Marke in Felix' Haus, die Sache mit dem Vertrag, die Beere ... er hatte ein Motiv, er hatte die Möglichkeiten ...

„Könnten Sie mir den Gefallen tun und Frau Manu hier bitte nach Hause fahren?"

Ich schreckte auf. Ein zweiter Uniformierter war erschienen und sah nun mich an.

„Nach Hause fahren?", fragte ich.

„Ja, das wird eine lange Nacht, Lou. Nichts, was für dich in irgendeiner Weise interessant wäre."

„Aber ..."

„Sie wohnt in der Prinzstraße", fuhr Rispo schon an den Beamten gewandt fort. „Und bringen Sie sie bitte bis zur Tür. Es ist dunkel."

„Natürlich", bestätigte der Uniformierte sofort. „Frau Manu?"

Ich konnte nicht schlafen.

Mir flogen alle möglichen Puzzleteile zum Fall im Kopf herum, und das Bild, das sich ergab, mochte auf den ersten Blick stimmen, aber dennoch ... die Umrisse schienen zu verzerrt. Erst der sorgsam geplante Mord mit Gift und dann der plötzliche, impulsive Messerangriff. Und Bernie hatte recht: Was hätte er in Felix' Haus suchen sollen? Was hätte irgendwer in Felix' Haus suchen sollen?

Die Beweise, die alle so sorgfältig in Bernies Richtung wiesen, sie schienen ... zu perfekt. Zu eindeutig, dafür, dass wir seit Tagen auf der Stelle traten. Irgendetwas war nicht richtig.

Ich wusste nicht, ob ich Bernie glauben sollte – ebenso wenig wie ich wusste, ob ich Josh glauben sollte.

Es war nach zwei, als ich mich zum hundertsten Mal auf die andere Seite wälzte und ich mir zum hundertsten Mal sagte, ich müsse die Gedanken für heute Nacht loslassen, damit ich wenigstens etwas Ruhe fand. Und es war das hundertste Mal, dass ich versagte.

Seufzend richtete ich mich im Bett auf und kraulte meinen Kater, der sich vor eine halbe Stunde an meine Seite gekuschelt hatte. Was ein Wunder war, da ich ihn zuvor mit zwei Löffeln verdünntem Kaffee gefüttert hatte und er eigentlich im Dreieck hätte springen müssen.

„Alles ist falsch, Twinky", flüsterte ich.

Er miaute bestätigend, und wieder einmal dachte ich mir, dass er das einzige männliche Wesen in meinem Leben war, das mir immer sagte, was ich hören wollte.

Mein Handy vibrierte, und gähnend zog ich es von meinem Nachttisch.

Bist du noch wach?

Stirnrunzelnd sah ich auf die Nachricht. Sie war von Josh.

Ja. Wieso?

Ich stehe vor deiner Tür.

Überrascht setzte ich mich gleich noch etwas gerader hin, bevor ich die Beine aus dem Bett schwang und zu meiner Wohnungstür tapste, um durch den Spion zu überprüfen, ob er die Wahrheit sagte.

Ich hatte erwartet, ihn zu sehen, zusammenzucken tat ich jedoch trotzdem.

Ich brauchte eine Weile, bis ich die Tür endlich aufgeschlossen bekam. Nicht zuletzt deswegen, weil ich zuerst darüber hinwegkommen musste, dass meine Haare zu allen Seiten standen und ich aussah, als hätte ich nicht unter meiner Bettdecke, sondern unter einer Brücke geschlafen.

„Hey", sagte Josh und trat ungefragt ein. Er sah so müde aus, dass mein dummes Herz sich sofort zu ihm ausstreckte.

Josh nahm mir den Haustürschlüssel aus der Hand, schloss ab und legte die Kette vor.
Er blieb offenbar länger.

„Was tust du hier, Josh?", wollte ich wissen und gähnte.

„Ich wollte nicht nach Hause", murmelte er, bevor er sich zu mir herunterbeugte und mich sanft auf die Lippen küsste. „Mann, das war ein anstrengender Tag." Er küsste mich gleich nochmal.

Perplex blinzelnd blickte ich zu ihm hoch. „Ähm, Josh, könntest du mir vielleicht sagen, was genau –"

„Zu müde, um zu reden", unterbrach er mich kopfschüttelnd, nahm meine Hand und zog mich in mein Schlafzimmer. Innerhalb von zwanzig Sekunden hatte er sich Shirt und Hose ausgezogen, Twinky vom Bett gescheucht und sich unter die Decke gelegt, die er jetzt auffordernd für mich hochhielt.

Es wäre unhöflich gewesen, eine solche Einladung auszuschlagen. Ich schlüpfte zu ihm.

Josh legte die Arme um mich, zog mich zu sich heran, sodass mein Gesicht in seine Halsbeuge gedrückt wurde, und legte sein Kinn auf meinem Scheitel ab. „Viel besser", flüsterte er, und sofort schien sein Atem gleichmäßiger zu werden und seine Muskeln entspannten sich.

Ich atmete seinen Geruch ein, Wald, Vanille und Rispo, und mein Herz war so leicht, dass ich sicher war, ich würde über dem Bett schweben, wenn Joshs Arm mich nicht unten gehalten hätte.

„Josh?", flüsterte ich.

„Ja?"

„Ist Bernie schuldig?"

„Ich weiß es nicht. Es ist zu simpel. Zu viele Beweise. Die Beere in seinem Schreibtisch. Die verlorene Marke. Viel zu dumm ... ich meine, Menschen *sind* dumm, aber ... Ich habe das Gefühl, irgendetwas übersehen zu haben", murmelte er.

„Was?"

„Keine Ahnung ... es ist nur dieses Gefühl. Als würde mein Nacken kribbeln. Das verschwindet normalerweise, sobald ein Fall geklärt wurde. Aber es ist immer noch da."

„Vielleicht sollte dir jemand den Nacken massieren, damit es weggeht."

Ich konnte ihn an meinem Kopf schmunzeln fühlen. „Meldest du dich freiwillig?"

„Nein. Ich könnte wegen irgendetwas überregieren und dir den Hals umdrehen, anstatt ihn zu massieren. Aber ich habe einen Massagegutschein, den ich dir schenken könnte."

„Hört sich gut an."

„Na ja, es ist wohl eher eine Rabattkarte."

Er nickte. „Besser als nichts."

Und dann war er auch schon eingeschlafen.

Kapitel 17

Ich wachte auf und war allein.

Das konnte nicht sein Ernst sein.

Das konnte einfach nicht sein Ernst sein!

Ich drehte mich auf die andere Seite und fand einen Zettel neben meinem Kopfkissen.

Wir reden später. Um elf Beerdigung von Maskottchen?

Das war ja mal wieder super informativ! War das eine Frage an mich, ob heute um elf die Beerdigung vom Maskottchen war, oder wollte er, dass ich ihn dazu begleitete? Oder meinte er, dass wir später um elf bei der Beerdigung des Maskottchens reden würden?

Gott, dieser Kerl machte mich verrückt. Er sollte wirklich mal eine Fortbildung im Bereich Kommunikation belegen.

Ich schielte auf den Wecker, es war kurz nach sieben, ich war hundemüde, und es mussten heute keine Auslieferungen gemacht werden. Ich entschloss kurzerhand, den Laden heute geschlossen zu halten. Morgen würde ich frisch starten, eine Anzeige für eine neue Mitarbeiterin aufsetzen, das Kölner Blatt anrufen und um Hilfe für den Artikel bitten. Denn mal ehrlich: Ich war keine geborene Journalistin. Aber heute würde ich erst mal meine Gedanken ordnen und das Gespräch mit Rispo haben, das wir vor einem halben Jahr hätten führen sollen. Ich hatte ein leicht schlechtes Gewissen mir selbst gegenüber, da ich doch eigentlich entschieden hatte, Rispo abzuhaken, kämpfte es aber erfolgreich nieder. Ich rief Emmi an, um ihr zu sagen, dass sie heute nicht kommen brauchte.

„Was? Dabei wollte ich mit meinem gebrochenen Arm eine neue Verkaufsstrategie ausprobieren! Leidende Jungfrau und so. Weißt du was? Bleib du zu Hause und ich mach den Laden auf."

„Emmi, du kannst nichts heben", erinnerte ich sie.

„Dafür habe ich ja Finn. Er wollte heute eigentlich zu einer Massage, aber die kann er auch verschieben. Wir können nur keine Sträuße binden, aber dafür denken wir uns was aus. Lou ... wir schulden dir was. Lass uns den Laden aufmachen. Ich habe es schon tausend Mal gemacht, ich weiß, was zu tun ist."

Unsicher schob ich meinen Unterkiefer hin und her, schließlich knickte ich aber ein. Sie hatte recht. Sie wusste, was zu tun war, und die Einnahmen von diesem Tag konnte ich gebrauchen. „Okay, danke. Aber ruf an, wenn du Probleme hast."

„Das werde ich, und übrigens ... ich habe beschlossen, das Studium hinzuschmeißen."

Ich hielt inne. „Ach, wirklich?"

„Ja, das, was du gesagt hast, stimmt. Und ehrlich gesagt, macht es mir echt Spaß, bei dir zu verkaufen. Vielleicht ist eine Ausbildung doch das Richtige. Meinen YouTube-Kanal kann ich auch nebenbei führen."

„Deinen YouTube-Kanal? Existiert der schon?"

„Mhm ... so ziemlich ... hatte da eine zündende Idee ...", sagte sie vage. „Ich muss nur noch dahintersteigen, wie ich Videos effizient und professionell schneide. Aber ich bin intelligent, ich werde schon noch dahinterkommen. Sonst schlafe ich einfach mit einem Professor von der Filmhochschule, der kann mir da sicher helfen."

Ein Hoch auf die Emanzipation!

„Okay, Emmi. Das klingt nach einem ... Plan oder so. Was für eine Ausbildung stellst du dir denn vor?"

„Oh, ich dachte an Floristin. Dann kann ich für immer bei dir einsteigen. Hab sozusagen einen Job sicher, sobald ich mit der Ausbildung fertig bin. Und Finn meinte, du wolltest ihm bei der Bewerbung helfen, da könntest du dann einen Doppelauftrag draus machen."

Floristin!? *Für immer* bei mir einsteigen?

Meine Güte! *Für immer* war ein sehr endgültiger und beängstigender Begriff. Jetzt wusste ich, wie sich Männer bei Hochzeiten fühlen mussten.

Ich wusste wirklich nicht, was ich von Emmis Ankündigung halten sollte, doch der Fakt, dass meine Hände klamm geworden waren, wies auf nichts Gutes hin.

„Wir reden da am Wochenende drüber", hüstelte ich. „Okay?"

„Alles klar", sagte Emmi fröhlich. „Finn hat dir das Auto vor die Tür gestellt ... wir sehen uns später."

Sie legte auf und ich ließ mich stöhnend zurück in meine Kissen fallen. Mein Leben machte zurzeit wirklich die verrücktesten Entwicklungen durch.

Nachdem ich ausgeschlafen und geduscht hatte, fühlte ich mich dem Tag endlich gewachsen.

Die Beerdigung des Maskottchens fand auf dem Melaten-Friedhof in Köln-Lindenthal statt. Als ich um kurz nach elf auf dem Parkplatz vorfuhr, stand dort bereits ein Audi A5 mit zerkratztem Heck, und ein verboten gutaussehender Rispo in Anzug und Krawatte lehnte an seiner Seite. Aber er war nicht der einzige Anzugträger hier. Der Parkplatz war mit Menschen gefüllt, allesamt in Schwarz, mit passenden Gesichtsausdrücken.

Es waren eine Menge Leute für Timo B.s Beerdigung gekommen. Das ganze Kölner-Haie-Team, wie es aussah. Dort waren Felix, Ingo, der Trainer, die Tochter des Trainers, Franziska ... alle waren da.

Ich wollte aussteigen, wurde aber von meinem Handy aufgehalten.

Die Nummer meines Bruders leuchtete auf und ich hob ab.

„Jannis, ich kann gerade nicht, ich ..."

„Tante Lou, ich bin gar nicht Papa", kicherte es von der anderen Seite her.

„Oh, das höre ich jetzt auch, liebe Isa", bemerkte ich lächelnd. „Weiß dein Papa, dass du sein Handy hast?"

„Nein, aber Mama weiß es. Und sie sagt, dass wenn Papa zu vergesslich ist, um an sein Teflon zu denken, dann darf ich damit spielen."

„Deine Mama hat immer recht, Isa. Weswegen rufst du an, Süße?"

Sie seufzte lang und theatralisch auf, sodass ich sie automatisch für ihr Lungenvolumen bewunderte.

„Also, ich weiß jetzt, was ich machen will, wenn ich groß bin, und Mama hat gesagt, du würdest dich darüber freuen, wenn ich es dir erzähle."

Ich musste ein Lachen unterdrücken. „Ich höre alles gerne, was du zu sagen hast, Isa. Aber gerade bin ich etwas in Eile, und ..."

„Ich werde Traktorrennfahrerin und keine Ärztin", unterrichtete sie mich. „Weil, ich hab drüber nachgedacht, und das mit dem Pipi ist zu eklig."

„Aha."

„Ja, weil ... dann weiß man ja nicht einmal, von wem das ist! Das sieht alles gleich aus und stinkt, und wenn ich Laras Pipi untersuchen müsste, dann würde ich, glaub ich, so richtig sterben."

Dagegen gab es nichts einzuwenden.

„Das hört sich toll an, Süße", sagte ich lächelnd. „Eine gute Entscheidung. Sonntag kannst du mir dann alles darüber erzählen, was du als Traktorrennfahrerin lernst und tust. Aber jetzt muss ich zu einem Termin, okay? Bis dann, hab dich lieb."

„Ich dich auch", flötete sie zurück, bevor sie auflegte.

Immer noch lächelnd stieg ich aus dem Wagen aus, bis ich mich daran erinnerte, dass das hier eine Beerdigung war und ich hastig meine Mundwinkel fallen ließ.

Rispo hatte mich schon gesichtet und kam mir entgegen. „Hey", sagte er. „Du hast meine Nachricht bekommen."

„Du meinst deine liebevoll angerichtete Nachricht auf dem Kopfkissen, die weder der Situation angemessen noch grammatikalisch vollständig war?"

„Ja, genau die", bestätigte er.

Ich verdrehte die Augen. „Du sagtest, wir reden später. Ist das Später jetzt?"

„Noch nicht ganz", meinte er kopfschüttelnd. „Erst sehen wir uns um. Ich habe so ein Gefühl, dass der Mörder heute hier sein könnte, und ich möchte die Chance nutzen und nach jemandem Ausschau halten, der ein offensichtliches Schuldgefühl zur Schau trägt."

„Du glaubst also wirklich nicht, dass es Bernie war?", wollte ich wissen.

„Nein. Glaube ich nicht. Irgendwas stimmt nicht. Ich habe irgendetwas übersehen", murmelte er abwesend und ließ seinen Blick über die Mannschaft schweifen. „Irgendetwas, das nicht gepasst hat ..." Er seufzte. „Ich komm schon noch drauf."

„Also wolltest du mich hier haben, um dir dabei zu helfen, den Fall aufzuklären?", fragte ich perplex.

Rispo schien meine Wortwahl nicht zu gefallen, denn er verzog das Gesicht. „Die Sache ist die: Die Leute mögen dich, Lou. Jeder. Irgendwie will jeder sein Leben mit dir teilen, sobald sie auch nur ein Wort mit dir gewechselt haben. Das Privileg habe ich nicht, also ... ja, du bist hilfreich dabei, Leute zu umgarnen und sie zu Fehlern zu verleiten."

„Das liegt nur daran, dass du so unhöflich zu allen bist, Josh, und du eine schlechte Energie ausstrahlst, die alle verschreckt."

„Danke für die Info."

„Gerne. Also, was soll ich tun?"

„Reden. Einfach mit den Leuten reden. Über alles."

Das konnte ich. Reden war immer nur sein Problem gewesen.

„Und was machst du?"

„Beobachten. Nichts weiter als beobachten. Gesichter verraten mehr als tausend Worte."

Das mochte bei allen stimmen, außer bei ihm.

„Und es könnte nicht schaden, wenn du ab jetzt nicht mehr mit mir sprichst, jeder hier weiß, dass ich Polizist bin. Viele kennen dich noch nicht, und da sollten sie nicht die unvorteilhafte Verbindung zwischen dir und der Pol–"

„Okay." Abrupt wandte ich mich von ihm ab und wuselte mich in die Menge. Ich glaubte ihn noch lachen zu hören, aber sicher war ich mir nicht.

Ich stellte mich zwischen zwei Männer, die, ihrer Statur nach zu urteilen, Eishockeyspieler waren, und beobachtete die Leute vor mir, während sich der Menschenzug in Richtung der Gräber in Bewegung setzte. Die Gedenkfeier hatte ich wohl verpasst.

Ich ließ meinen Blick wandern, über Ingo Weidemanns Rücken hinweg, und blieb bei einer zierlichen Frau hängen, die so heftig weinte, dass sich ihr ganzer Körper schüttelte. Sie trug ein langärmeliges schwarzes Kleid, hatte ebenso schwarze Haare und verwischte schwarze Mascara. Aber es war nicht ihr rundes, noch junges Gesicht, an dem mein Blick hängen blieb. Es war das ebenso schwarze Yin-Zeichen, das an einer dünnen Goldkette um ihren Hals baumelte und bei ihren Schluchzern rhythmisch vor und zurück schwang.

Yin und Yang.

Das Bild von Timo, dem Maskottchen, wie er auf dem Eis gelegen hatte, schoss mir durch den Kopf. Es war ein Bild, das man so schnell nicht vergaß. Er hatte zwei Schmuckstücke getragen. Eine dicke goldene Uhr ... und ein Yang-Zeichen.

Ich schob mich weiter durch die Menge, von unbestimmter Neugier getragen, und verfiel schließlich neben dem Mädchen in einen langsamen Trott, bevor ich ihr ein Taschentuch reichte. Das hatte schließlich schon mal funktioniert.

Das Mädchen blickte auf, während immer noch dicke Tränen ihre Wangen hinunterkullerten. „Danke", sagte sie leise und schnäuzte sich die Nase.

„Kein Problem. Sie sind die Freundin von Timo, nicht?", fragte ich aus einem Impuls heraus.

Sie nickte. „Wir waren fünf Jahre zusammen. Fünf Jahre und jetzt ... jetzt ist er einfach weg. Wegen einer blöden Verwechslung, so hat man es mir zumindest gesagt. Auch wenn das Ganze einfach nur absurd erscheint."

„Was für eine Verwechslung?", fragte ich unschuldig und ersetzte das erste Taschentuch durch ein zweites.

Sie schniefte und tupfte sich nun auch ihre Augenränder ab, wodurch sie die Schminke aber nur noch mehr verwischte.

„Sie haben mir erzählt, dass er gar nicht das Opfer hat sein sollen. Dass es ein Unfall war", sagte sie bitter. „Dass man nicht weiter in seinem Mord ermitteln müsse, weil eigentlich jemand anderes getötet werden sollte."

Etwas überrascht über die Angriffslust in ihren Worten runzelte ich die Stirn. „Und das glauben Sie nicht?", fragte ich vorsichtig.

Sie zuckte die Schultern, während der Zug der Trauernden zum Stehen kam. „Timo hat die Haie geliebt.

Er hätte alles für sie gemacht. Gott, er *hat* alles für sie gemacht. Und die Bezahlung war furchtbar. Das habe ich ihm immer gesagt. Aber er wollte bleiben. Er meinte, es würde sich demnächst für ihn auszahlen, er würde das alles nicht umsonst machen. Toll ausgezahlt hat es sich! Er hat von so vielen internen Geheimnissen gewusst, dass es mich wundern würde, wenn nicht wirklich ein paar Leute da draußen herumliefen, die ihn tot sehen wollten."

Ich starrte sie an, und ein flaues Gefühl machte sich in meinem Magen breit.

Das Maskottchen war nun einmal der Kummerkasten und Helfer der gesamten Mannschaft. Das weißt du genauso gut wie ich. Was Timo nur alles für schockierende Dinge erfahren hat. Wertvolle Dinge.

Ich schluckte. Das waren Katja Lohbaums Worte gewesen. Und sie mochte die CD mit Geheimnissen erfunden haben ... aber dass Timo so viele Geheimnisse gekannt hatte, entsprach der Wahrheit. Wir hatten nach einem Motiv gesucht und Ewigkeiten keines gefunden. Niemand hasste Felix. Niemand hatte einen Grund, ihn umzubringen ... aber Timo? Timo, der heikle Informationen offenbar inhaliert hatte, wie jeder andere Mensch Luft ... es gab eine Unmenge an Leuten, die ein Motiv gehabt hätten, Timo zu töten!

Mein Hals wurde enger, und wieder wandte ich mich zu der Menge um. Was, wenn wir die ganze Zeit komplett falsch gelegen hatten? Wenn es überhaupt nicht Felix gewesen war, der hatte getötet werden sollen? Wenn Timos Tod gar kein Unfall gewesen war?

Wir waren stehengeblieben, und die Menschen drängten sich weiter nach vorne zu einem großen Pulk zusammen. Der Pastor fing an zu sprechen, doch ich hörte nicht hin. Ich musterte den Coach, der offenbar eine Unzahl von Affären hatte verbergen müssen. Ingo, der schwul war, und es niemanden wissen lassen wollte. Bernie, der einen illegalen Wettring betrieben hatte.

Das waren alles drei sehr starke Motive. Wenn all diese Geheimnisse rauskämen, dann ... aber nein.

Nein, das machte keinen Sinn. Es war absurd. Das Gift war in Felix' Flasche gewesen, in Felix' Spind. Niemand hätte ahnen können, dass Timo die Flasche nahm. Man hätte schon sehr genau wissen müssen, wo Felix' Flasche aufbewahrt wurde und wie das Maskottchen tickte, um nicht doch aus Versehen den Eishockeyspieler umzubringen. Nein, es wäre zu riskant gewesen.

Aber mein flaues Gefühl im Magen verschwand nicht und ein Lämpchen hatte in meinem Kopf angefangen zu blinken. Ein Lämpchen, das mir sagte, dass ich irgendetwas übersah. Nicht weit genug dachte. „Der Täter wird gefunden werden", flüsterte ich der Freundin des Maskottchens zu und drückte kurz ihre Schulter.

„Danke", schniefte sie, bevor ich sie alleine ließ und mich unauffällig drei Reihen weiter nach hinten schob.

Die Umrisse des Puzzles verwischten immer mehr. Ich versuchte die Informationen, die ich hatte, zu ordnen, doch war nicht wirklich erfolgreich.

Da waren immer noch der Einbruch und die Messerattacke. Warum brach jemand bei Felix ein? Was war wertvoll genug, das Risiko einzugehen, während einer Polizeiüberwachung bei jemandem einzubrechen?

Und die Attacke, die sich definitiv gegen ihn gerichtet hatte, passte auch nicht in meine neue Theorie. Wenn Felix doch nicht das angedachte Opfer war, warum versuchte dann jemand, ihn niederzustechen?

Und letztendlich hatte es ja doch jemanden gegeben, der ein Motiv gehabt hatte. Bernie, der von Felix hatte rausgeschmissen werden sollen. Dessen Marke in seiner Küche gefunden worden war und der eine giftige Beere in seinem Schreibtisch gehabt hatte.

Bernie. Der etwas zu auffällig schuldig zu sein schien.

Ich stoppte, als ich meinen Zielort erreicht hatte, und stieß mit meinem Ellenbogen gezielt in die Seite des Mannes neben mir.

„Oh Verzeihung", sagte ich hastig und legte eine Hand auf meine Brust. „Ach, hey, Ingo."

Der blonde Mann sah zu mir herunter und nickte mir zu. „Hey, Louisa."

Ich schwieg eine Weile, tat so, als würde ich der Rede des Pastors lauschen, bevor ich leise sagte: „Hast du das von Bernie gehört? Dass er verhaftet wurde?"

Ingo schnaubte vernehmbar. „Natürlich habe ich es gehört. Ich habe ihm den Anwalt gestellt."

„Oh, ach so."

„Ich fasse es nicht, dass die Polizei ihn verhaftet hat. Bernie ist kein Mörder. Ich verstehe auch gar nicht, warum irgendwer denken könnte, dass er einen Grund gehabt hätte, Felix umzubringen – oder bei ihm einzubrechen." Ingo presste seine Lippen aufeinander. „Er war es nicht."

Ich runzelte die Stirn und sah Ingo an. Seine stoische, überzeugte Miene, die keinen Widerspruch zuließ.

Und wieder war da Katja Lohbaums Stimme in meinem Kopf: *Ingo ist Bernies bester Freund, und er würde alles tun, um ihn zu schützen. Für Ingo hängt eine Menge daran, dass sein kleines Geheimnis –*

Ja, sein kleines Geheimnis.

Das Geheimnis, das ihm seine Karriere kosten könnte. Wie weit würde er wohl gehen, um sicher zu sein, dass es nicht ans Licht kam?

Ich blinzelte.

Hmh. Wenn ich so darüber nachdachte, dann hatte es doch einen Gegenstand gegeben, der von hohem Wert war und für den es sich gelohnt hätte, irgendwo einzubrechen. Der wertvollste Gegenstand in diesem Fall war die nicht existierende CD. Der *einzige* Gegenstand in diesem Fall, den irgendjemand hätte stehlen wollen können, war die CD voller Geheimnisse, die Katja erfunden hatte.

„Hat dir Bernie von der CD erzählt, Ingo?", fragte ich langsam, während meine Gedanken unermüdlich eine Idee nach der anderen wälzten.

Ingo zuckte nicht einmal mit der Wimper. „Welche CD? Wovon redest du?"

Ich senkte meine Stimme: „Die CD, auf der es Bilder gibt, die beweisen, dass du schwul bist."

Sein Kopf fuhr zu mir herum. Er war furchtbar blass geworden. „Ihr habt die CD gefunden!?"

Meine Kinnlade fiel nach unten. „Oh mein Gott, du warst das, oder?", rutschte es mir heraus. „Du bist bei Felix eingebrochen. Du weißt, dass es nicht Bernie war, weil du es selbst warst!"

Hastig wandte sich Ingo wieder ab. „Ich –"

„Du kennst Felix' Routine, ich hab dir sogar verraten, wie viele Polizisten auf ihn aufpassen. Du bist eingebrochen, weil du die CD haben wolltest. Aber ... warum sollte Felix die CD haben? Und warum hast du ihn nicht einfach danach gefragt, sondern ihn gleich angegriffen? Und ... wollte Timo dich verraten, oder warum hast du ihn umgebracht?"

Wütend wandte Ingo sich zu mir um. „Ich habe überhaupt niemanden umgebracht! Ich war immer nett zu Timo, er hat mich gemocht, er hätte nie durchsickern lassen, dass ich ..." Er schluckte und senkte die Stimme. „... an Männern interessiert bin."

„Aber du ..."

„Meine Güte, schön! Was soll's", knurrte Ingo und fixierte mich grimmig. „Ich bin bei Felix eingebrochen. Aber ich habe mit Timos Tod nichts zu tun ... und Felix habe ich mit Sicherheit nicht angegriffen. Warum sollte ich? Ich hab die CD gesucht, sie nicht gefunden und bin wieder abgehauen. Wenn du mich dafür verhaften willst, dann mach doch. Aber warte bitte noch, bis die Zeremonie vorbei ist. Vielleicht könnt ihr dann auch endlich Bernie freilassen. Ihm war die CD egal, er steckt sowieso schon in der Scheiße. Katja hätte seine Geheimnisse nicht verraten können, ohne sich selbst zu belasten. Er hat sich nur Sorgen darum gemacht, was die CD für mich bedeuten könnte. Er hatte absolut keinen Grund, Felix umzubringen!"

Das flaue Gefühl in meinem Magen wurde zu einem Stein, der darin auf und ab hüpfte.

„Aber ... er hatte einen Grund."

Ungläubig sah Ingo zu mir herab. „Welchen denn bitte?"

„Die Treueabfindung."

„Was für eine Treueabfindung?"

„Das Geld, das Felix und Bernie am Ende der Saison bekommen. Dafür, dass Felix bei den Haien geblieben ist. Das Geld, das Bernie nicht mehr bekommen hätte, sobald Felix den Vertrag aufgelöst hätte."

„Aufgelöst hätte?", fragte er verdutzt. „Wie soll Felix den denn bitte auflösen? Ich weiß, er war unzufrieden. Ich hab mich bemüht, nicht zwischen den beiden zu stehen, aber natürlich habe ich alles mitbekommen. Felix wollte raus aus dem Vertrag. Er hat gesucht und gesucht, aber es gab einfach kein Schlupfloch. Er hat drei verschiedene Anwälte drübersehen lassen, aber der Vertrag ist wasserdicht. Ich habe ihm gesagt, er solle es gut sein lassen und den Vertrag einfach normal auslaufen lassen, und er hat sich schließlich damit arrangiert."

Der Stein wurde größer, drückte gegen meine Magenwände. „Aber ... er hat ja dann doch noch ein Schlupfloch gefunden", sagte ich langsam.

„Hat er? Ich wüsste wirklich nicht wie."

Der Stein fiel. Fiel in meine Eingeweide, und mein Mund öffnete sich.

Felix hatte gesagt, er hätte es Ingo erzählt. Dass er doch eine Lücke gefunden hatte. Das war doch überhaupt erst der Grund gewesen, aus dem ich geschlossen hatte, dass Bernie davon wissen musste! Der Grund, warum Rispo und ich zum Stadion gefahren waren.

Ich schluckte, und nun wanderte mein Blick zu Felix, der ein paar Meter rechts von mir stand.

Es wäre zu riskant gewesen, das Gift in Felix' Becher zu tun. Zu riskant, *ihn* anstatt das Maskottchen zu töten. Außer ... außer Felix hatte gewusst, dass er den Shake nicht trinken durfte.

Mein Mund wurde trocken und mein Herz begann schmerzhaft gegen meine Rippen zu pochen.

Aber das war verrückt!

Da war der Angriff gewesen, der Angriff mit dem Messer ... den Ingo abstritt. Er hatte zugegeben, eingebrochen zu sein ... aber er hatte keinen Grund gehabt, Felix anzugreifen. Wenn er ihm etwas hatte antun wollen, hätte es bessere Möglichkeiten gegeben. Die beiden trafen sich andauernd. Aber woher kam dann die Wunde an Felix' Bein?

Mein Mund wurde trocken.

Woher kam die Wunde, die es so aussehen hatte lassen, als wäre doch jemand hinter Felix her ... als sei Felix das Opfer.

Der Stein in meinem Inneren war so groß geworden, dass es mir schwerfiel zu atmen.

Das konnte nicht sein. Mein Blick glitt wieder zu Ingo. „Du hast Timo nicht umgebracht", stellte ich fest.

„Nein! Natürlich nicht."

Ich nickte langsam. „Nur ... Wieso dachtest du, dass die CD bei Felix ist, Ingo?", flüsterte ich und musste schlucken. „Wieso warst du dir sicher, sie bei ihm zu finden?"

Ingo antwortete nicht. Er schien mit jedem Wort, das aus meinem Mund kam, blasser zu werden.

„Du weißt, dass er schuldig ist. Dass er Timo umgebracht hat", hauchte ich und führte meine Hand zum Mund. „Du denkst, er hat ihn umgebracht und dann die CD an sich genommen." Aber was für einen Grund hätte Felix gehabt, Timo tot sehen zu wollen? Was verbarg er, das Timo gewusst hatte?

Über ihn hatte es keine Negativschlagzeilen gegeben, er hatte ... aber nein. Das stimmte nicht. Es hatte Schlagzeilen gegeben. Den Dopingverdacht, der nie hatte bewiesen werden können. Selbst nach mehreren Tests waren keinerlei Rückstände gefunden worden, die auf Doping hinwiesen.

Mir wurde schlecht. Mein Blut schien in meinem Kopf herumgeschleudert zu werden, und ich versuchte gegen ein plötzliches Schwindelgefühl anzukämpfen.

„Louisa, du kriegst da was in den falschen Hals", flüsterte Ingo, seine Worte eng aneinandergedrängt. „Ich habe nicht ... Felix ist nicht ... er ..."

„Doch, ist er, Ingo." Meine Hand wanderte von meinem Mund zu meiner Stirn. „Und das weißt du. Du wusstest es von Anfang an, oder? Du wusstest, dass er dopt."

Gott, es war so einfach! Der Grund, warum Felix einen Pipi-Becher in seinem Spind aufbewahrte, war so simpel! Er war nicht dafür da, Felix daran zu erinnern, dass ihm Unrecht angetan worden war.

Meine sechsjährige Nichte hatte es mir soeben am Telefon erklärt. Es war kein Bluttest gemacht worden. Das hatte ich selbst im Internet nachgelesen. Es war lediglich ein Urintest veranlasst worden – und der Urin hätte von jedem sein können! Wenn Felix dopte, aber nichts in seinem Urin gefunden worden war, dann musste der Urin von jemand anderem gekommen sein. Von jemandem, der alles für die Kölner Haie tun würde. Der sein Leben für eine Eishockeymannschaft aufgeopfert hatte.

„Timo hat ihn erpresst, oder?", flüsterte ich zu Ingo, meine Lippen fest aufeinander gepresst. „Er hat ihn erpresst – und auch davon wusstest du. Felix hat dich deswegen doch sicherlich um mehr Geld gebeten. Du bist es schließlich immer, der ihm Geld gibt. Du wusstest, dass Felix Timo umgebracht hat und deswegen hast du dir Sorgen um ihn gemacht. Zu Anfang einfach nur, weil du Angst hattest, dass er jede Sekunde verhaftet werden könnte. Und dann ... als die CD ins Bild rückte, weil du Schiss hattest, dass sie bei Felix' Verhaftung an die Öffentlichkeit geraten könnte."

Und natürlich hatte Felix es aussehen lassen, als würde Bernie die Schuld tragen! Wer eignete sich besser als der Agent, den man ohnehin loswerden wollte? Wen konnte man besser als Sündenbock anschwärzen, als denjenigen, der einem andernfalls sein Geld wegnahm? Geld, das man verzweifelt brauchte, um sein Haus fertig zu bauen und seine Schulden zu tilgen.

Der Vertrag ging in beide Richtungen. Bis gerade eben hatte ich nur an die Vorteile gedacht, die für Bernie durch Felix' Tod herausspringen würden. Doch wenn Bernie hinter Gittern säße, dann ginge das gesamte Geld an Felix.

Die Übelkeit stieg mir bis in den Kopf und mein Magen verkrampfte sich. Ich legte eine Hand auf meinen Bauch und wandte meinen Blick von Felix ab. Ich konnte ihn nicht länger ansehen.

Er hatte Zugang zu dem Gift gehabt, im Garten seiner Ex-Freundin, mit der er am vergangenen Donnerstag noch im Bett gewesen war. Er hatte ein Motiv. Er hatte die Möglichkeit gehabt. Er hatte an alles gedacht. Er ... scheiße. Scheiße!

„Louisa ...", flüsterte Ingo nun fast flehentlich, doch ich stieß seine Hand weg, die nach meinem Arm greifen wollte, und schob mich durch die Menge nach vorne.

Das Blut floss mir aus dem Gesicht und ich fing an zu zittern. Wie hatte ich so dumm sein können? Ich war mit ihm ausgegangen. Ich hatte mit ihm gelacht. Er hatte mit mir geflirtet. Er hatte mich jede einzelne Sekunde in die Richtung manipuliert, in der er mich haben wollte. Jeden Schluss, den ich zog, hatte er mich ziehen lassen. Von der Tatsache, dass er mir bei unserem Treffen beim Koreaner glaubhaft gemacht hatte, dass er in Wirklichkeit das Opfer hatte sein sollen, bis dahin, dass Bernie ein Motiv hatte, ihn umzubringen. Ich war so unglaublich dämlich!

Er hatte den Vertrag extra auf dem Tisch liegen gehabt. Die wichtige Stelle absichtlich rot markiert. Mich wie ein Kindergartenkind zu dem Schluss kommen lassen, dass es das Schaf war, das muhte, und nicht die Kuh.

Mein Atem ging hektischer und ich versuchte mich zu beruhigen. Aber es gelang mir nicht.

Gott, wie blind war ich gewesen? Dabei hatte er seine Absichten nicht einmal verheimlicht. Hatte seine Abneigung gegen das Maskottchen offen gezeigt und zugegeben, dass er Bernie loswerden wollte. Seine Aussagen waren so offensichtlich gewesen, dass ich den Wald vor lauter Bäumen nicht gesehen hatte.

Wer konnte ein besserer Täter sein, als das vermeintliche Opfer?

Scheiße, ich musste mit Rispo reden!

Hektisch sah ich mich um, doch hier standen so viele große Männer, so viele riesige Eishockeyspieler in Anzügen, dass es unmöglich schien, ihn unter den Spielern auszumachen.

Der Pastor hatte geendet, und während ich mich noch auf die Zehenspitzen stellte und Rispos schwarzen Haarschopf auszumachen versuchte, drängte die Menge etwas enger zusammen, um einen Mann nach vorne durchzulassen.

Es war Felix.

Felix, der sich an den Rand des Grabes stellte, eine Blume in der Hand und eine tragische Grimasse der Trauer im Gesicht.

Säure stieg in meine Speiseröhre und heiße Wut umklammerte mein Zwerchfell. Er hatte mich benutzt. Er hatte mich benutzt, belogen, betrogen, manipuliert und von vorne bis hinten verarscht. Und ich war auf jede einzelne seiner Finten hereingefallen. War jedem seiner Rufe gefolgt. Während er sich wahrscheinlich darüber kaputtgelacht hatte.

„Ich würde gerne noch im Namen der Kölner Haie etwas sagen", begann Felix, die Blume an sein Herz gepresst. „Timo hat zwar nie mit uns zusammen auf dem Eis gestanden, aber dennoch war er ein unverzichtbares Mitglied unserer Mannschaft. Er hat mit uns gelitten, er hat mit uns gefeiert, er hat mit uns gelernt. Sein frühzeitiger Tod lässt uns alle in tiefer Trauer zurück, die wir alle auf unsere Art und Weise bewältigen werden. Er war ein Künstler auf dem Eis und wir alle haben uns auf ihn verlassen. Er war ein guter Freund, ein Bruder, und wir haben ihn sehr geschätzt. Dass er gehen musste, ist –"

„Du verlogenes Schwein!", schrie ich mit zitternder Stimme. Die Worte waren aus mir herausgeflossen, bevor ich sie hatte aufhalten können, und dutzende Gesichter, die sich überrascht zu mir umwandten, waren meine Belohnung.

Umso besser. Ich konnte nicht mehr. Ich konnte nicht mit ansehen, wie er da vorne stand, eine traurige Miene aufgesetzt, während *er* der Grund war, warum alle sich heute überhaupt hier versammelt hatten. Wie konnte er es wagen, tröstende Worte an Timos Familie und Freunde zu richten, wo er es gewesen war, der das Leid heraufbeschworen hatte? Ich war mir sicher, dass er es war. Es passte alles. Die Puzzleteile ergaben ein perfektes Bild.

„Ist das der Grund, warum du ihn umgebracht hast?", fragte ich, meine Hände zu Fäusten geballt. „Weil du ihn so wertgeschätzt hast? Weil er ein so wertvolles Teammitglied war?"

Stille senkte sich über die Trauergäste und allesamt wandten sich zu mir um.

Felix sah mich amüsiert an. „Bitte was? Hast du dich am Sekt vergriffen, Lou?"

„Du hast uns alle für dumm verkauft, Felix", presste ich zwischen den Zähnen hervor und schob mich durch die Menge. „Du hast uns Schnitzeljagd spielen lassen, hast dich wahrscheinlich darüber kaputtgelacht, dass wir nach einem Mörder suchen, der dich umbringen will – während du die ganze Zeit direkt vor unserer Nase warst."

„Aber Louisa, warum hätte ich Timo umbringen sollen", fragte er belustigt.

„Weil er nicht mehr für dich in einen Becher pinkeln wollte", zischte ich. „Weil er nicht länger verheimlichen wollte, dass du eben doch dopst."

Da war ein Zucken. In Felix' Wange. Kaum zu sehen, aber doch war es da.

„Was? Du bist doch verrückt. Ich dope nicht."

„Du bist ein elender Mörder!", fuhr ich ihn an und endlich stand ich vor ihm.

Ich hörte, wie Leute um mich herum zischend Luft einsogen und die Freundin von Timo aufgehört hatte zu schluchzen. Meine Unterlippe hatte zu zittern begonnen.

„Hat Timo versucht, dich zu erpressen? Wollte er mehr Geld haben? Wollte er nicht mehr für dich lügen?"

„Louisa", sagte Felix ruhig und schüttelte leicht den Kopf. „Du machst dich lächerlich. Oder kannst du deine wahnwitzigen Anschuldigungen etwa beweisen? Es gibt keinerlei Verbindungen zwischen mir und Timo."

Ich starrte ihn an, während meine Gedanken sich überschlugen. Ich dachte an Timo, wie er kalt auf dem Eis gelegen hatte. Die Kette an seinem Hals und die ... die ...

„Es ist deine Uhr, oder?", fragte ich leise, die Augen verengt. „An Timos Arm? Weil du kein Geld mehr hattest, um ihn zu bezahlen. Das sollte nicht schwer zu beweisen sein. Deine Ex-Freundin wird sie sicher wiedererkennen, so besessen wie sie von ihr war."

Ein harter Zug erschien um seinen Mund und er beugte sich leicht zu mir herunter. „Ich habe sie bei einem Pokerspiel an ihn verloren. Habe ich doch gesagt."

„Ihr habt ihn nie beim Pokern mitspielen lassen", erklang plötzlich eine schrille Stimme hinter mir. „Ihr habt ihn nur für euren Scheiß missbraucht, aber Teil der Mannschaft war er nie!"

Timos Freundin war aus den Reihen gebrochen, ihre Wangen glänzten vor Tränen, ihr Zeigefinger war anklagend nach vorne ausgestreckt.

„Ihr könnt beide nicht klar denken", sagte Felix spöttisch. „Das ist ausgemachter Blödsinn."

Es war sein selbstsicheres Grinsen, das mich meine Geduld verlieren ließ.

Mit einem Wutschrei, den ich mir selbst nicht zugetraut hätte, stob ich nach vorn und schlug mit meinen Fäusten auf seine Brust. Felix, vollkommen überrascht von meiner plötzlichen Attacke, stolperte nach hinten, verlor den Halt auf dem trockenen Erdboden und fiel rücklings in die Grube, die bereits ausgehoben worden war. Timos Grab.

Sein Rücken krachte auf das Holz des Sargs, Erde bröselte von den Rändern und fiel ihm ins Gesicht, während er fluchend versuchte, sich wieder aufzurappeln.

„Du verrückte Schlampe!", schrie er und wischte sich hektisch die Erde vom Gesicht. „Die Uhr beweist überhaupt nichts!"

„Aber deine Stichwunde."

Ich spürte eine warme Präsenz neben mir, und jetzt lugte Rispo über den Grabesrand.

„Ich bin vorhin nicht drauf gekommen, aber es ist die Stichwunde, die keinen Sinn ergab. Die Stichwunde, die er sich nur selbst hat zufügen können."

„Was?", fragte ich.

„Was?", fragte Felix, sein Gesicht wurde immer blasser.

„Du hast das Messer falsch herum in dein Bein gerammt, Brüllig", sagte Rispo gelassen. „Die Klingenseite war oben, die glatte Seite unten."

„Aber ... aber ... der Angreifer hätte das Messer auch ..."

„Nicht mit dem Einfallswinkel." Rispo schüttelte den Kopf. „Das können wir gerne nochmal überprüfen lassen. Dank der Papaver-Analyse ist das heute alles kein Probl–"

„Verdammte Scheiße, der Wichser war selbst schuld, okay?!" Felix Ausruf schien die stickige Luft zu zerschneiden wie ein Messer weiche Butter, und die gesamte Trauergemeinde zuckte unisono zusammen. „Der Scheißer wollte bezahlt werden! Wo ich ja in Geld schwimme, wie alle wissen. Und meine verdammte Uhr war ihm nicht gut genug. Was hat er denn erwartet!? Dass ich ihn einfach machen lasse? Ihr alle hier solltet mir dankbar sein! Er hätte es mit euch doch genauso gemacht." Er fuchtelte mit den Händen zur Menge hin. „Er hätte euch doch genauso erpresst! Es war kein Mord, es war Selbsterhalt. Er hätte mich ruiniert. Er hätte mein Leben kaputtgemacht."

„Was ich nicht verstehe", sagte Josh langsam neben mir, seine Hand behutsam auf meine Faust gelegt, so als erwarte er, er müsse mich jeden Moment davon abhalten, ebenfalls in die Grube zu springen, „warum das ganze Katz-und-Maus-Spiel? Warum nicht einfach deinen Agenten anschwärzen."

Felix schnaubte laut und verdrehte die Augen. „Weil ich kein beschissener Dummkopf bin. Ich musste es doch glaubwürdig aussehen lassen, oder? Und ihr beide mit euren ständigen Zankereien habt es mir wahrlich einfach gemacht. Gott, weshalb glaubt ihr eigentlich, wollte ich Louisa dabei haben? Weil sie ach so begabt darin ist, Mörder zu enttarnen? Wohl kaum. Aber ein Blick auf euch im Eisstadion, und mir war klar, dass Louisa die beste Ablenkung war, die ich mir wünschen konnte. Ich musste nur mit dir flirten und schon wurde der Bulle unaufmerksam. Er hat wirklich eine Schwäche für dich. Nicht gerade hilfreich für ihn ... oder dich."

Perplex sah ich ihn an. „Du ... was?"

„Ach, bitte." Felix verzog höhnisch das Gesicht. „Hast du dich nicht einmal gefragt, warum ein Mann wie ich", er deutete selbstgefällig an sich hinunter, „mit einer Frau wie dir ausgegangen ist? Du bist nicht ansatzweise hübsch genug, du ..."

„Okay, das reicht jetzt", sagte Rispo schneidend. „Felix Brüllig, Sie sind festgenommen – sobald jemand von der Wache hier ist. Ich will mir für ein niederes Leben wie Ihres nicht meinen Anzug schmutzig machen, und die Grube ist ziemlich tief."

Felix sagte nichts, sondern funkelte nur aus dem Loch herauf, und ehrlich gesagt konnte er froh sein, dass die Grube so tief war, denn so musste er wenigstens die Mienen der Umherstehenden nicht sehen, die von mordlüstern über angewidert zu kotzübel variierten.

Rispo drückte meine Hand, und langsam löste ich meine Faust, dann sah ich zu ihm auf und flüsterte: „Dank der Papaver-Analyse?"

Seine Mundwinkel zuckten. „Ja. Ist der neuste Schrei auf dem Revier", meinte er. „Noch nicht davon gehört?"

Kapitel 18

Um drei Uhr mittags lag ich wieder in meinem Bett, die Decke über meinen Kopf gezogen, eine offene Weinflasche auf meinem Nachttisch und eine leere Packung Kinderriegel neben meinem Kopfkissen. Ich war eine emanzipierte, selbstbewusste Frau – die sich für ein paar Stunden rechtmäßig selbst bemitleiden musste.

Ich war mir in meinem Leben noch nie so dumm vorgekommen – und das sollte bei der hohen Anzahl an Fehltritten, die ich mir schon geleistet hatte, wirklich etwas heißen.

Es half mir nicht im Geringsten, dass sich Timos Freundin unter Tränen bei mir bedankt hatte. Es half mir nicht im Geringsten, dass jeder der Trauergäste Felix für einen Engel gehalten hatte. Es half mir nicht im Geringsten, dass ich zehn Kinderriegel innerhalb von fünf Minuten gegessen hatte. Ich hätte es wissen müssen!

Ich hatte mir jeden Tag neu vor Augen gehalten, dass man niemandem vertrauen konnte, dass es zu verdammt viele gute Schauspieler auf der Welt gab – aber nicht eine Sekunde hatte ich darüber nachgedacht, dass Felix nicht das Opfer, sondern der Täter sein könnte.

Ich hatte ihn für sowas wie einen Freund gehalten. Ich hatte mit ihm über meine Probleme geredet. Ich hatte mit ihm geflirtet, verdammt!

Ich lugte unter meiner Decke hervor, griff nach der Weinflasche und setzte sie an die Lippen an. Nach zwei Schlucken stellte ich sie wieder zurück, weil mein Blick erneut auf die Uhr gefallen war. Ja, es war zu früh für Alkohol – aber meine Schokolade war alle und ich hatte mir nicht anders zu helfen gewusst.

Gott, im Nachhinein betrachtet, war alles so logisch! Natürlich hatte niemand ein Motiv gehabt, ihn umzubringen. Natürlich war jede Spur im Sand verlaufen.

Ich verzog mich wieder unter die Decke und malträtierte meine Matratze mit der Faust. Ich war so mit mir selbst beschäftigt, dass ich die durch den Stoff gedämpfte Klingel fast überhört hätte. Ich sprang aus dem Bett und war nicht überrascht, Josh vorzutreffen. Wer hätte es sonst sein sollen?

„Hey", sagte er und sah an mir herab. „Trägst du auch mal ein anderes T-Shirt als das von mir?"

„Nein. Denn dumme Menschen verdienen keine saubere Wäsche", stellte ich klar, ließ die Tür offenstehen und lief in die Küche, um mir ein Glas Wasser zu holen. Der Billigwein hatte einen bitteren Nachgeschmack hinterlassen. Oder vielleicht war das auch nur ein Nebeneffekt meiner Dummheit.

Ich hörte, wie die Tür geschlossen wurde, und als ich mich mit dem Glas Wasser in der Hand umdrehte, lehnte Rispo mir direkt gegenüber an der Küchenanrichte.

„Ich finde, jeder verdient saubere Wäsche, aber davon mal abgesehen – warum bist du noch gleich ein dummer Mensch?"

„Weil ich die ganze Zeit dachte, ich würde helfen. Dabei habe ich nur die falschen Fährten verfolgt, die Felix mir gelegt hat. Ich dachte, ich würde die Ermittlungen weiterbringen, aber dabei habe ich nur geholfen, dich hinters Licht zu führen."

„Louisa", sagte Rispo ruhig. „Keiner von uns hat ihn verdächtig. Ich genauso wenig wie du."

„Ja, weil du eine Schwäche für mich hast und ich dich mit meiner schillernden Persönlichkeit geblendet habe."

Rispo schnaubte und schüttelte den Kopf. „Felix ist unglaublich geschickt vorgegangen. Er hat tatsächlich den Kirschlorbeer aus Franziskas Garten genutzt, um Timo zu vergiften. Er hat unglaublich viele falsche Fährten gelegt, Lou. Er hat sogar extra die Handschuhe beim Casinoabend getragen, um keine Fingerabdrücke auf Bernies Marke zu hinterlassen, als er sie hat mitgehen lassen. Dass dann Ingo auch noch bei ihm eingebrochen ist und ihm die passende Gelegenheit geliefert hat, sie in seiner Küche fallen zu lassen und den Verdacht auf Bernie zu lenken, war reines Glück. Und erinnerst du dich daran, dass er auf der Eisfläche neben der Leiche gehockt hat? Er wollte ihm seine Uhr entwenden, bevor der Polizeifotograf eintraf. Das hat nicht funktioniert, aber ansonsten ... Er war schlau, keine Frage. Er ist kleinschrittig vorgegangen, war nicht zu offensichtlich, war charmant, hat beteuert, dass er nicht das Opfer sein könne ..."

„Aber ich habe ihn gemocht! Mein Bösen-Radar ist offensichtlich komplett im Eimer. Du fandest ihn zumindest unsympathisch, während ich ihn auch noch verteidigt habe."

Rispo lachte auf. „Ach bitte, ich habe ihn nur nicht gemocht, weil er so offensichtlich auf dich stand."

„So getan hat, als würde er auf mich stehen", korrigierte ich ihn.

„Ein- und dasselbe. Meine Zweifel gegenüber dem Kerl hatten alle mit dir und nicht etwa mit meinem *Bösen-Radar* zu tun. Und dass du mein Gehirn vernebelt hast, ist wirklich keine Entschuldigung. Ich sollte mich nicht so von dir ablenken lassen – und habe es trotzdem getan."

Ich verengte die Augen und sog meine Wangen ein, bevor ich wiederholte: „Ich habe dein Gehirn vernebelt?"

Er blies einen Schwall Luft aus, eine Hand im Nacken. „Ja, so ziemlich."

Ich schob meine Unterlippe zwischen den Zähnen hin und her. „Heißt das, wir kommen jetzt zu dem Später?"

„Erst, wenn du mir sagst, dass du aufhörst, bescheuert zu sein, und dir keine Schuld mehr dafür gibst, dass Felix erst jetzt eingebuchtet wurde."

Rispo war so romantisch.

Ich verdrehte die Augen. „Aber es ist ..."

„... nicht deine Schuld."

Ich wollte ihm wirklich widersprechen, aber ebenso wollte ich endlich wissen, was genau er mir zu sagen hatte. Das war wirklich eine schwierige Entscheidung.

Ich seufzte. „Ohne mich hätte Bernie nie unschuldig im Gefängnis gesessen."

„In welchem Universum ist Bernie unschuldig?", wollte Rispo interessiert wissen. „Er ist vielleicht kein Mörder, aber er hat einen illegalen Wettring geleitet und wird dafür höchstwahrscheinlich genauso in den Knast wandern wie Felix. Wenn auch nicht ganz so lang. Vielleicht kommt er auch mit einer Horde Sozialstunden und einer saftigen Geldbuße davon, die wahrscheinlich auch Lohbaum und seiner Tochter als Mitglieder des Wettrings drohen, aber Fakt ist: Er hat etwas Falsches getan, und dank dir sind ihm zumindest keine Kredithaie mehr auf den Fersen, die ihm eine Kugel ins Bein jagen wollen. Ich würde sagen, Bernie sollte dir dankbar sein. Also – können wir das Thema abhaken?"

„Schön", gab ich schließlich nach. „Ich ... habe keine Schuld. Das nächste Mal bin ich aufmerksamer."

Rispo verzog das Gesicht. „Das nächste Mal? Wie kannst du jetzt schon an ... nein!", stoppte er sich selbst. „Nein, ich steigere mich jetzt nicht da rein. Sonst kommen wir nie dazu, zu reden."

Ich musste lächeln. „Du wirst erwachsen, Rispo."

„Nein, das würde ich nicht sagen. Eher Louisa-Manu-abgehärtet."

„Keine Sorge, das vergeht wieder."

„Das fürchte ich auch." Er holte tief Luft. „Also, wegen der Sache vor der Lanxess Arena ..."

Wie automatisch verschränkten sich meine Arme ineinander. „Josh, wenn du mich jetzt daran erinnerst, dass du mich an dein Auto gekettet hast, ist das kein guter Einstieg für ein ruhiges und rationales Gespräch.

Denn das ist nicht der Gebrauch von Handschellen, den ich wertzuschätzen weiß."

„Ich spreche nicht vom Anketten." Er machte eine wegwerfende Handbewegung, so als solle ich endlich darüber hinwegkommen. „Ich spreche von dem, was ich im Auto gesagt habe."

„Ach so ... dann würde ich vielleicht mit dem Part anfangen, bei dem du meintest, dass ich recht habe. Denn die Erinnerung an die Handschellen hat mich wieder sehr wütend gemacht und dieser Spruch könnte mich besänftigen."

Rispos Lächeln wurde immer breiter. „Du hattest recht."

Ich warf mir gespielt dramatisch die Haare über die Schultern. „Warum sagst du mir Dinge, die ich schon weiß, Josh?"

„Ich weiß auch nicht, es erschien mir wie das Richtige – und jetzt lass mich weiterreden: Lou, ich habe jedes Wort ernst gemeint. Ich bin es leid, mir selbst im Weg zu stehen und Ausreden dafür zu suchen, warum ich dich nicht haben kann. Ich weiß genau, was ich will. Die letzten Monate waren furchtbar, und es wird Zeit, dass ich auch mal etwas im Leben mache, das ich wirklich will – und nicht nur das tue, was ich tun muss."

Mir wurde warm im Bauch. Als würde ich schmelzen. Was ich zugegebenermaßen auch ein wenig tat.

„Und das bin ich?", fragte ich, um sicherzugehen.

„Ach, eigentlich wollte ich mir einen Porsche kaufen, aber mir gefallen die Farben alle nicht, also ... ja, ich schätze, da bleibst nur du übrig. Und ich denke, ich bin ein verdammt glücklicher Mann, wenn du dich dem Irrglauben hingibst, dass ich das Beste bin, was dir in letzter Zeit passieren konnte."

Meine Mundwinkel zuckten und ich nickte. „Das bist du. Nur ... warum hast du deine Meinung geändert? Bin ich auf einmal nicht mehr *zu viel*?"

Er lachte und nahm meine Hände. „Doch. Doch, natürlich bist du zu viel. Ich habe das Gefühl, bei dir sind hundert Prozent das, was bei anderen Leuten dreihundert sind. Aber ... das ist eine deiner besten Eigenschaften. Du bist zu viel von allem. Zu schön, zu intelligent, zu witzig und zu ... liebenswert. Du bist eine Komplikation, die ich haben will."

Und dann zog er mich auf die Zehenspitzen und küsste mich – und ließ mich fast auf der Stelle vergessen, dass er mich gerade äußerst schmeichelhaft als Komplikation bezeichnet hatte.

Aber eben nur fast.

„Nein, weißt du was?"

Ich ließ mich auf meine Füße zurücksinken und hielt ihn mit meinen Händen auf seiner Brust auf Armeslänge von mir entfernt. „So einfach mache ich dir das nicht. Du kannst mich nicht küssen und erwarten, dass alles okay ist. Ich möchte, dass du bettelst. Ich möchte, dass du dich hinkniest und mich um Vergebung anbettelst, und dass du mir erzählst, was für ein Vollidiot du warst, mich gehen zu lassen."

Rispo runzelte die Stirn und starrte auf den Boden. „Aber dein Boden ist dreckig."

„Mir egal."

„Nur ... ich bin ein Rispo. Rispos betteln nicht."

„Nun, ich bin eine Manu und wir Manus interessieren uns nicht dafür, was ein Rispo nicht tut."

Wieder glitt sein Blick zu Boden, dann erneut in meine Augen. „Ich sag dir was, wir machen einen Kompromiss: Ich sage dir das, was du hören willst, und bringe *dich* dazu, im Bett zu betteln. Klingt das fair?"

Mhm. Das klang tatsächlich vielversprechend.

„... und du bezahlst das heutige Abendessen – in einem Restaurant! Ich will ein verdammtes Date haben. Wenn wir schon richtig zusammenkommen, dann bitte offiziell."

Rispo hielt mir die Hand hin. „Abgemacht."

Ich schüttelte sie. „Also: Sag, dass du ein großer Vollidiot bist und dass es dumm von dir war, mich in den Wind zu schießen."

„Es war dumm von mir, dich in den Wind zu schießen."

Ich hob eine Augenbraue. „Du hast das mit dem Vollidioten vergessen."

„Ich habe es nicht vergessen. In einer Beziehung erzählt man sich jedoch keine Lügen."

Und da er Punkt zwei und drei der Abmachung mehr als zur Genüge nachkam, ließ ich ihm das mal durchgehen ...

„Das ist ja eklig!", begrüßte mich meine Schwester am nächsten Morgen.

Ich betastete automatisch mein Gesicht nach Essensresten, wurde jedoch nicht fündig. „Was ist eklig?"

„Das Lächeln auf deinem Gesicht."

Mein Grinsen wurde breiter. „Ach so. Tut mir leid, ich dachte, ich probiere es mal mit was anderem als einer Leidensmiene."

„Mhm. Ich weiß nicht, ob mir das gefällt. Heißt das jetzt, du und der Bulle seid ein Paar und ich darf kein Gras mehr in deiner Wohnung rauchen?"

„Ja, sind wir – und du durftest noch nie Gras in meiner Wohnung rauchen!"

„Aber es bestand immer die Möglichkeit, und die wird mir jetzt genommen."

„Nein, die Möglichkeit bestand nicht", korrigierte ich sie. „Und es tut mir leid, dass ich so selbstsüchtig bin und mein Privatleben nicht an deine Bedürfnisse anpasse."

Ich fing an, die Blumen aus den Kühlfächern zu nehmen, während meine Schwester mich weiterhin beobachtete. Schließlich sagte sie zufrieden: „Du bist glücklich, oder?"

Ich seufzte wie eine Disney-Prinzessin, die kurz vor ihrer Hochzeit stand. „Sehr."

„Das freut mich, Lou. Und weißt du was? Ich werde dich gleich noch ein wenig glücklicher machen."

„Gibst du mir etwa mein Geld zurück?"

Emmi winkte ab. „Ist Geld alles, an was du denkst? Nein, etwas viel Besseres. Du wirst es nicht glauben, Loubalou, aber ich habe schon mehr als tausend Klicks!"

„Klicks wofür?"

„Für meinen neuen YouTube-Kanal." Hastig bückte sie sich und beförderte mit ihrem gesunden Arm einen Laptop aus ihrer Handtasche hervor, den sie auf den Verkaufstresen stellte.

„Ich dachte, du willst eine Ausbildung machen und hast den Wunsch, eine berühmte YouTuberin zu werden, aufgegeben."

„Das mit YouTube wird mein Nebenjob", belehrte sie mich und fuhr den PC hoch. „Außerdem fängt die Ausbildung, wenn ich denn einen Platz bekomme, erst im September an und bis dahin muss ich mir meine Zeit vertreiben."

„Du wirst einen Platz bekommen." Dafür würde ich sorgen. „Und ich schätze, Videos zu drehen, ist nicht das schlechteste Hobby."

Diesen Satz würde ich in Kürze bereuen.

„Ja, eben! Das habe ich mir auch gedacht. So kommt meine kreative Seite endlich auch zum Einsatz. Das kann nur ein Erfolg werden. Vor allem, da ich jetzt endlich das perfekte Thema gefunden habe."

„Was denn?", wollte ich wissen, als ich auf Emmis Desktop starrte, auf dem ein halbnackter Mann abgebildet war.

Emmi richtete sich auf und hob bedeutungsschwer die Augenbrauen. „Ich hab dir doch gesagt, dass mein Leben nicht interessant genug ist, und Sex- oder Schmink-Tipps zu geben ist auch irgendwie sehr 2010. Ich lese nicht allzu viel und Modeblogger gibt es schon genug. Ich brauchte etwas Neues! Etwas Dramatisches. Etwas Interessantes. Und da dachte ich ... wer ist die interessanteste Person, die ich kenne?"

Oh. Mein. Gott.

Bitte sag nicht ich, bitte sag nicht ich, bitte sag ...

„Du natürlich!", bestätigte sie meine schlimmsten Befürchtungen und klatschte in die Hände. „Deswegen habe ich beschlossen, *dich* als Thema zu nehmen."

Ich hatte das königlichste aller unguten Gefühle.

„Als Thema?", wiederholte ich mit trockener Kehle.

Mir war es bis zu diesem Zeitpunkt nicht klar gewesen, aber ein *Thema* zu sein, hatte nie zu meinen Ambitionen gehört. Wenn ich es mir genau überlegte, dann war das sogar etwas, dass ich *nie* hatte werden wollen. Nutella-Testerin, ja. Maskottchen der Kölner Haie, ja. Thema, nein.

Emily nickte aufgeregt. „Ja, genau. So reportage- und lifestylemäßig. Aufregend, aber doch voll echtes Leben. Du als leicht übergewichtige Durchschnittsdeutsche ..."

Ungläubig sah ich sie an. „Ich bin nicht übergewichtig!"

„Vielleicht nicht, was deinen BMI angeht, aber in der heutigen Gesellschaft? Da bist du dick, Lou! Aber das ist nichts Schlechtes. Im Gegenteil. Das ist der Grund, warum alle sich mit dir werden identifizieren können. Eine komplett normale Frau mit den typischen Haarproblemen, der hübscheren kleinen Schwester, mit der sie sich andauernd vergleicht, und einem zu großen Hang für Kekse. Das macht dich sympathisch, Loubalou. Deswegen werden sich die Leute für dich interessieren. Ich werde auf dem Kanal die typischen Fragen beantworten: Was macht Louisa Manu? Wie geht sie mit Problemen um? Wie findet sie neue Leichen? Was treibt sie in den Wahnsinn?"

Darauf hatte ich gerade zum jetzigen Zeitpunkt zufällig eine präzise Antwort.

„Emmi, ich bezweifle, dass ich mich sonderlich gut dafür eigne, einen ganzen YouTube-Kanal zu füllen."

Abgesehen davon, dass ich wirklich, wirklich, wirklich nicht wollte! Das konnte nicht oft genug betont werden.

„Ich war auch etwas unsicher zu Anfang", bestätigte sie, „aber das erste Video und die Resonanz, die es nach nur einem Tag online hat, haben mich eines Besseren belehrt. Die Leute lieben dich, Lou!"

„Was meinst du mit erstem Video?" Mir lief das Blut aus dem Gesicht, als mein Blick Emmis Fingern auf dem Touchpad folgte, der einen kleinen Film auf YouTube öffnete.

Ich schlug mir die Hand vor den Mund, als ich den Titel las.

Das geheime Leben der Louisa Manu – Episode 1:
Eine Frau mit vielen Gesichtern.

„Das geheime Leben der Louisa Manu!?", fragte ich hysterisch.

Da stand mein Name! Da stand mein beschissener Name!

„Catchy, oder?", bemerkte Emmi abwesend, offenbar total blind für meine immer weiter ansteigende Panik.

„Wenn du mein Leben im Internet veröffentlichst, ist es nicht mehr geheim, Emmi!"

„Das ist doch das Witzige daran", sagte sie lachend. „Ein ... Oxymoron – habe ich das Wort richtig benutzt?"

Es gab im Moment sehr wenig, was mir egaler war, als Emilys korrekte Benutzung eines stilistischen Sprachmittels.

„Was zum Teufel soll daran witzig sein?", wollte ich wissen, mein Gesicht vermutlich skandalös verzerrt.

„Du wirst schon sehen. Du bist wirklich unglaublich amüsant", versprach mir Emmi und kicherte. „Wirklich, was du mit deinem Gesicht anstellen kannst! Das ist der Hammer. Ich wette, Leute werden davon bald Poster drucken."

Und mit dieser unheilankündigen Aussage drückte sie auf Play.

Ich starrte auf den Bildschirm, und mit jeder Sekunde, die das Video lief, sank meine Kinnlade einen Zentimeter tiefer. Es war wie ein Zugunglück, von dem man den Blick nicht abwenden konnte, so sehr man es auch versuchte.

Das Video zeigte mich.

Mich, wie ich die Augen verdrehte, mich, wie ich meckerte, mich, wie ich schrie, mich, wie ich schrecklich singend Blumen ordnete, mich, wie ich meine Hand an die Stirn hielt, mich, wie ich den Mittelfinger hochhielt, mich, wie ich die Rispos im Krankenhaus zur Schnecke machte, mich, wie ich spöttisch lachte, mich, wie ich mein Gesicht zu einer Grimasse des Grauens verzog, mich, wie ich hämisch grinste, meine Zähne wie die eines Werwolfs gebleckt.

Das Video zeigte mich! Mich und nichts anderes. Und verdammt nochmal, es war wirklich nicht schmeichelhaft. Emily hatte die dramatischen Momente der letzten Tage zusammengefasst und zu einer Zickenmontage erster Güte zusammengeschnitten. Ich wirkte wie eine cholerische Furie, dessen Lebensaufgabe es war, sich über Dinge zu beschweren und Leute niederzumachen.

„Gut, oder?", fragte sie stolz.

Ich war sprachlos. Ich war schlicht und ergreifend sprachlos. Ich brauchte einige Sekunden, bevor ich:

„Gut inwiefern!?", hervorpressen konnte. „Gut für mich? Ich glaube nicht!"

„Nee, also das nicht. Ich meinte jetzt eher so allgemein vom Schnitt und künstlerischem Mehrwert her."

Das wurde ja immer besser! „Künstlerischem Mehrwert!?"

„Ja, ich habe die Farbtöne deines Gesichtes angepasst und sie eskapistisch angeordnet. Ist dir das nicht aufgefallen? Und der Unterhaltungswert ist immens. Siehst du? Es haben schon ganz viele Leute mit Lachsmileys kommentiert."

Sie scrollte herunter und zeigte mir die vier Kommentare unter dem Video.

Alta lang keine so durchgeknallte Tantee mer gesehn!1!!
Bitte mehr davon ich lieg unterm Tisch 😑
😑 😑 😑 😑
Hey sie iSt voll **HOT** ich hätte nichts dagegen wenn sie mich ein bissschen anschreit.

Ich war geschmeichelt von dem ‚Hot'-Kommentar, schockiert über die Zeichensetzung und Rechtschreibung, aber größtenteils einfach nur vollkommen überfordert.

„Emily! Das ist ein verdammter Eingriff in meine Privatsphäre!"

„Ich weiß", sagte sie zufrieden. „Das ist es, was die Leute lieben!"

„Nimm das sofort runter!"

Hastig klappte sie den Computer zu. „Ich dachte, du freust dich. Du stehst doch so auf Werbung."

„Auf *gute* Werbung, die mich nicht als letzten Arsch darstellt."

„Jede Werbung ist gute Werbung. Und wenn die Leute herkommen und Blumen kaufen, nur um dich ausrasten zu sehen – was ist daran schlecht? Das nächste Mal mache ich außerdem noch ein Voice-over drüber und erkläre etwas zu deiner Person und so, damit die Leute dich besser kennenlernen können. Und ich will unbedingt Trudi drin haben, sie ist Gold wert! Vielleicht führt sie mir ja einen ihrer Zaubertricks vor. Oh, und Finn will auch mitmachen. Er findet das Video ziemlich geil, und er meinte, wir sollen noch ein paar Zwischenszenen von Köln drehen, die man als Platzhalter einspielen kann und so. Und Josh muss natürlich auch dabei sein, denn er ist jetzt ja offensichtlich Teil deines Lebens und so eine süße Liebesge–"

Ich brach in lautes Gelächter aus.

„Was ist so komisch?", wollte Emmi verblüfft wissen.

Oh Gott, ich konnte nicht mehr. „Ich habe mir gerade vorgestellt, wie du Josh darum bittest, in deinem Video mitzumachen", japste ich und eine Lachträne stahl sich in meinen rechten Augenwinkel. „Und diese Vorstellung, sein Gesicht ..." Ich lachte noch lauter. „Weißt du was, Emmi? Ich erlaube dir, noch ein zweites Video zu machen – solange ich dabei sein kann, wenn du Josh vorschlägst, dass er Teil deines YouTube-Kanals wird."

Wenn ich mir nur vorstellte, wie er mit einer Kamera, die jemand in sein Gesicht hielt, umgehen würde, und ... ich fing wieder an zu lachen und fächerte mir mit meiner Hand Luft zu. „Gott, der Wahnsinn", krächzte ich. „Der absolute Wahnsinn!"

„Also bist du begeistert?", fragte Emily vorsichtig.

„Zum Teufel, nein! Ich bin verdammt wütend. Nach dem zweiten Video wird der Kanal sofort gelöscht, und du schuldest mir drei Brunch-Termine mit Mama, in denen du ihre Launen abbekommst."

„Aber vorerst kann das Video oben bleiben?" Emmi klang mehr als hoffnungsvoll.

„Vorerst", sagte ich warnend. Was konnte in so ein paar Monaten schon Schlimmes passieren? So toll war das Video wirklich nicht, und der erste Ansturm war offensichtlich vorbei. „Aber ich bin echt sauer, dass du mich nicht erst gefragt hast!"

„Mhm." Sie nickte, sich nervös mit dem Daumen einen Pickel vom Kinn kratzend. „Dann ist jetzt nicht der richtige Zeitpunkt, um dir von der Facebookseite zu erzählen, die ich für dich erstellt habe?"

Es dauerte eine Stunde und dreiunddreißig Minuten, bis ich aufgehört hatte, mir die Haare zu raufen. Es hätte vielleicht länger gedauert, wenn ich nicht zu einem Termin beim Kölner Blatt gemusst hätte.

Ich hatte jemanden in ein Grab geschubst – das hatte der Zeitung gereicht, um mir gleich zwei Artikel zuzusichern. Ich sollte mich mit einem ihrer Journalisten treffen, der ein Interview mit mir führen und einen Artikel aus meiner Sicht verfassen sollte. Das war mir ganz recht, denn ich konnte kaum meine Gedanken ordnen, geschweige denn einen kohärenten Text verfassen.

Aber ja, ich kannte das Wort kohärent, und das sollte zumindest für irgendetwas zählen. Ich würde es, wenn ich den Journalisten traf, gleich mal benutzen.

Vielleicht sollte ich insgesamt noch ein paar Worte im Duden nachschlagen. Nach dem Video bei YouTube hatte ich es nötig, meinen Ruf als dumme Zicke etwas aufzupolieren. Mir würde eine Darstellung als distinguierte Geschäftsfrau mit unfehlbarem Geschmack und hochentwickelter Spürnase gefallen. Aber einfach nicht als Furie zu gelten, würde mir für den Anfang auch reichen. Ich war mir sicher, dass ich mit dem Journalisten da etwas arrangieren konnte.

Das Kölner Blatt hatte seinen Sitz in einem dreistöckigen Haus im Belgischen Viertel, das dank des grellpinken Graffitis an seiner Front nicht zu übersehen war.

Ich trat durch die breite Glastür und folgte dem Pfeil, der zur Rezeption führte, in den ersten Stock. Eine bebrillte Oberlehrerin mit unpassend roten Haaren saß an einem Schreibtisch, der mich an eine der Streichholzkonstruktionen erinnerte, die meine Nichten mit Kastanien bauten. Äußerst wackelig und nur als hübsch zu bezeichnen, weil man seinen Hersteller nicht beleidigen wollte.

„Hallo, was kann ich für Sie tun?", fragte sie, sobald ich nähergetreten war.

„Hey, ich bin Louisa Manu und habe einen Termin mit einem Ihrer Journalisten?"

Sie blätterte in einem pink karierten Kalender herum und nickte schließlich. „Sicher. Sicher, sicher", murmelte sie. „Er wartet bereits auf Sie." Ihr Blick glitt an mir herunter und sie rümpfte die Nase. „Sie sehen gar nicht aus, als wären Sie dazu fähig, einen 150-Kilo-Mann in eine Erdgrube zu schubsen."

„Wo ein Wille ist, ist auch ein Weg", erklärte ich weise. „Wo muss ich hin?"

„Gehen Sie eine Treppe weiter nach oben, im Flur zweite Tür links."

Ich bedankte mich, erklomm die nächsten Stufen und kam einigermaßen außer Atem in besagter Etage an.

Mein Handy vibrierte, während ich die Türen zählte, und ich grinste, als ich auf die Nachricht blickte.

Da ich davon ausgehe, dass du nichts in deinem Kühlschrank hast: Warum kommst du heute Abend um sieben nicht zu mir und ich koche etwas?

Ach, er kannte mich so gut.

Alles klar. Ich bringe den Nachtisch mit.

Ich hoffe doch aus der Tiefkühltruhe.

Natürlich. Ich will uns doch nicht umbringen.

Das ist nett von dir.

Mein Lächeln wurde noch ein wenig breiter, und ich steckte das Telefon zurück in meine Tasche, bevor ich klopfte.

Nach wenigen Sekunden wurde ich hereingerufen.

Ich öffnete die Tür und wurde von einer Unmenge an Aktenordnern, einem großen Apple-Computer und einem gemütlich aussehenden Sessel begrüßt.

In dem Sessel saß ein Mann. Grüne Augen, hellbraune Haare, glattrasiert.

Ich blieb wie angewurzelt stehen.

„Hey, Louisa."

Mein Mund stand offen. „Chris?"